B.C. 2
Liebe bricht alle Regeln

Impressum:

Deutsche Erstausgabe Dezember 2020
Alle Rechte am Werk liegen beim Autor
Copyright@ Jaliah J., Berlin

B.C. 2
Liebe bricht alle Regeln

Lektorat: Günter Bast
Cover/Bildgestaltung: Wolkenart – Marie-Katharina Becker,
www.wolkenart.com

Herstellung und Verlag: BoD – Books on Demand, Norderstedt.

ISBN 978-3-7526-7258-9

www.jaliahj.de
Instagram: jaliahj_official

B.C.

Teil 2

Liebe bricht alle Regeln

von

Jaliah J.

Kapitel 1

»Ist alles in Ordnung?«

Mira hebt ihren Kopf, sie hat sich jetzt sicherlich zehn Minuten die Schläfen massiert und würde sich am liebsten umdrehen und direkt wieder ins Bett gehen.

Nein, nichts ist in Ordnung.

Die letzten Tage sind viel zu schnell vergangen. Sie hat nicht einmal richtig begonnen, all das mit Reign zu verdrängen und zu verarbeiten und heute muss sie ihn wiedersehen. In der letzten Nacht hat sie kaum geschlafen. Auch die Nächte davor waren nicht besser. Sie hat viel mit Violet über alles gesprochen. Ihrer Mutter und Jonathan hat sie nur gesagt, dass es zwischen Reign und ihr vorbei ist. Sie sehen, dass es ihr nicht gut geht und lassen sie damit in Ruhe, wofür Mira ihnen sehr dankbar ist.

Violet hat sie die Tage aufgebaut, so gut sie konnte. Keiner wusste von Ava. Reign hat es niemandem gesagt. Auch Noel und Lincon, die nach und nach davon erfahren haben, hatten keine Ahnung, aber das spielt am Ende auch keine Rolle.

Sie ist dankbar, dass Liam eine Woche hier war. Ihr Bruder weiß von nichts und das ist das Beste. Sie waren viel unterwegs, zweimal sogar abends feiern und Mira hat es in dieser Zeit geschafft, all das Geschehene weit von sich zu schieben, doch ab heute wird das nicht mehr gehen. Für einige Augenblicke hat sie auch wirklich darüber nachgedacht, alles abzubrechen und zu verschwinden. Das wäre das Einfachste gewesen, doch sie hat den Gedanken schnell wieder verworfen.

5

Sie wollte das hier, diese Chance, sie wollte keine Beziehung und war so dumm, auf jemanden wie Reign Gomez hereinzufallen, obwohl alle sie gewarnt haben. Sie wollte nicht hören, nun muss sie mit diesem Schmerz in ihrem Herzen leben.

Die ersten zwei Tage hat Reign versucht sie anzurufen, doch Mira hat seine Nummer blockiert und dann war Ruhe. Sie hat ihren Account nicht mehr angerührt, aber über Violets Account gesehen, dass er weiter Storys gepostet hat. Von der Hochzeit und von einem Pool, von sich mit zwei Freunden, er sah nicht glücklich aus, doch auch nicht so, wie sie sich gerade fühlt.

Natürlich konnte sie es nicht sein lassen und hat sich Avas Profil immer wieder angesehen. Sie muss sie gesehen haben. Reign ist ihr nachgelaufen, sie muss gefragt haben, wer Mira ist und was los ist, doch noch am selben Abend hat sie ein Bild von sich und Reign hochgeladen. Sie beide strahlen in die Kamera und dazu hat sie geschrieben:

Die nächste Hochzeit, auf der wir tanzen, wird unsere sein.

Mira weiß nicht, wie oft sie sich das Bild angesehen hat. Sie hat immer wieder bemerkt, wie hübsch beide sind, wie perfekt sie zusammenpassen. Wenn man einer Frau wie Ava gegenübersteht, kann man nur Komplexe bekommen, und auch wenn sie das nicht wollte und jedes Mal versucht hat, sich dem zu entziehen, konnte sie es nicht, das hat sie heute Morgen noch einmal gemerkt, als sie sich zurechtgemacht hat.

Natürlich muss sie heute zeigen, wie gut es ihr geht und dass all das nicht ihr Herz gebrochen hat und sie nicht um den Verstand bringt, was sie mit Make-up und Concealer auch sicherlich hinbekommen hat. Sie hat sich eine sexy enge Jeans und einen weißen engen Rollkragenpullover angezogen, ihre neuen Winterboots und ihre dicke beige Daunenjacke, doch sie weiß, dass sie nicht gegen solch eine sexy Latina ankommt.

Sie hat sich gestern noch ein paar mehr blonde Strähnen setzen lassen und sich ihre Haare in Wellen gelegt, doch das kann niemals

6

mit solch einer Haarmähne mithalten, wie Reigns Verlobte sie hat. Sie weiß, dass sie das nicht tun soll, sich nicht mit ihr vergleichen darf, doch sind wir mal ehrlich, jeder würde das tun.

Violet hat ihr immer wieder das Handy weggenommen und auf sie eingeredet, doch diesen Kloß im Hals kann niemand für Mira vertreiben, deswegen trinkt sie ihren Kaffee aus und atmet tief ein. Das werden lange Wochen bis zu den Weihnachtsferien und sie kann nur hoffen, dass die Zeit ihre Wunden heilt und sie Reign Gomez solange ignorieren kann.

»Alles bestens, bis später, Mama.«

Sie spürt ihren besorgten Blick auf sich und geht schnell zu ihrem Auto, atmet tief ein und wappnet sich innerlich allem, was nun auf sie zukommen wird.

Das Wetter passt sich ihrer Stimmung an. Es regnet und die bunten Herbstblätter werden umhergewirbelt, es soll bald zu schneien beginnen und es wirkt fast so, als könnte man diesen Umbruch spüren. Violet hat ihr erzählt, dass sie Reign gestern Abend schon auf dem Campus gesehen hat. Er ist zurück. Im Haus der B.C. Eagles gab es die Geburtstagsfeier von einem Spieler und es soll heiß hergegangen sein. Auch Violet hat die Party gemieden, doch man hat die Musik und die ausgelassene Stimmung über den gesamten Campus gehört.

Mira möchte all das nicht mehr wissen, jetzt bereut sie es, dass sie sich mit Reign die letzten Wochen überall öffentlich als Paar gezeigt haben. Nun wird sie um den Namen Reign erst einmal nicht herumkommen, es wird dauern, bis alle begriffen haben, dass sie nichts mehr mit ihm zu tun hat. Jetzt ist ihr auch klar, wieso Reign versucht hat, ihre Beziehung geheim zu halten; auch wenn die wenigsten von Ava wissen, gibt es welche, die sie kennen. Hätten sie weiter verheimlicht, dass sie zusammen sind, würde Mira immer noch nichts von seiner Verlobten wissen.

Sie macht sich viel zu viele Gedanken, kein Mensch auf dem Campus wird zweimal darüber nachdenken, was mit Reign und ihr

7

ist. Wahrscheinlich kennen es die Leute hier auch nur so, dass Reigns Affären schnell wechseln und warten nur darauf, wer die Nächste sein wird. So sehr es sie auch schmerzt, nur eine weitere Studentin zu sein, die mit gebrochenem Herzen zum Platz der Footballspieler sieht, so sehr sehnt sie es herbei, dass sie den Namen Reign nicht mehr hören muss und man sie damit nicht mehr in Verbindung bringt.

Allein die Fahrt zum Campus setzt ihr schon zu, sie hat Kopfschmerzen, weil ihre Gedanken nicht aufhören wollen zu arbeiten. So kennt sie sich nicht. Auch die Trennung von Emre hat ihr damals zugesetzt, doch es war anders. Sie waren lange zusammen und es kam schleichend, es war nicht von einem Tag auf den anderen vorbei, wie es jetzt bei Reign der Fall ist. Selbst wenn Emre und sie so lange zusammen waren, waren sie sich niemals so nah, wie Reign es ihr in diesen paar Wochen war. Sie hat sich niemals so fallen lassen, wie sie es bei Reign getan hat. Selbst wenn es für ihn offenbar nicht so war, hat sich diese Zeit, diese Nähe, alles zwischen ihnen, tief unter ihre Haut gesetzt, so sehr, dass sie es kaum aus den Gedanken streichen kann, so sehr sie es auch versucht und so wütend sie auch ist.

Miras Gedanken rasen, sie wusste, dass es schwer werden wird, sie hat versucht, sich die Tage darauf vorzubereiten, doch auf dem Weg zum Campus und als sie auf den vollen Parkplatz fährt, ahnt sie, dass alle Planung völlig umsonst war. Sie ist noch viel zu emotional, als dass sie das hier kalt lassen kann, doch sie wird den Teufel tun und sich das anmerken lassen. Wenn sie sich nachts in den Schlaf weint, wenn ihr Herz sich vor Sehnsucht zusammenzieht und wenn ihr übel wird, wenn sie die Bilder von Ava und Reign betrachtet, muss sie damit fertig werden. Doch sie wird sich das nicht anmerken lassen.

Um dem besorgten Blick ihrer Mutter zu entgehen, ist sie früh genug losgegangen und der Parkplatz der Uni ist noch nicht zu überfüllt. Sie findet einen Parkplatz in der Mitte und sieht direkt

8

auf den Parkplatz von Reign, auf dem sein silberner BMW steht. Sie stellt den Motor ihres kleinen roten Wagens ab und lehnt sich zurück. Einen Moment kommt ihr das Grinsen von Reign vor das innere Auge, als er ihr seinen Parkplatz nach der verlorenen Wette übergeben hat und wie er ihr jeden Morgen etwas an das Schild vor seinem Parkplatz geklebt hat.

Das Lachen von zwei Studentinnen holt sie aus den Erinnerungen zurück und sie schüttelt den Kopf, bevor sie aussteigt. Sie muss sich einfach immer wieder daran erinnern, dass all das nur eine Lüge war und sofort ersetzt ein kaltes Gefühl die warmen Erinnerungen.

Mira schnappt sich ihre Tasche, steckt ihr Handy ein und läuft hinter den anderen auf das große Campusgelände. Sie versucht, sich auf alles andere zu konzentrieren. Das erste Mal fällt ihr auf, dass neben den grauen Steinen auf dem Boden auch immer wieder ein paar rostbraune eingebaut sind, doch trotzdem bemerkt sie sofort, als aus dem Eagles-Verbindungshaus Nolan und Mercedes herauskommen. Sie laufen vor Mira. Nolan hat sie nicht gesehen, doch Mercedes wendet sich um und sieht ihr grinsend ins Gesicht. Sie wird wissen, was passiert ist, sie ist mit Ava befreundet, sie war an dem Abend auch auf dieser Hochzeit. Erst vor einigen Tagen hat Ava ein Bild von den beiden mit noch einer Freundin in einem Restaurant gepostet.

Mira wendet ihren Blick ab. Sie muss aufhören damit, über all das nachzudenken, Ava auf den sozialen Medien zu verfolgen und sich das alles zu sehr zu Herzen zu nehmen. Weder Ava noch Mercedes können etwas dafür. Reign hat sie verletzt und angelogen. Auch wenn Mercedes sich über all das amüsiert und das sicherlich die nächsten Wochen zur Unterhaltung der Cheerleader beiträgt, so bringt es nichts, ihre Wut auf sie zu lenken, deswegen ignoriert sie die beiden und betritt durch eine andere Tür das Gebäude.

Verstehen wird sie Mercedes nie; statt auch zu erkennen, dass Nolan das Problem ist, richtet sie ihre Wut auf Noel und Mira, was

9

nicht richtig ist und was sie garantiert nicht machen wird. Sie findet die Einstellung der Frauen in dieser Sache genauso krank, sie wissen, dass ihre Männer etwas mit anderen Frauen haben, doch es stört sie nicht weiter und sie tun es unter 'Hörner abstoßen' ab. Wie kann man damit leben und sich dabei noch so gut fühlen, wie es Mercedes offenbar tut? Wie kann Ava dabei zusehen, wie Reign ihr hinterherläuft und noch am selben Abend ein Foto mit einer Hochzeitsverkündung posten, wie kann einem so etwas egal sein? Sie wird und muss es nicht verstehen, deswegen sieht sie nur kopfschüttelnd weg, als Mercedes Nolan am Arm zurückhält und ihm mitten auf dem Flur vor allen einen langen und ziemlich intimen Kuss gibt.

Wahrscheinlich wird sie das niemals verstehen und das will sie auch gar nicht. Sie wird sich wieder auf das konzentrieren, was von Anfang an ihr Plan war: das College, die Universität, ihre neuen Freunde und das Vorhaben, Kanada noch mehr zu erkunden.

Mira atmet tief durch, bevor sie den Mathekursraum betritt, sie weiß, dass sie da jetzt durch muss und das nicht nur heute, deswegen sieht sie gar nicht erst nach oben, von wo sie sofort einen Blick auf sich spürt. Direkt nach ihr betritt Mr. Campell den Kursraum und sie setzt sich auf einen der freien Plätze in der mittleren Reihe.

Während Mr. Campell nach einer kurzen gemurmelten Begrüßung beginnt alles aufzuschreiben, holt Mira ihren Block aus der Tasche. Jedes Mal wenn ihre Gedanken sie zu erdrücken begonnen haben, hat sie sich mit lernen abgelenkt, deswegen ist sie gut vorbereitet und kommt sofort zurecht. Sie weiß ja nun, wie sie den Unterricht von Mr. Campell zu nehmen hat und hält sich daran, ignoriert den brennenden Blick im Rücken und konzentriert sich komplett auf das, was Mr. Campell an das Whiteboard schreibt.

Mira wartet nur auf den Augenblick, als er seinen Stift einsteckt und die Klingel ertönt, da springt sie auf und verlässt den Raum. Zwei Stunden Bio mit Lincon klingen himmlisch nach diesen ver-

10

krampften Minuten, doch sie hat bereits geahnt, dass sie nicht so einfach davonkommen wird.

»Mira!« Egal was sie sich einredet, egal wie wütend sie ist, diese raue Stimme dringt sofort in ihren Körper. Sie schließt einen Moment die Augen und läuft einfach weiter. »Okay, dann eben so.« Sie spürt Reigns Hand an ihrem Arm, er schiebt sie in einen offenen leeren Raum und schließt die Tür hinter ihnen.

All die Wut bricht aus Mira heraus, als sie zu ihm umwirbelt und ihm das erste Mal nach all diesen Tagen wieder in die Augen sieht. »Mach das nie wieder!«

Kapitel 2

Genau davor hat Mira sich versucht zu wappnen und doch konnte sie es nicht.

Als sie sich nun wütend zu Reign umwendet und ihm wieder in die Augen sieht, trifft sie Wut und Sehnsucht gleichermaßen und sie spürt, wie sich ihre Kehle zuschnürt. Die Tage war es leicht sich einzureden, dass ihm alles egal ist, er weiter seinen Spaß hat, die Bilder haben es ihr noch einfacher gemacht. Doch nun, als sie ihn anblickt, ihm in die dunklen Augen sieht, erkennt sie die Müdigkeit und eine Unsicherheit, die sie vorher noch nie an Reign gesehen hat.

»Ich habe dir gesagt, dass du mich in Ruhe lassen sollst.« Reign sieht ihr unbeirrt in die Augen. Er trägt eine hellblaue Jeans und ein graues B.C. Eagles-Shirt, mehrere Kratzer ziehen sich über seine rechte Stirnhälfte, sicherlich wird er sich diese beim Training eingefangen haben.

Egal wie sehr Mira stark zu bleiben versucht, er wird sehen, wie schlecht es ihr mit alldem was passiert ist geht. Einen Moment wirkt es so, als wollte er seine Hand heben und ihr an die Wange fassen, doch Mira geht zwei Schritte zurück und Reign lässt seine Hand wieder herunter. »Ich habe die ganze Zeit versucht, mit dir zu reden, Mira. Ich weiß, dass ich Scheiße gebaut habe, dass ich mich falsch verhalten habe, doch du musst dir doch wenigstens anhören, was ich zu sagen habe.«

Sie schüttelt den Kopf. »Nein. Alles, was du jetzt sagen willst, hättest du mir von Anfang an sagen sollen. Jetzt ist es zu spät.« Sie will sich umwenden und den Raum verlassen, sie muss hier raus. Alles hier drinnen ist so viel präsenter, Reigns Geruch, den sie so vermisst, seine dunklen Augen, die sie traurig anblicken, alles, was

13

ihr fehlt, scheint ihr die Luft zum Atmen zu nehmen und sie möchte nur noch flüchten.

»Ich weiß, dass ich dir das hätte vorher sagen sollen, doch wie hättest du reagiert, wenn ich dir gesagt hätte, dass es da noch ein anderes Leben gibt, in das ich manchmal für ein paar Tage schlüpfe?« Plötzlich steigt ihre Wut wieder hoch und Mira wird lauter. »Ich hätte das getan, wozu ich so nie die Chance hatte. Ich hätte Abstand zu dir gehalten und mich gar nicht erst darauf eingelassen und mein Herz dabei an dich verloren. Das ist nicht fair, Reign! Es ist nicht fair, dass ich jetzt hier stehe und mich so beschissen fühle, nur weil du mir nicht von Anfang an die Wahrheit gesagt hast. Und weißt du, was das Schlimmste ist? Dass für dich alles normal weiterläuft. Du hast deine Verlobte, dein Leben, alles, dein kleiner Zeitvertreib ist weg, doch dafür wirst du sicher bald Ersatz haben … doch mir …« Mira bricht ab, sie wird ihm nicht noch mehr zeigen, wie fertig sie das macht, auch wenn sie genau erkennt, dass er das weiß. Gleichzeitig befreit es sie ungemein, alles herauslassen zu können und sie hebt den Finger. »Und was soll das heißen? Anderes Leben? Das ist doch kein kleines anderes Leben. Du verlobst dich bald, oder ihr seid verlobt, wie auch immer … Du bist mit mir im Arm aufgestanden und zu ihr gefahren, um vor aller Welt ihr Verlobter zu sein, zu was macht dich das? Zu was macht mich das, Reign? Der Unterschied ist nur, dass du eine Wahl hattest, ich wusste nicht einmal etwas davon.«

Reign streicht sich einmal durch die Haare, die Geste wirkt ein wenig verzweifelt und seine Stimmer wird noch rauer. »Du kannst das nicht verstehen, Mira. Du weißt nicht, wie das ist, so zu leben. Das Letzte, was ich jemals wollte, ist es, dir wehzutun. Ich meine das ernst. Du bist das einzig Wahre in meinem Leben. Es hat sich noch niemals etwas so echt angefühlt, wie das zwischen uns, doch ich habe keine Wahl: Ich bin so groß geworden. Es gab immer den Reign, der ich sein wollte, der Football liebt, mit Freunden unterwegs ist und tut, was er will und den Reign, der ich vor meiner Familie bin. Der Sohn meines Vaters, der an die Zukunft unserer

14

Familie denkt und die Frau heiratet, die mit ihm zusammen die Firma unserer Väter leiten wird. Ich habe das immer getrennt und auch bei dir nichts anderes vor ...«

Mira unterbricht ihn. »Das ist doch Blödsinn, du kannst doch nicht so tun, als wäre es das Normalste der Welt, so zu leben. Wenn du jetzt erfahren hättest, dass ich die ganze Zeit in Berlin noch einen Verlobten habe, den ich regelmäßig sehe, würdest du das doch auch nicht normal finden. Ich dachte, du willst mir das erklären, ich habe nicht damit gerechnet, dass du denkst, du könntest das auch noch rechtfertigen.«

Er lehnt sich an einen der Tische. »Das will ich auch nicht. Wie gesagt, es war nicht richtig, doch so war es auch nie geplant. Normalerweise lerne ich eine Frau kennen, wir haben etwas Spaß und jeder geht weiter seinen Weg, ich habe dich kennengelernt und dachte, das wird auch so. Natürlich habe ich schnell gemerkt, dass du mir mehr bedeutest als alle anderen vorher, doch ich dachte, das legt sich wieder. Ich habe nicht damit gerechnet, dass du mir so schnell so viel bedeuten wirst. Auch wenn du mir das vielleicht nicht glaubst, ich habe Ava schon länger nicht mehr angerührt, vor allem nicht, seit du in meinem Leben bist. Doch ich kann auch nicht alles aufgeben. Weißt du, was es bedeutet, wenn ich diese Verlobung löse? Einfach so, für etwas, was in ein paar Monaten vorbei ist, zumindest sieht es so aus, du bist nur ein paar Monate hier, Mira, oder hast du das vergessen? Natürlich ist mir das mit dir wichtig, doch was wolltest du tun, hier bei mir bleiben? Dein Studium beenden und alles aufgeben, worauf du hinarbeitest?«

Mira lacht bitter auf. »Glaub mir, momentan kann ich es gar nicht erwarten, wieder zurückzufliegen.« Er sieht ihr in die Augen. »Siehst du, und du erwartest aber von mir, dass ich dafür alles abbreche, die gesamte Arbeit meines Vaters der letzten Jahre aufs Spiel setze, alles infrage stelle, wofür ich bisher stand. Ich will nicht sagen, dass ich das nie tun würde, aber du musst doch verstehen, dass ich das nicht nach ein paar Wochen machen kann, egal wie viel du mir bedeutest. Oder was hast du gedacht passiert, wenn dein Studienjahr endet? Hast du daran gedacht, als das mit uns begonnen hat?«

Sie setzt an, etwas zu sagen, doch tatsächlich fällt ihr in diesem Moment nichts dazu ein und sie senkt ihren Blick. »So weit habe ich nicht gedacht.« Reign wird leiser und räuspert sich. »Dann wirf mir nicht vor, dass ich es getan habe, Mira. Wie gesagt, ich weiß, dass es falsch war, doch es ist mir wichtig, dass du versteht, dass es nicht einfach so war und es nicht bedeutet, dass ich dich nicht liebe oder mir das mit uns beiden egal ist. Du fehlst mir, du fehlst mir mehr als alles andere. Ich wache jede Nacht auf und greife nach dir, ich bin auch jetzt noch überrascht, wie viel und wie schnell das alles an Bedeutung für mich gewonnen hat. Ich verstehe, dass du sauer bist, du hast allen Grund dazu und ich verstehe es auch, wenn du nie wieder mit mir sprichst, doch das bedeutet nicht, dass ich dich deswegen nicht mehr liebe ...«

Mira schließt ihre Augen, als er ihr sagt, dass er sie liebt. »Auch wenn ich vielleicht verstehe, wieso du nicht alles aufgibst, hast du falsch gehandelt. Du hättest mir sagen müssen, dass du eine Freundin hast. Das zwischen uns hätte nie beginnen dürfen, deswegen gibt es da auch nun nichts mehr. Du hast recht, wir wissen nicht, worauf das hinausgelaufen wäre und vielleicht ist das zu wenig, um solche Entscheidungen zu treffen, doch ich werde keine Affäre sein, Reign, falls du das dachtest. Wenn du meinst, du musst dich mit jemandem verloben, selbst wenn das für dich nur rein geschäftlich ist, dann tue das, aber halte mich da raus. Wie krank ist es, dass du mir hinterherkommst, zu ihr zurückgehst und ihr so tut, als wäre nichts passiert? Fühlst du dich gut, sie dann zu küssen, im Arm zu halten, wenn du doch sagst, du liebst mich? Ich meine, ich weiß, dass man sagt, Männer können so etwas, doch ich ... und sie, ich meine, es ist doch nicht normal, dass eine Frau so etwas toleriert. Ist das für euch beide wirklich so emotionslos? Das ist schrecklich, aber ... weißt du was, das geht mich nichts an. Tut, was ihr wollt. Ich kann dich auch verstehen, dass du das nicht auf-

16

gibst. Ich meine, ich habe sie gesehen, ich verstehe gar nicht, was du von mir ...«

Nun scheint Reign das erste Mal sauer zu werden und unterbricht sie. »Das darfst du niemals denken, Mira. Ich liebe ...« Sie hebt die Hand und deutet ihm an, nicht weiterzusprechen. »Ich werde wieder das tun, wozu ich hergekommen bin, um zu lernen, mein Englisch zu verbessern, Kanada kennenzulernen und meinen Spaß zu haben. Du hast recht, das zwischen uns war so nicht geplant und hätte nie passieren dürfen.« Reign senkt den Blick, sie beide wissen, dass sie im Grunde noch Stunden weiter darüber diskutieren können. Er hat falsch gehandelt, gleichzeitig ist es auch nicht so, als würde sie nicht ein wenig verstehen, was er meint, dass Mira nur für wenige Monate hier ist und er nicht alles dafür zerstören kann, doch so ist ihnen beiden nun klar, dass egal wie lange sie darüber sprechen, es am Ende nichts daran ändert, dass das zwischen ihnen keinen Sinn macht und nicht sein sollte.

Es klingelt und Mira atmet noch einmal tief ein. Ihr ist es noch niemals so schwergefallen, jemanden gehen zu lassen, und auch wenn sie noch wütend ist, ist es nicht mehr solch eine starke Wut in Miras Bauch, wie zu dem Zeitpunkt, als sie den Raum betreten haben und so fühlt es sich noch schwieriger an. Es wäre so einfach, jetzt alles beiseitezuschieben und einfach wieder in seine Arme zu flüchten. Der Gedanke, dass er sofort bereit wäre und seine Arme sie empfangen würden, lässt es zu einem inneren Kampf werden, doch sie weiß, dass sie am Ende das Richtige tut. »Ich muss zu meinem nächsten Kurs.«

Vielleicht hat Reign vor, sie vom Gehen abzuhalten, einen Moment wirkt es so, doch im Grunde wissen sie beide, dass es nichts bringt und so geht Mira direkt zum Biologieraum, wo sie sich neben Lincon setzt und versucht, ihre Tränen herunterzuschlucken.

»Ist alles in Ordnung? Hast du mit Reign gesprochen?« Sie nickt und legt ihre Sachen auf den Tisch. »Ja, aber da gibt es nicht mehr

17

viel zu sagen, also lass uns herausfinden, was die Biobakterien so treiben.«

Lincon lächelt matt und legt den Arm um sie, und vielleicht ist das auch besser als jedes Wort, was er hätte verlieren können. Mira atmet durch und lehnt sich an seine Schulter. Eine ganze Weile sitzt sie einfach nur da, angekuschelt an Lincon und lässt all das, was sie gerade besprochen haben, noch einmal in ihrem Kopf abspulen, wahrscheinlich war all das von Anfang an zum Scheitern verurteilt und sie wollte das nur nicht wahrhaben. Reign hat es ihr auch viel zu einfach gemacht, sich in ihn zu verlieben.

In der Mittagspause sitzt Mira wieder mit Violet, Noel und Lincon zusammen und versucht, nicht zu dem Platz zu sehen, an dem Reign und die Footballmanschaft zusammen mit den Cheerleadern stehen. Es liegen nur ein paar Tage zwischen dem Tag, als sie beide Hand in Hand über den Hof gelaufen sind und heute, und doch liegen gefühlsmäßig Jahre dazwischen.

»Mercedes hat mir heute früh noch einmal ganz genau gezeigt, dass zwischen Nolan und ihr alles bestens läuft.« Noel lacht leise auf und beißt von ihrem Wrap ab. Mira stochert währenddessen lustlos auf ihrem Teller herum. »Ach, dir war der Kuss der beiden heute Morgen zu verdanken. Ich denke, das haben jetzt alle verstanden.« Mira sieht angeekelt zu Noel, die ihr Gesicht ebenso verzieht.

Violet blickt von Noel zu ihr und schüttelt den Kopf. Die Affäre mit Mr. Drawn läuft noch, auch wenn sie sich in der Woche nicht gesehen haben. »Ich habe euch gesagt, macht einen weiten Bogen um die B.C. Eagles, doch ihr wolltet nicht auf mich hören.« Noel und sie lachen beide bitter auf und ihr Blick gleitet automatisch in Reigns Richtung, der gerade neben Nolan auf der Bank sitzt und sich etwas auf Parkers Handy ansieht. Als die drei darauf laut loslachen, sieht Mira weg. Sie weiß, dass sie noch lange daran zu knabbern haben wird. Sie hat nicht aufgepasst und ihr Herz an Reign verloren, das wird sie nun nicht mehr ändern können.

18

In dem Moment, als sie sich zur Seite wendet, bemerkt Mira Jacky, die ebenso wie Mira auch den Blick von Reign abwendet. Sie weiß noch genau, wie sie sich damals gedacht hat, dass sie aufpassen wird und nicht eine der vielen Frauen werden möchte, die hier mit gebrochenem Herzen sitzen und Reign Gomez den Footballstar der B.C. Eagles heimlich beobachtet und nur wenige Wochen später sitzt sie genauso hier, mit gebrochenem Herzen, mit Tränen, die sich kaum mehr herunterschlucken lassen und das macht sie nur noch wütender.

Sie will das nicht und sie wird alles daran setzen, Reign und die B.C. Eagles weit hinter sich zu lassen.

Kapitel 3

»Noch etwas mehr nach rechts.«

Mira deutet nach rechts, als Jonathan und sein Freund den fliederfarbenen Schriftzug über der Tür anbringen.

Café Caramel

Sie hatten Probleme mit dem alten Namen des Cafés, da er schon vergeben war, was ihnen nicht bewusst war. Nun haben sie sich für den neuen Namen entschieden und er passt auch viel besser. Miras Mutter liebt Caramel und verwendet es sehr oft für das Backen. Tifi steht neben ihr und auch Violet und ihre Mutter kommen heraus. Es ist Samstag, Violet hat bei Mira geschlafen und probiert sich gerade durch alle neuen Kuchen durch. Jonathan lässt den Schriftzug los und sie beginnen zu klatschen, er verbeugt sich auf der Leiter. Jonathan ist eine große Hilfe für ihre Mutter und Mira weiß, dass er sie sehr glücklich macht.

»Und zur Feier des Tages habe ich noch eine kleine Überraschung.« Jonathan deutet auf mehrere große braune Kartons, die er vorhin mit seinem Freund aus seinem Truck abgeladen hat. Mira dachte, die hätten etwas mit der neuen Beschriftung des Ladens zu tun, doch offenbar ist das nicht so. Sie stellen sich um die Kartons herum und ihre Mutter holt neue Teller und Tassen heraus, die alle denselben fliederfarbenen Schriftzug zart eingraviert haben: Café Caramel. »Wow, das sieht sehr schön aus.« Mira sieht die Tränen in den Augen ihrer Mutter, als sie die Arme um Jonathan legt und sich bei ihm bedankt.

Wenn man ihn mit ihrem Vater vergleicht, könnten sie nicht gegensätzlicher sein. Ihren Vater kennt Mira fast nur im Anzug, Shorts und Poloshirt. Er sieht immer aus wie ein Geschäftsmann, selbst in seiner Freizeit, und sie kann sich nicht daran erinnern, dass er so viel für ihre Mutter getan hat.

Jonathan hat sie bisher immer nur in alten, zerschlissenen Jeans und Arbeiterhosen gesehen. Er trägt meistens diese typisch kanadischen Karohemden, hat oft ein Cap falsch herum auf und hat immer ein lockeres Lächeln auf den Lippen. Aber das Allerwichtigste: Er ist ständig damit beschäftigt, dafür zu sorgen, dass es ihrer Mutter gut geht. Er ist oft im Laden und sie unternehmen auch einiges zusammen, wenn etwas anliegt, kümmert er sich darum und Mira sieht, wie liebevoll er ihre Mutter anblickt. Es gibt nichts, was sie sich mehr für sie wünschen könnte. Auch Liam, der eine Woche hier war, mag ihn, und wenigstens für ihre Mutter scheint sich momentan alles zum Besten zu wenden.

Violet legt den Arm um sie. »Ist das niedlich, wo bleiben unsere Traumprinzen? Wahrscheinlich sollten wir dafür ab jetzt einen weiten Bogen um Footballspieler machen.« Mira muss lachen, auch wenn sich ihr Magen sofort wieder zusammenzieht. Das College läuft seit zwei Wochen wieder und es waren anstrengende Wochen. Nicht nur, dass es zur Zeit eine Menge Prüfungen gibt, ihr setzt das mit Reign noch sehr zu. Seit ihrem Gespräch am ersten Tag sind sie sich beide aus dem Weg gegangen und Mira ist dankbar, dass er merkt, wie schwer ihr das alles fällt und sie in Ruhe lässt.

Sie spürt seine Blicke, die anderen sagen ihr, dass er immer wieder zu ihr sieht, doch er lässt sie in Ruhe, auch wenn man merkt, dass auch ihn das nicht kalt lässt. Davor war er immer am Lachen und dabei, Scherze mit seinen Jungs zu machen, nun ist das eher selten. Mira versucht, all das beiseitezuschieben und weiterzumachen, sie war am Freitag sogar das erste Mal wieder laufen. Er fehlt ihr, er fehlt ihr mehr, als sie es für möglich gehalten hätte, doch es liegt nicht in ihrer Macht, etwas daran zu ändern, deswegen verdrängt sie all das und macht weiter.

22

»Die sind wunderschön, wenn Feierabend ist, können wir die alten direkt austauschen, ich mache mich daran, die abzuwaschen.« Tifi sieht sich auch begeistert all das neue Geschirr an. Mira geht zurück in den Laden und schnappt sich ihre Tasche, die hinter dem Tresen liegt. »Ich bringe Violet zum Campus, ich muss nur kurz zur Bibliothek ein Buch besorgen, was ich Freitag nicht mehr geschafft habe und dann bin ich wieder da und helfe dir.« Tifi hebt den Daumen. Sie sind gestern mit ihrem Auto hergekommen und Mira braucht noch ein Buch für die Biologie-Klausur, gestern war die Bibliothek schon geschlossen. Zum Glück hat sie auch Samstags für ein paar Stunden auf und da sie Violet eh fahren muss, passt es.

»Mira, magst du Rouladen?« Jonathan ruft ihr noch hinterher, als sie mit Violet ins Auto steigen will. Sie nickt und steigt schmunzelnd ein. Übernächstes Wochenende hat er ihre Mutter und sie bei sich zum Essen eingeladen, eigentlich auch Reign, doch das hat sich ja nun erledigt. Ihre Mutter hat ihr erzählt, wie nervös Jonathan das macht. Er hat selten Besuch und plant schon jetzt alles durch. Sie sagt, er hat noch nicht einmal Kissen, ihr gesamtes Bett ist mit weichen Kissen vollgestellt. Wie kann ein Mensch ohne Kissen überleben? Sie ist aber tatsächlich sehr gespannt, wie Jonathan lebt, und offenbar hat er vor, ihnen ein typisch deutsches Essen zu kochen.

Den gesamten Rückweg überlegen sie, wie sie Noel überraschen können. Sie hat am übernächsten Sonntag Geburtstag und will nicht feiern, doch das werden sie natürlich nicht zulassen. Ihre Studentenzimmer sind zu klein, die Aula, die man mieten kann, ist zu groß, ihr Laden zu weit weg, um alle einfach dorthin zu bekommen. Als Violet die Idee hat, die Basketballhalle zu nutzen, ist Mira sofort begeistert. Violet will sich darum kümmern und nachfragen, ob das möglich ist, sie wird sich um Kuchen und Cupcakes kümmern, Lincon hat schon gesagt, er übernimmt die Musik, von daher sollte alles klappen.

Erst als Mira auf den Parkplatz fahren will, bemerkt sie, wie voll es ist und ihr wird klar, dass heute ein Footballspiel stattfindet. Sie ist so gut im Verdrängen geworden, dass sie auch das schon wieder vergessen hat, dabei wurde in den letzten Tagen ständig davon gesprochen und die Footballmanschaft war die letzten Tage auch wieder vom Unterricht befreit. Mira sitzt in Mathe weiterhin in der Mitte und vermeidet es, nach hinten zu blicken, in Geschichte ist das schwieriger, doch Reign und sie sind beide sehr ruhig geworden und versuchen, auch diese Stunden zu überstehen.

Also muss sie etwas weiter weg parken. Als sie dann auf den Campus kommen, hört man schon die Rufe und das Jubeln. »Das Spiel ist gleich vorbei, lass uns mal sehen, wie es steht.« Mira hat keine große Lust dazu, doch Violet hat sich schon bei ihr eingehakt und sie laufen in Richtung des Feldes. »Hattest du nicht gerade gesagt, dass wir einen weiten Bogen um die Footballspieler machen müssen?« Violet lacht und nickt. »Wir sprechen mit keinem von ihnen. Die andere Mannschaft steht auf dem zweiten Platz, das wird kein leichtes Spiel gewesen sein und die Mannschaften hassen sich. Wir haben bestimmt einiges verpasst.«

Sie betreten die Tribüne und spüren sofort, wie angespannt alle sind. Keiner sitzt mehr, alle stehen und sehen auf das Feld. Violet schlängelt sich durch die Leute, sodass sie ganz vorne stehen und direkt auf die Coaching-Zone blicken können, wo gerade Parker steht und sich mit einem Handtuch Blut aus dem Gesicht und von einer blutende Wunde wischt, die sich der Mannschaftsarzt ansieht.

»Wow, Parker. Das hat was, das wirkt auf verwirrende Art richtig sexy.« Violet lacht laut auf und die Leute um sie herum sehen zu ihnen, während Parker nur grinst und sich verbeugt. »Solange ich dich zufriedenstelle, nehme ich alles in Kauf.« Nun muss auch Mira lächeln und erst da sehen sie, dass nur noch zwei Minuten zu spielen sind und die B.C. Eagles sogar leicht im Rückstand sind.

24

Reign steht bereits in der Mitte des Feldes. Das wird ihr letzter Spielzug sein. Deswegen sind alle so angespannt. Auch alle Spieler an den Seiten sind aufgestanden. Das Spiel geht weiter, der Ball wird geworfen und Reign fängt ihn. Nolan schafft es, einen anderen Spieler zu blocken und auch Reign gelingt es, durch mehrere Spieler durchzukommen. Er ist schnell, er spielt die anderen aus und er hat Kraft. Erst am Ende des Feldes schaffen es die anderen Spieler, ihn aufzuhalten und schmeißen sich auf ihn, doch Reign hat den Ball auf den Boden geworfen und somit einen Touchdown geschafft und den Sieg geholt.

Alle rasten aus. Violet hält sich die Ohren zu, so laut wird es. Mira beobachtet lächelnd, wie Reign gar nicht wieder hochkommt, alle Spieler und auch der Coach rennen zu ihm und werfen sich auf ihn. Irgendwann steht er, sein Helm ist ab und er umarmt Nolan, die Cheerleader kommen auf das Feld und tanzen, der Song High Hopes von Panic at the Disco wird gespielt. Der Coach umarmt Reign und in dem Augenblick sieht er auf die Tribüne und zu Mira, doch nur für eine Sekunde, denn dann stellt sich plötzlich eine lange Lockenmähne vor ihn und gibt ihm einen Kuss.

Ava ist da.

Miras Herz schlägt sofort schneller, als sie sieht, wie Ava Reign umarmt und ihn immer wieder auf den Mund küsst. Die Presse kommt und macht Fotos, Nolan und Mercedes stellen sich dazu und erst da bemerkt auch Violet, dass Ava auf dem Platz ist. Reigns Blick gleitet wieder zu ihr, doch Mira wendet sich um. »Lass uns gehen!« Sie muss sich nicht umwenden, sie spürt Violet hinter sich. »Wir hätten gar nicht herkommen sollen.« Zusammen mit den ersten Zuschauern verlassen sie die Tribüne in Richtung Bibliothek. Mira ärgert sich, dass dieser Anblick sie wieder völlig aus der Bahn geworfen hat. Zu wissen, dass es eine andere Frau gibt, ist das eine, die beiden zusammen zu sehen, tut so viel mehr weh. Wieso konnte sie ihr Herz nicht besser schützen und musste sich in ihn verlieben?

25

»Ich weiß, dass das wehtut, Süße, und ich sehe, dass er dir fehlt, doch weißt du, was ich da gerade gesehen habe?« Violet hält sie am Arm zurück. Mira will nur noch weg hier.

Avas strahlendes Gesicht hat sich in ihren Kopf gebrannt. Sie ist so verdammt perfekt. Es ist kalt und sie trägt einen teuren Mantel und darunter, sexy geknotet zur Jeans, Reigns Shirt, das, was Mira getragen hat, und sie? Mira hat sich heute gerade mal gewaschen, sich einen Zopf gebunden und steht mit Boots, grauer Jogginghose und Hoodie hier herum.

»Alles, was ich gesehen habe, war Panik.« Violet zwingt Mira, sie anzusehen, und als sie ihrer Freundin in die Augen sieht, kann sie ihre Tränen nicht mehr zurückhalten. »Panik, und weißt du warum? Ava war noch nie hier. Ich habe sie noch nie hier gesehen und ich war bei einigen Spielen. Reign hatte immer wieder etwas mit Frauen, doch sie hat sich nie die Mühe gemacht herzukommen, doch heute ist sie da und weißt du warum? Weil sie spürt, dass du etwas anderes bist, etwas anderes für Reign, und dass sie jetzt da auf dem Feld steht, ist reine Panik.«

Mira ist das egal, es tut weh, all das tut einfach noch zu sehr weh, und als Violet sie umarmt, kann sie das auch nicht mehr verbergen und weint. Es ist schwer, die ganze Zeit so gefasst und hart zu wirken. Violet drückt sie fest an sich und küsst ihre Wangen. »Er fehlt mir so, ich habe manchmal das Gefühl, keine Luft mehr zu bekommen.« Violet drückt sie noch fester.

»Ich weiß und ich verspreche dir, dass ich alles dafür tun werde, dass deine einzige Erinnerung an Kanada nicht dein gebrochenes Herz sein wird.«

Mira nickt, es wird voller, alle verlassen die Tribünen und sie deutet Violet zu gehen, dabei wischt sie sich die Tränen weg, atmet tief ein und versucht wieder, all das von sich zu schieben.

Es gelingt ihr auch immer wieder. Mira hat sich den restlichen Samstag mit ihrer Mutter und Tifi und dem Neusortieren des Ladens abgelenkt und den gesamten Sonntag mit Serien, Lernen, Videogesprächen mit ihren Brüdern und Laura verbracht. Am Nachmittag wurde ihr ein riesiger Blumenstrauß geschickt. Mira kann sich nicht daran erinnern, jemals solch einen schönen Strauß bekommen zu haben, doch nachdem sie die Karte gelesen hat, hat sie ihn in eine Vase gestellt und im Laden gelassen.

'Auch wenn es für dich im Moment vielleicht nicht so aussieht und auch wenn es nichts daran ändert, wie es zwischen uns ist, will ich, dass du weißt, wie sehr ich dich liebe, Mira, und dass du mir fehlst, ständig. Du hast jedes Recht der Welt, mich zu hassen, doch egal was ist, ich möchte, dass du weißt, dass du die ganze Zeit in meinem Herzen bist. Reign'

Sie sieht den Strauß nicht einmal mehr an, auch wenn es ihr schwer fällt, und wieder schläft sie eine Nacht kaum, trotzdem weiß sie, dass sie auch die nächste Woche schaffen wird, als sie am Montag früh aufsteht.

Sie geht in die Küche und mischt sich ein Müsli, dabei fällt ihr Blick auf die Zeitung von Montag und ihr Herz bricht ein weiteres Mal. Von der Titelseite strahlt Reign ihr entgegen, neben ihm sind Ava, Nolan und Mercedes.

'B.C. Quarterback Gomez bringt die B.C. Eagles direkt an die Spitze'

Ein Blick auf Reigns Gesicht, in seine Augen und dann auf Ava, die so perfekt neben ihm aussieht, und Mira schließt die Augen, um zu verhindern, dass ihr erneut Tränen entweichen. Sie weiß, dass sie dieses Bild nun die gesamte Woche immer wieder vor der Nase haben wird. Im selben Moment wird die Zeitung vom Tisch genommen und ihre Mutter befördert sie direkt in den Müll.

»Ist alles in Ordnung, Engel? Vielleicht solltest du dir einen Tag ...« Mira lässt ihr Müsli stehen und nimmt sich ihre Tasche. »Es geht schon, Mama. Ich habe damit abgeschlossen.« Sie weiß, dass sie sich gefasst anhört, vielleicht würde sie sich selbst glauben, wenn sie nicht den Schmerz in ihrer Brust spüren würde, doch als sie den Laden verlässt und die kalte Winterluft tief in ihre Lungen lässt, weiß sie, dass egal was sie versuchen wird, sie dieses gebrochene Herz aus Kanada mit nach Hause bringen wird.

Kapitel 4

»Ich habe den Vergleich mit Jack aus Gilmore Girls am Anfang nur aus Spaß gemacht, doch jetzt merke ich, wie sehr das wirklich zutrifft, genau so habe ich mir das immer vorgestellt.«

Mira und ihre Mutter fahren von der Landstraße ab auf einen Waldweg bis zu einem kleinen Berg, an dessen Anfang eine einfache Holzhütte steht. Ein kleiner Fluss fließt dort entlang und ein brauner Hund kommt aus der Holzhütte gerannt, direkt auf ihr Auto zu. Sobald sie halten und aussteigen, hüpft er freudig an ihnen hoch und runter. »Apollo, lass die beiden in Ruhe!«

Mira liebt Hunde und streichelt das aufgeregte Tier. »Was hat er da an seinem Rücken?« Jonathan kommt zu ihnen. »Das ist bei der Rasse so, das ist ein Ridgeback, die Rasse hat auf dem Rücken Fell, das in die entgegengesetzte Richtung wächst.« Jonathan begrüßt ihre Mutter mit einem Kuss und Mira wendet den Blick ab. So sehr sie sich auch für ihre Mutter freut, es ist komisch, sie in dieser Rolle zu sehen und deswegen begrüßt sie Jonathans Freund Apollo weiter.

»Wieso hast du ihn noch nie mitgebracht?« Sie laufen zusammen in Richtung des Hauses. Apollo läuft neben Mira. Es ist friedlich hier, man hört nur das Rascheln der Bäume und das Plätschern des Flusses. »Er begleitet meinen Nachbarn immer für einige Wochen auf die Berge, er hat auch einen Hund und hat dort Schafe. Ridgebacks haben früher Löwen gejagt und Apollo liebt es, in den Bergen zu sein, den Winter aber bleibt er wieder bei mir und du wirst ihn jetzt öfter sehen.« Ihre Mutter streichelt sein weiches Fell, doch Mira weiß, dass sie nicht ganz so ein Fan von Hunden ist.

Sie betreten die Hütte und es ist genauso, wie Mira es sich vorgestellt hat. Die Hütte besteht aus einem großen Raum. Eine kleine

29

Kochnische und das Wohnzimmer sind in einem Raum, hier steht auch ein Esstisch, der das Schmuckstück des Raumes ist. Er sieht aus wie direkt aus einem Baum gesägt, unglaublich schön, das Holz stammt aus einem Nussbaum. Mira sieht sich beeindruckt um. Alles hier ist älter, einiges sieht selbstgebaut aus, doch alles hat seinen eigenen Charme. Es ist einfach, aber sehr gemütlich. Es gibt einen Kamin, in dem ein Feuer brennt und man sieht zwei Türen von diesem Raum abgehen, wohinter sich sicher ein Schlafzimmer und ein Bad befinden.

»Es ist sehr gemütlich hier, hast du das alles selbst gemacht? Der Tisch ist wunderschön.« Auch ihre Mutter scheint begeistert zu sein, Mira bemerkt die Preisschilder auf den Kissen und lächelt. Als sie zum Esstisch sieht und auf die drei Gedecke, wird ihr Herz einen Moment schwerer. Sie hatten schon abgemacht, dass Reign mitkommt, er mag Jonathan, die beiden haben sich sehr gut verstanden und Reign war auch sehr gespannt, wie er lebt, doch nun ist alles anders gekommen.

Mira hat nicht auf den Blumenstrauß, die Zeitungsartikel oder irgendetwas anderes reagiert. Sie hat ihn weiter ignoriert und er hat sie gelassen, auch wenn sie seinen Blick auf sich spürt. Ava ist noch an zwei weiteren Tagen auf dem Pausenhof aufgetaucht, sie scheint Reign jedes Mal damit überrascht zu haben, einmal sah es sogar so aus, als hätten sie deswegen einen Streit, doch Mira hat all das versucht zu ignorieren und auch ihre Freunde verstehen, dass es besser ist, sie gar nicht erst darauf anzusprechen. Sie spürt, wie sie anfängt, eine Mauer aufzubauen. Sie lächelt und ist anwesend, doch ihr Herz schreit vor Sehnsucht auf. Sie hat die Gefühle, die sie in dieser kurzen Zeit zu Reign aufgebaut hat, völlig unterschätzt.

»Na dann bist du heute meine Begleitung.« Mira wuschelt Apollo über den Kopf, während ihre Mutter Jonathan hilft, das Essen aus der Küche zu holen. Er hat tatsächlich Rouladen gemacht und es schmeckt wirklich lecker. An den Wänden hängen viele Bilder, die

30

Jonathan beim Wandern oder Angeln zeigen und sie fragen ihn natürlich über all das aus. Der sonst eher ruhigere Jonathan kommt richtig aus sich heraus. Er hat viele Hobbys und verdient sein Geld damit, alte Häuser aufzuarbeiten, Möbel zu bauen und vieles mehr. Dabei hat er natürlich schon einiges erlebt, was er ihnen erzählt. Er hat außerdem einige Jahre in Amerika gelebt, aber es hat ihn immer wieder nach Kanada, seine Heimat, gezogen.

Es ist ein gemütlicher Nachmittag, sie reden viel, lachen und hören sich die Geschichten aus Jonathans Leben an. Als Nachtisch gibt es Apfelkuchen mit Vanillesoße, es regnet und das Feuer im Kamin knackst. Mira fühlt sich wohl, das erste Mal seit Langem holt sie ihr Handy heraus und macht ein Foto von ihnen dreien am Tisch, selbst Apollo hat es zu ihnen aufs Bild geschafft, und da das Bild so gut geworden ist, gibt sich Mira einen Ruck und geht das erste Mal seit längerer Zeit wieder auf Instagram. Sie hat einige Nachrichten, doch sie ignoriert sie, stellt das Bild ein und schreibt dazu #einperfekternachmittag. Noch immer ist sie mit Reign befreundet, doch statt sich sein Profil anzusehen, was sie jetzt schon länger nicht getan hat, schließt sie die App wieder und widmet sich ihrer Mutter und Jonathan.

Sie hätte noch länger bleiben können, es ist wirklich gemütlich, doch die verliebten Blicke, die Jonathan und ihre Mutter sich zuwerfen, lässt sie dann aufstehen. Ihre Mutter weiß, dass sie noch einiges für morgen vorzubereiten hat. Sie hat ihr schon gesagt, dass sie vermutlich über Nacht wegbleibt. Mira wird den Laden morgen öffnen. Es ist komisch, ihre Mutter zurückzulassen und noch komischer, das erste Mal alleine in diesem großen Haus zu sein, doch dann genießt sie die Ruhe sogar.

Sie verbringt den ganzen Abend in der Küche, stellt sich die Musik laut und bereitet die Cupcakes für morgen vor, sodass sie nur noch die Creme auftragen muss. Auch der Kuchen muss morgen nur noch zusammengefügt werden. Mira geht nach oben und sieht sich noch einige Serien an, dabei öffnet sie die App erneut und sieht, wie viele ihr Bild geliked haben.

Violet und Noel haben es mit Herzen kommentiert, ihr Bruder hat darunter geschrieben, wie sehr er sie vermisst und auch Reign hat das Bild geliked. Sofort trübt sich ihre Laune wieder. Er wird wissen, dass er dabei sein sollte.

Nun sieht sich Mira auch sein Profil an. Wie immer wirkt es sehr professionell, er hat eine Story gepostet, vom Training, sie zeigt ihn mit Parker, der den Arm um ihn gelegt hat und einen Spielzug. Die letzten Bilder von ihm wirken eher nachdenklich und traurig, vielleicht bildet Mira sich das aber auch ein. Es ist auf jeden Fall nichts Privates mehr zu sehen, es geht in jedem Post um Football. Gerade als sie sich sein Profil ansieht, lädt er eine neue Story hoch. Es zeigt, dass er auf dem Beifahrersitz sitzt, es regnet und Nolan fährt das Auto und dreht das Radio auf, wo laut 'End of the Road' gespielt wird.

Mira atmet tief aus und schließt die App wieder. Das wird ihr nicht guttun. Sie sieht sich weiter ihre Serien an, auch wenn ihre Gedanken ganz woanders sind und schläft dabei ein.

Den Vormittag über kümmert sie sich um den Laden, bereitet alles für die Feier später vor, während Tifi vorne ist, und backt auch gleich zwei Kuchen für Montag. Mittlerweile kennt sie so viele Rezepte, dass sie sicher auch eine Weile den Laden alleine führen könnte. Sie kümmert sich um alles, bis ihre Mutter strahlend zusammen mit Jonathan und Apollo in den Laden kommt.

Nun muss sie sich beeilen, Apollo folgt ihr in die Wohnung und wartet brav vor der Badezimmertür, während Mira duscht und sich fertig macht. Sie zieht sich ein graues Wollkleid an, was ihr bis kurz über die Knie geht und beigefarbene Overknees, legt ihre Haare in größere Lockenwickler ein und schminkt sich ein wenig, alles unter den wachsamen Augen von Apollo, der es auf ihrem kuscheligen weißen Teppich offenbar sehr bequem findet. Als sie mit allem

32

fertig ist, sucht sie alles zusammen, was sie die letzten Tage zusammengetragen und gekauft haben.

Heute Morgen, als Tifi kam, hat Mira eine Menge Cupcakes fertiggestellt, die Lincon schon abgeholt hat. Auch jetzt kommt er sie abholen, sie wird später mit einem Taxi zurückfahren. Auch jetzt gibt es noch mehrere Kartons Cupcakes und eine Torte, die passend dazu in helle Vanillecreme gehüllt ist. Jonathan hilft ihnen, alles zu verstauen und wegen der vielen Kisten im Wagen fahren sie sehr langsam, sodass sie später als geplant auf dem Campusgelände ankommen. Zwei weitere Studenten aus Noels Kursen kommen zum Parkplatz und helfen, alles in die Turnhalle zu bringen.

Schon von außen hört man Musik, und als Mira die Halle betritt, staunt sie nicht schlecht. Es ist schon ein üppiges Buffet aufgebaut, eine große Musikanlage ist angeschlossen und die viele Dekoration, die sie besorgt haben, ist zum größten Teil auch angebracht. Es sieht wunderschön aus und hat etwas von den Abschlussbällen in den Highschool-Serien, die sie früher geliebt hat.

Da sie schon so spät dran sind, beeilt sich Mira und sie schmücken den Rest zusammen. Nach und nach kommen immer mehr Studenten dazu und helfen, und so schaffen sie es doch noch rechtzeitig, löschen das Licht, stellen die Musik ab und warten, bis eine von Noels Freundinnen sie in die Halle bringt, wo sie alle laut zu singen beginnen, Noel mit Konfetti bewerfen und ihr Vorhaben, nicht zu feiern, zunichte machen.

Natürlich freut sich der hübsche Lockenkopf und sie beginnen zu tanzen, den Kuchen anzuschneiden und einfach Spaß zu haben. Lincon hat eine Bowle gemacht, die einem sofort zu Kopf steigt. Mira trinkt so gut wie nie und spürt sofort, wie der Alkohol zu wirken beginnt, doch es fühlt sich nicht unangenehm an. Endlich schafft sie es tatsächlich mal, alles beiseitezuschieben. Sie tanzt mit Lincon und lacht das erste Mal seit Langem wieder aus ganzem Herzen.

Die Halle füllt sich. Aus der kleinen Feier wird eine richtige Party und irgendwann fangen auch die Trinkspiele an. Mira ist schon beschwipst und macht mit Violet und Noel, die auch beide nicht mehr ganz nüchtern sind, sofort mit. Eher nebenbei bekommt Mira mit, dass auch einige Footballer gekommen sind. Sie sieht, dass Nolan da ist und mit Noel spricht, er hat sogar Blumen dabei, doch sie schenkt dem wenig Beachtung. Sie beginnt gerade, mit Violet und zwei Studenten Twister zu spielen und jeder der umfällt, muss ein Glas leeren. Nach einigen Minuten kann Mira sich kaum mehr auf den Beinen halten, das Lied Rockabye schallt durch die Halle und Violet und sie amüsieren sich sehr gut, bis einer der Studenten während des Spieles zu nah an Mira herankommt und versucht, seine Lippen auf ihre zu drücken. Sie ist betrunken und kann nicht mehr so schnell reagieren, doch das muss sie auch gar nicht, weil er ruckartig von ihr weggezogen wird und stattdessen Reigns wütende dunkle Augen zu ihr hinabblicken.

»Ich glaube, das reicht!«

Mira versucht aufzustehen, doch sie ist schon so verknotet, dass sie auf ihren Hintern fällt, was Violet noch mehr zum Lachen bringt und auch Mira muss lachen. »Das hast du nicht zu entscheiden!« Reign hilft Mira auf die Beine und auch wenn sie noch so betrunken ist, spürt sie seine Berührung sofort. Seine Hände, die ihr an die Hüfte fassen, sein Geruch, der sie wieder umhüllt, selbst in ihrem Zustand schreit alles in ihr sehnsuchtsvoll auf und das macht sie noch wütender. Wieso kann ihr Verstand und ihr Herz nicht auf sie hören? Mira befreit sich von Reign und geht zum Tisch, um sich noch ein Glas hineinzukippen, doch da steht er schon wieder bei ihr und nimmt ihr den Becher aus der Hand. Er gießt ihr Wasser ein und reicht ihr das. »Von mir aus hasse mich, Mira, aber ich werde nicht zulassen, dass du jetzt irgendeinen Blödsinn machst, um das zu betäuben, was wir beide gerade durchmachen. Das funktioniert nicht.«

34

Mira sieht ihn entgeistert an. »Das geht dich nichts mehr an und ich habe einfach nur Spaß, es tut gut, das nicht mehr zu spüren.« Sie deutet auf ihr Herz und weiß, dass er weiß, was sie meint. Erst jetzt sieht sie Reign richtig an. Sie muss zugeben, dass sich um sie herum alles ziemlich verdächtig dreht, wo sie jetzt so still steht, doch sie erfasst alles an ihm. Er trägt eine Trainingshose und einen weißen Hoodie, keine Jacke, vielleicht haben die Eagles gerade noch trainiert. Seine dunklen Augen funkeln sie wütend an, doch trotzdem liegt genau das liebevoll darin, was sie so gerne gesehen hat, jedes Mal wenn er ihr in die Augen gesehen hat.

»Trink das, Mira! Vertrau mir, morgen wird es sonst nur schlimmer.« Obwohl er ihr nichts zu sagen hat und sie nicht auf ihn hören möchte, leert sie den Becher und stellt ihn wieder auf den Tisch. »Dir zu vertrauen, war der schlimmste Fehler. Ich gehe jetzt weiter Spaß haben.« Sie will an ihm vorbei und er streckt schon seinen Arm in weiser Voraussicht aus, denn alles dreht sich plötzlich so sehr, dass sie einen Moment zu wanken beginnt.

Violet kommt zu ihnen. »Ist alles in Ordnung? Ich wusste doch, dass du auf ein, zwei Gläser hättest verzichten sollen. Soll ich dich nach Hause bringen?« Reign lacht leise auf. »Das ist eine tolle Idee, wenn du auf einem Bein hüpfen kannst, lasse ich das vielleicht auch zu. Ich bringe sie nach Hause.« Mira ist wahrscheinlich zu betrunken, erst jetzt merkt sie, dass Reign wirklich sauer ist. Sie gibt Violet einen Kuss auf die Wange. »Ich gehe alleine und du pass auf dich auf.« Ohne noch weiter auf die beiden zu achten, dreht Mira sich um, sie sucht Noel, doch sie findet sie nicht und geht zum Ausgang. Der Gedanke, frische Luft zu schnappen, bringt sie dazu schneller zu laufen und dabei rempelt sie zwei Studenten an, die sich beschweren, bis sie auf etwas oder jemanden hinter Mira sehen, was sie verstummen lässt.

Noch immer dreht sich alles, doch sobald Mira die Halle verlassen hat, hebt sie ihre Nase in die kalte Luft und es geht ihr besser. Es ist eine andere Kälte, es duftet nach Winter und dann wird ihr

ihr Mantel um die Schultern gelegt und Reign stellt sich zu ihr. »Komm, ich bringe dich nach Hause. Du gehörst ins Bett.« Sie sollte ihm aus dem Weg gehen, ihm tausend Dinge an den Kopf werfen, doch Mira ist wirklich müde und spürt, dass die Übelkeit immer stärker wird, deswegen sagt sie nichts und folgt ihm in Richtung Parkplatz. Mag sein, dass sie ihm nie hätte vertrauen sollen, doch trotzdem weiß sie, dass sie sich in dieser Situation auf ihn verlassen kann.

»Gehts?« Mira spürt Reigns besorgten Bkick auf sich. »Wir waren im Haus nach dem Trainig und haben von der Party erfahren, ich wollte nur nachsehen, ob du da bist ...« Sie sieht zu ihm, darauf bedacht, sich nicht zu schnell zu bewegen. Sie setzt an, etwas zu sagen, ihm zu sagen, dass er damit aufhören muss, mit alldem, damit, ihr zu beweisen, dass er sie liebt, weil es so niemals aufhören wird wehzutun, doch als sie ihren Mund öffnet, spürt sie etwas Dickes, Weiches auf ihrer Nase landen und blickt verwundert in den Himmel, wo sich hunderte von Schneeflocken über ihnen beiden versammelt haben und auf die Erde hinunter tanzen.

»Es schneit.« Ihre Stimme zittert vor Kälte und Müdigkeit, doch trotzdem sieht sie fasziniert in den Himmel. »Ja, der Winter beginnt.« Mira kann sich nicht so schnell von dem Anblick losreißen, auch wenn sich ihr Kopf immer mehr dreht. Als sie dann wieder nach unten und zu Reign sieht, trifft sie direkt auf seine dunklen Augen, die sie betrachten. Einen Moment sehen sie sich einfach nur an und alles läuft wie in einem schnulzigen Hollywoodfilm noch einmal vor Miras innerem Auge ab.

Sie sollte ihn von sich stoßen und weggehen, doch sie erkennt, dass auch ihn all das nicht kalt lässt, ganz im Gegenteil. »Komm her«, murmelt er leise und seine Arme hüllen sie ein. Statt ihn von sich zu stoßen, legt Mira ihr Gesicht an seine Brust und schließt zufrieden die Augen. Sie spürt seine Lippen an ihrem Scheitel und wie er leise murmelt, wie leid ihm alles tut und dass er sie liebt, doch Mira ist in diesem Moment nicht in der Lage zu reagieren. Sie

36

spürt, wie sie beide nass werden und doch bewegen sie sich keinen Millimeter. Keiner lässt den anderen los und Mira krallt sich an seinem Hoodie fest. »Wieso kann ich dich nicht einfach hassen?« Das ist das Einzige, was sie in diesem Moment sagen kann und sein Griff um sie verstärkt sich nur noch einmal. Erst als sie hinter sich laute Stimmen und Lachen hören, lässt Reign Mira los, nimmt ihre Hand in seine und bringt sie zu seinem Auto.

Nun ist alles zu spät, ihr ist schlecht vom Alkohol und die Erkenntnis, wie sehr sie Reigns Nähe vermisst, trifft sie zusätzlich. Schweigend setzt sie sich auf den Beifahrersitz des silbernen BMWs. Reign kramt im Kofferraum und setzt sich neben sie auf den Fahrersitz. Er schaltet die Heizung an und deutet ihr, sich die nasse Jacke auszuziehen. Da sich wirklich alles dreht, geht das nicht so einfach und Mira spürt, wie fertig und müde sie ist. Reign hilft ihr und stülpt ihr dann einen trockenen riesigen, flauschig weißen B.C. Eagles-Hoodie über, in den sie sich gleich einkuschelt.

»Danke.« Das Auto wird warm und Reign startet den Motor. »Nicht dafür.« Mira schließt die Augen, um das Drehen zu stoppen, was nicht so gut funktioniert wie gewünscht, doch sie ist auch schon zu müde, um sie wieder aufzubekommen. Sie spürt eine Hand an ihrer Wange und kuschelt sich einen Moment in Reigns warme Handinnenfläche, dann fällt sie in einen tiefen Schlaf.

Sie spürt nur noch Arme um sich und irgendwann ihr weiches Bett, worin sie versinkt und dankbar aufseufzt.

37

Kapitel 5

Selbst die heiße Dusche am nächsten Morgen schafft es nicht, Mira richtig wach zu bekommen.

Ihr geht es miserabel, auch wenn sich nicht mehr alles dreht, ist ihr schlecht und ihr Kopf dröhnt. Ein pochender Schmerz durchfährt immer wieder ihren Kopf, um sie daran zu erinnern, was gestern alles vorgefallen ist. Einzig der Blick auf die weiße Landschaft, wenn sie aus den Fenster blickt, hebt ihre Stimmung ein wenig. Es hat die ganze Nacht geschneit und Vancouver ist unter einer dicken Schneedecke versunken.

Mira geht zurück in den Wohnbereich und das dumpfe Pochen in ihrem Kopf weicht in ihren Magen, als sie auf den B.C. Eagles-Hoodie, in dem sie geschlafen hat und der nun über ihrem Sessel liegt, blickt. Automatisch kommen ihr die Bilder der Umarmung wieder vor das innere Auge. »Komm her!« Seine rauen Worte, die trotz aller Geschehnisse zeigen, dass ihre gemeinsame Zeit nicht einfach so leicht wegzuwischen ist, wie sie beide es vielleicht gerne hätten.

Auch wenn sie betrunken war, weiß sie noch alles von dieser Umarmung, danach werden ihre Erinnerungen schwammiger. Sie weiß, dass sie sich zu ihm ins Auto gesetzt hat und dass sie irgendwann in ihrem Bett gelandet ist und tief und fest geschlafen hat. Natürlich ist sie viel zu spät aufgestanden, deswegen bleibt ihr nach der Dusche nur Zeit, in eine bequeme Leggings, einen weißen Longpullover und Boots zu schlüpfen, sich einen Zopf zu binden und ihre Wimpern zu tuschen. Sie bindet sich noch einen langen rosafarbenen Schal um und zieht ihre Winterjacke über, dann geht sie schnell nach unten, wo ihre Mutter ihr schon besorgt aus der Küche entgegensieht.

Mira geht zu ihr und trinkt ein Glas Wasser, ihre Mutter hält ihr einen Muffin hin, doch Mira hebt ablehnend die Hand. »Ich bekomme nichts runter. Haben wir Aspirin da?« Sie geht zum Arzneischrank. »Nein, Schatz. Das habe ich gestern schon festgestellt, als ich noch mit Reign hier war. Du musst kurz an der Apotheke halten und du solltest auch etwas essen.«

Sie muss los, doch sie hat geahnt, dass Reign nicht sofort gegangen ist. »Wie lange war er gestern noch da?« Ihre Mutter bestreicht weiter Bagels mit Frischkäse. »Eine ganze Weile. Ich habe mich erschrocken, als er mit dir im Arm in den Laden gekommen ist, ich war in der Küche und habe ihm aufgemacht ... du hast geschlafen und er hat mir erklärt, was passiert ist, dann hat er dich in dein Bett gebracht und als er dann runterkam, haben wir zusammen einen Tee getrunken.«

Mira seufzt leise auf und ihre Mutter blickt zu ihr. »Du weißt, dass ich Reign sehr mag, weil ich sehe, wie viel du ihm bedeutest, doch natürlich weiß ich auch, dass er dich verletzt hat. Ich habe ihm gesagt, dass es mir sehr schwergefallen ist, dich so leiden zu sehen und dass dir das Ganze noch immer nicht leichtfällt.« Oh je, das Letzte, was sie gebrauchen kann ist, dass zwischen all dem, was zwischen Reign und ihr steht, auch noch Mitleid kommt. »Mama, du hättest nicht mit ihm reden sollen, wir gehen uns aus dem Weg und in einigen Wochen ...«

Ihre Mutter schüttelt den Kopf, Mira sieht auf der Uhr und deutet an, dass sie losmuss. »Das glaube ich nicht, Mira. Ihm ist das alles sehr unangenehm und das hat er mir auch gesagt. Er hat sich von alleine bei mir entschuldigt, dafür, dass er nicht von Anfang an die Wahrheit gesagt hat und er hat mir versichert, dass er dich nie verletzen wollte. Obwohl ich ihn nicht darum gebeten habe, hat er mir ein wenig erzählt, in was für einer Lage er steckt und was für ein Druck hinter ihm und seiner Familie steht. Ich verstehe ihn jetzt besser. Es ist nicht so, dass ich denke, er hat richtig gehandelt, doch zumindest verstehe ich ein wenig, wieso er so gehandelt hat.«

Mira nickt nur leicht. »Deswegen hätte er mich einfach von Anfang an lassen sollen oder es mir sagen sollen, doch das hat er nicht ... ich muss los.« Bevor sie aus der Tür geht, räuspert sich ihre Mutter noch einmal leise. »Ja, da hast du recht und ich verstehe, dass du ihm aus dem Weg gehst, ich würde es nicht anders machen, doch ich glaube ihm, dass er das nicht geplant hat und sich in dich verliebt hat. Ich habe gestern einen sehr traurigen jungen Mann gesehen, der dich liebt und dem all das leidtut, doch der mit der gesamten Situation einfach nicht umgehen kann. Keiner von uns weiß, wie viel Druck auf ihm lastet, von so vielen verschiedenen Seiten, das rechtfertigt all das nicht, doch ich verstehe ihn jetzt etwas besser und ich weiß, dass er dich liebt.«

Mira sieht zu ihrer Mutter. »Ich weiß, doch all das ändert nichts daran, wie es jetzt ist.« Sie weiß nicht einmal mehr, was man noch dazu sagen kann. Das tut es wirklich nicht und deswegen möchte sie auch verhindern, darüber nachzudenken., besonders wenn ihr Kopf wie jetzt pocht und es ihr ohnehin nicht gut geht. »Das hat er gestern auch gesagt.« Mira dreht sich noch einmal um und ihre Mutter schenkt ihr den Blick, der gut gemeint ist, den sie aber einfach nicht mehr sehen kann. Diese Mischung aus Sorge und Mitgefühl, was sie nicht mehr ertragen kann, auch wenn sie genau weiß, dass es nur gut gemeint ist und dass auch sie so jeden ansehen würde, der in ihrer Situation steckt, doch sie kann diesen Blick nicht mehr ertragen. Trotzdem atmet sie noch einmal leise durch, schenkt ihrer Mutter ein erzwungenes Lächeln und geht dann schnell zu ihrem roten Auto. Sie hört noch, wie ihre Mutter ihr hinterherruft, dass sie die Tabletten kaufen und viel trinken soll, doch nun muss sie wirklich los. Was sie auch vergessen hat einzukalkulieren, ist der Schnee und dass alles noch langsamer geht, deswegen schafft sie es auch nicht, noch irgendwo zu halten und kann von Glück reden, dass sie es pünktlich zum Campus schafft.

Auf dem Campus dröhnt ihr Kopf noch mehr. Das Stimmenwirrwarr ist kaum auszuhalten und Mathe mit Mr. Campell klingt auf einmal fantastisch, da hat sie Ruhe und keiner will etwas von ihr.

So sollte es zumindest sein, doch kurz nachdem sie sich gesetzt hat, kommt Reign in den Kursraum. Mira sieht ihm an, dass er nicht oder kaum geschlafen hat, kein Wunder, wenn er noch mit ihrer Mutter zusammengesessen hat. Seine dunklen Augen liegen sofort auf ihr und er setzt sich statt nach hinten neben sie und legt ihr eine Packung Aspirin auf den Tisch und hat einen heißen Kaffee im Becher für sie. Den Latte aus der teuren Maschine in seinem Verbindungshaus, den sie so mag.

Sie hat keine Kraft, dagegen zu protestieren und nimmt sich dankbar eine Tablette heraus. »Danke, mein Kopf platzt gleich.« Miras Stimme ist kratzig und leise. Reign sieht besorgt zu ihr. »Die helfen am besten.« Sie schluckt eine Tablette und spült diese mit einem großen Schluck Kaffee herunter. Sobald sich die Wärme in ihrem Hals ausbreitet, lehnt sie sich zurück. »Danke auch dafür, dass du mich gestern nach Hause gebracht hast. Hast du überhaupt geschlafen?« Reign lächelt müde. »Nein, aber das ist schon in Ordnung.« Sie sieht ihm in die Augen. Es ist merkwürdig, ihm plötzlich wieder so nah zu sein, wo sie es die letzten Wochen so krampfhaft vermieden hat, ihn auch nur anzusehen und es fühlt sich viel zu gut an, selbst in ihrem Zustand ist ihr das klar, doch Mira ist noch zu fertig, um zu handeln.

»Ich möchte nicht, dass du wegen gestern etwas Falsches denkst oder Mitleid hast. Das hatte nichts mit dir zu tun, ich habe den Alkohol einfach unterschätzt. Mir geht es gut.« Das Letzte, was sie möchte, ist Mitleid, Reign legt seinen Block auf den Tisch und ein Schmunzeln setzt sich auf seine schönen Lippen. »Wenn es dir nur halb so beschissen geht wie mir, reicht das schon.« Mira sieht auf ihre Hände, sie möchte gar nicht, dass dieses Gespräch in diese Richtung geht.

»Mira, alles was ich wollte, warst du, was mich zu schnell und unüberlegt hat handeln lassen, ich wollte dich aber niemals verlet-

42

zen.« Mira reibt über ihre Stirn, sie hat jetzt nicht die Kraft dafür, doch genau in diesem Moment kommt Mr. Campell und unterbricht ihr Gespräch.

Dankbar atmet sie durch und sie sehen nach vorne, da er gleich ihre Aufmerksamkeit fordert; erst als er beginnt, die Tafel vollzuschreiben, schließt Mira die Augen und wartet darauf, dass die Medikamente wirken. Sie ist noch viel zu müde und lehnt ihren Kopf auf den Tisch, dabei nutzt sie ihren Schal als Kissen. Mr. Campell ist komplett in seinem Element und beachtet sie gar nicht weiter. Sie nickt immer wieder ein.

Reign lässt sie in Ruhe, genau wie alle anderen. Erst als es klingelt, wird sie wacher, die Tabletten wirken und sie fühlt sich nicht mehr ganz so schlimm wie noch am Morgen. Reign fotografiert seine Notizen ab und schiebt ihr seinen Zettel hin. »Gehts dir besser?« Mira packt alles ein und nimmt den Zettel dankbar entgegen. »Etwas ja, danke, ich …« Reign steht auch auf, er sieht ihr in die Augen und jetzt erkennt auch Mira die Traurigkeit darin.

Sie war all die Tage viel zu wütend und hat ihn zu sehr gemieden, um das zu merken, doch als sie ihn jetzt ansieht, ihn das erste Mal wieder richtig betrachtet, erkennt sie es und ihr Magen zieht sich zusammen. »Du musst dich nicht jedes Mal bedanken, Mira. Es ist viel zu wenig, was ich noch tun kann.«

Es pfeift. Nolan steht vor dem Kursraum und sieht zu ihnen hoch. Mira wendet ihren Blick ab, Reign murmelt ein 'bis später' und verlässt den Raum.

Sie setzt sich noch einmal und wartet, bis alle den Raum verlassen haben, dann legt sie ihren Kopf in die Hände, schließt die Augen und atmet tief ein und aus. So langsam weiß sie nicht mehr, was sie tun soll, was sie glauben soll, in welche Richtung sie gehen soll und was die richtige Entscheidung ist.

Als sie dort alleine in diesem großen, leeren Kursraum sitzt, hat sie noch einmal das Gefühl, dass alles über ihr wie ein Kartenhaus zusammenfällt.

»Miss Berlin, willst du hier trauern oder hilfst du einem guten Freund aus der Patsche?«

Oliver steht plötzlich unten an der Tür und sieht ihr entgegen. Es klingelt und Mira muss zu Bio. »Dir helfen? Wir haben heute kein Englisch, wobei brauchst du Hilfe?« Sie nimmt ihre Sachen und geht schnell zu ihm nach unten. »Ich habe dir auf Instagram geschrieben, doch du hast die Nachricht nicht gelesen, du weißt doch, unsere Partnerarbeit ... ich habe die mit Melissa zusammen geplant, doch nun hat sie eine Lungenentzündung und fällt aus und ich stehe morgen ohne etwas da.« Oliver begleitet sie zum Bio-Kurs. »Aber dann trage das doch alleine vor, der Professor weiß doch sicherlich, dass sie krank ist.« Mira dreht sich vor der Tür noch einmal zu ihm um. »Das ist ja das Problem, ich habe mich auf sie verlassen und offenbar hat sie nichts vorbereitet und nun ...« Mira verschränkt die Arme vor der Brust. »Okay, ich habe etwas mit Amanda vorbereitet, doch der Professor wird sicher nichts dagegen haben, wenn ich dir auch helfe, wobei du weißt, dass ich nicht die Beste in Wirtschaftsenglisch bin.« Oliver zwinkert ihr zu. »Aber die Beste für mich.« Sie muss lachen. »Du fragst mich nur, weil Melissa krank ist.« Oliver hebt die Hände. »Du weißt, was ich meine, also ich warte in der Pause auf dich, vertrau mir, du wirst es nicht bereuen.«

Mira öffnet die Tür zu ihrem Kursraum und bemerkt erst in dem Moment, dass ihre Kopfschmerzen weg sind. »Da bin ich mir nicht sicher, aber okay, in der Pause.« Der Dozent ist noch nicht da, Lincon sieht ihr schon entgegen. Sie will in den Raum, doch Oliver fällt noch etwas ein. »Sag mal, ich habe dich gar nicht mehr mit deiner anderen Hälfte zusammen gesehen.« Mira sieht die Neugierde in Olivers Augen und schüttelt leicht den Kopf. »Wir sind nicht mehr zusammen. Bis gleich, Oliver.« Sie hört ihn auflachen. »Ich wusste, dass heute der allerbeste Tag wird, dass nenne ich mal gute Nachrichten.« Sie hört die Stimme ihres Kursleiters. »Mister Travon, haben sie nicht einen Kurs?«

44

Mira geht zu Lincon und lässt sich neben ihm nieder, der den Arm um sie legt. »Alles klar? Ich hätte nicht gedacht, dass du es nach gestern aus dem Bett schaffst.« Mira lehnt sich müde zurück. »Ich habe das Gefühl, ich hätte tatsächlich eher drin bleiben sollen.«

Auch wenn sie keine Kopfschmerzen hat, fällt es ihr sehr schwer, wach zu bleiben, als sie dann mit Lincon in die Cafeteria kommt, ist es das erste Mal, dass sie heute lachen muss: Oliver sitzt an einem Tisch, der mit Blumen geschmückt ist und an dem er schon einiges an Mittagessen zusammengestellt hat. Mira geht zu ihm und schüttelt den Kopf. »Ich habe dir versprochen, dass du es nicht bereuen wirst. Ich stehe für ewig in deiner Schuld.« Mira holt ihren Block heraus und setzt sich ihm gegenüber. Die meisten Studenten sehen verwundert zu ihnen, doch Oliver ist das egal, er strahlt sie glücklich an. »Wir schreiben jetzt das beste Referat über Aktiengänge und feiern, dass du wieder Single bist.« Er stößt mit seiner Dose Cola gegen ihre. »Ich hoffe, du bist nicht sauer, dass ich eure Trennung feiere.«

Miras Handy vibriert. Es ist Violet. 'Wenn Blicke töten könnten, würden Oliver und du gerade einen qualvollen Tod durch Reign erleiden'

Sie schiebt ihr Handy weg und lächelt Oliver an. »Nein, es ist endlich mal etwas anderes, als diesen mitleidigen Blick zu bekommen und die Frage ob alles in Ordnung ist. Alles ist besser als das.«

Oliver hebt feierlich die Hand. »Ich schwöre, dass ich dich niemals mehr fragen werde, ob alles in Ordnung ist. Wirst du meine Referatspartnerin werden, mir helfen und meine kaputten Gehirnzellen auf Vordermann bringen, heute und morgen in der Pause und auf alle Ewigkeit?« Mira lacht und schiebt ihm einen Stift hin. »Ja, werde ich, also los. Was hast du schon?«

Da sie die gesamte Pause durcharbeiten und sogar etwas länger, muss Mira sich beeilen, um anschließend pünktlich zu Geschichte zu kommen.

Während sie den Kursraum betritt, bemerkt sie, dass sie schon zu spät ist. Mr. Drawn steht bereits an seinem Tisch und hat zufrieden die Arme vor der Brust verschränkt. Sie begegnet Reigns wütendem Blick, Violets belustigtem und Nolans frechem Grinsen. »Berlin, du hast das Beste verpasst.«

Mira entschuldigt sich leise und setzt sich zu Violet. Mr. Drawn nickt nur leicht und sieht weiter in die Runde. Mira atmet tief ein, der Tag ist einfach nur schrecklich, sie will nur noch nach Hause ins Bett und hofft, dass der Alptraum langsam ein Ende hat.

»Also, wie gesagt, ich mache jedes Jahr um diese Zeit mit meinem Geschichtskurs diesen Ausflug. Wir fahren Freitag in die Berge und haben die einmalige Gelegenheit, in der alten Jagdvilla der Minister zu wohnen. Mittlerweile ist es ein beliebtes Touristenziel und fast das ganze Jahr über ausgebucht, doch unser College hat ein Wochenende im Jahr einige Zimmer in der Villa zur Verfügung und ich fahre jedes Jahr mit dem Englischkurs hoch. Dort lernen wir die Geschichte des Ortes und etwas über die Premierminister und das direkt dort, wo sie geschlafen und gegessen haben. Ich verspreche euch, das ist eine ganz besondere Atmosphäre. Auch wenn vieles restauriert ist, gibt es in der Villa ein Museum mit alten originalen Sachen, es wird euch gefallen. Wir sind im tiefsten Schnee. Packt eure Wintersachen ein.«

Man hört Reign mit Parker reden und Mr. Drawn grinst zufrieden zu ihnen. »Oh und ich freue mich, dass auch der Coach diese besondere Chance erkannt hat und ihr an dem Wochenende spiel- und trainingsfrei habt, also gibt es keine Ausrede für das nächste Wochenende. Eine Hütte in den Bergen im Wald, kaum Internet, nur ihr alle, die alte Geschichten und die raue Natur, es werden Tage, die ihr niemals vergessen werdet. Wir fahren Sonntag nach dem Frühstück zurück.«

46

Alle stöhnen genervt auf, nur Mr. Drawn grinst zufrieden und Mira spürt, dass das Pochen in ihrem Kopf wieder stärker wird. Hatte sie tatsächlich gedacht, es kann nicht schlimmer werden ...?

Kapitel 6

»Hey, es ist alles besser, als jetzt in den Kursen zu sitzen.« Violet lässt sich neben ihr nieder und hält ihnen eine Tüte Popcorn hin. Mira nimmt die Tüte, Noel winkt ab, auch sie scheint nicht begeistert zu sein und wirft Mercedes, die auf dem Rasen sexy die Hüften zu Savage Love von Jason Derulo schwingt, böse Blicke zu.

Sie hat es tatsächlich geschafft, nach ihren zwei Ausrutschern mit Nolan, ihn auf Abstand zu halten, ihm hat das nicht gepasst, er hat aber auch keine Sekunde daran gedacht, seine Beziehung zu Mercedes zu beenden. Irgendwann musste er es akzeptieren, doch seit ihrer Geburtstagsfeier am Sonntag fängt alles wieder an, da sie sich dort geküsst haben. Noel wollte nicht darüber sprechen, doch so langsam merkt man, dass sie das alles nicht so kalt lässt, wie sie es wollte.

Auch Violet ist mit dem Thema Männer durch. Mr. Drawn hat ihr letzte Woche gesagt, dass sie das zwischen ihnen beenden müssen und ihr gebeichtet, dass er sich mit einer Kollegin trifft, nun hat sie schlechte Laune und beobachtet alle jungen Dozentinnen an dem College genau, das sind allerdings einige.

Keiner von ihnen hat Lust auf den Ausflug nächste Woche und auch nicht auf das Spiel, was heute an einem Mittwoch nach der ersten Pause stattfindet. Es ist selten, dass ein Spiel mitten in der Woche am Vormittag ausgetragen wird, doch dann bekommen alle frei und somit die Möglichkeit, sich das Spiel anzusehen. Sie haben sich Zeit gelassen, um zum Spielfeld zu kommen, keiner von ihnen hat Lust dazu, es ist voll und laut, auch viele Fans der anderen Mannschaft sind da.

Sie haben sich auf die hinteren Ränge verdrückt, aber trotzdem haben sie einen guten Blick auf alles. Lincon kommt zu ihnen und

49

hat gegrillten Mais in der Hand. Überall stehen Heizpilze und das Spielfeld wurde vom Schnee befreit. Da es gerade auch nicht wieder schneit, sollte es hier keine Probleme geben, doch es wird kalt da unten sein, was die Cheerleader nicht davon abhält, in ihren kurzen Röcken den Leuten einzuheizen.

»Ich habe gehört, heute sind welche aus der NFL eingeflogen, um sich Nolan und Reign anzusehen.« Wann wird es aufhören, dass jedes Mal, wenn Mira seinen Namen hört, ihr Herz aufhorcht und sich dann schmerzhaft wieder zusammenzieht?

Wenn sie ehrlich ist, war es die erste Zeit, nachdem sie in Beacon Hill war und die ganze Wahrheit erfahren hat, einfacher. Sie war wütend und enttäuscht, die Wut und das Wissen, dass er sie belogen und betrogen hat, hat es ihr leichter gemacht, auf Abstand zu gehen und ihn zu verdrängen.

Nun, einige Wochen später und mit dem Wissen, dass er sie zwar belogen hat, doch das mehr hinter all dem steckt und dass es ihm genauso schwerfällt wie ihr, ist es nicht mehr so einfach. Sie kann nicht darüber hinwegsehen, dass es ihm auch schwerfällt und sie spürt, dass er sie genauso liebt wie sie ihn und dass auch er sie vermisst.

Gestern hat sie die Pause auch mit Oliver verbracht, um ihm in Englisch zu helfen. Daraufhin hat Reign ihr geschrieben, dass sie sich von ihm fernhalten und aufpassen soll. Sie hatte die Tage vorher die Blockierung seines Kontaktes aufgehoben, weil sie dachte, das hat sich eh erledigt, dass er gar nicht mehr versuchen wird, sie zu erreichen, doch seitdem schreiben sie wieder, zumindest ein wenig. Er hat ihr gestern Abend noch eine gute Nacht gewünscht und vorhin gefragt, ob sie zum Spiel kommt. Je mehr sie sich wieder annähern, umso schwerer wird es.

Mira kann nicht vergessen, dass er sie belogen hat und die Tatsache, dass er eine Verlobte hat oder vorhat, sich im nächsten

50

Sommer zu verloben, kann man auch nicht einfach wegreden, egal wie es zwischen den beiden steht oder nicht.

Wenn Mira das alles von jemand anderem hören würde, würde ihr jemand diese Geschichte erzählen, würde sie den Kopf schütteln, wie man da überhaupt noch zweifeln kann, wie man überhaupt an ein Zurück mit dieser Person denken kann, doch wenn man selbst in der Situation steckt und die Gefühle verrückt spielen, kann man nicht so neutral auf all das reagieren. Herz gegen Verstand, der Kampf, der schon die stärksten Menschen in die Knie gezwungen hat.

Mira hat ihm jedes Mal auf seine Nachrichten geantwortet, nur kurz und knapp, doch sie hat ihm geantwortet, sie beide wissen, dass das ein Schritt zueinander ist.

»Oh mein Gott, das ist doch nicht sein Ernst?« Violet lenkt sie ab, indem sie schockiert auf die Tribüne gegenüber blickt, auf der einige Dozenten sitzen, auch Mr. Drawn und neben ihm Ms. Anderson, die rothaarige Kunstdozentin. »Die finde ich auch heiß, es ist besser so, Violet, wer weiß, was dir diese Affäre noch für Ärger eingebracht hätte.« Lincon reicht Mira etwas zu trinken. »Du stehst auf Männer, dass du sie heiß findest, ist kein Kompliment.« Nun müssen sie alle lachen und es wird lauter im Stadion.

Die Cheerleader verlassen das Feld, die Mannschaften laufen ein und 'Can't Stop' von den Red Hot Chili Peppers wird gespielt. Mira beobachtet, wie Reign mit dem Coach zu der Seite geht, an der einige Männer stehen, denen er alle die Hände schüttelt, auch Nolan und Parker kommen dazu, sie scheinen ein wenig mit den Männern zu sprechen, dann klatscht der Coach in die Hände und sie gehen auf das Spielfeld und beginnen mit der Aufstellung.

Mira versteht das Spiel mittlerweile recht gut, sie konzentriert sich auf Reign, der von der ersten Minute an das Spiel zu beherrschen scheint, bis plötzlich unter ihnen Ava auf die Tribüne kommt, mit zwei Männern. »Verdammt!« Ihre Freundinnen sehen auch nach unten und in dem Augenblick blickt sich Ava um und

51

sieht ihr einen Moment direkt in die Augen. Sie weiß, wer sie ist, sie wird nicht umsonst auf einmal ständig hier auftauchen, wie Violet es schon erwähnt hat. Ava zeigt keinerlei Reaktion, auch wenn sie Mira länger als normal ansieht. Dann wendet sie sich wieder den beiden Männern zu, die auf das Spielfeld zeigen. Die drei setzen sich ganz nach vorne und nun liegt Miras Aufmerksamkeit nicht mehr auf Reign, sondern auf Avas Rücken.

»Das ist sie? Also in natura ist sie gar nicht so bombastisch wie auf den Bildern.« Noel legt den Arm um Mira und sie ihren Kopf auf ihre Schulter. »Danke, ihr seid lieb, aber ich denke, das kann man nicht schlechtreden.«

Es ist so, Ava ist ein Traum einer Frau, ihre langen Haare wehen in perfekten Wellen umher, ihr Gesicht sieht wie gezeichnet aus. Sie trägt einen engen Mantel, der ihre Kurven betont, der Inbegriff einer Latina. Es gibt keine Frau, die neben ihr keine Komplexe bekommen würde. »Also ich würde immer dich bevorzugen.« Lincon küsst Miras Wange und sie ist dankbar, solch gute Freunde zu haben. Die drei spüren, wie schwer ihr all das fällt.

Sie erkennt Reigns Vater unter den beiden Männern, der andere wird Avas Vater sein. Immer wieder bleiben Leute bei den dreien stehen und reden mit ihnen, erst nachdem der erste Schock überwunden ist, bemerkt sie, dass Reign und Nolan dafür sorgen, dass die B.C. Eagles schnell führen.

Mira zwingt sich, auf das Spiel zu achten. Die Gegner sind zäh, doch Reign und die B.C. Eagles schaffen es, immer einen Schritt voraus zu sein, was die Stimmung im Stadion anheizt. Immer wieder geraten die Spieler aneinander, sie spielen sehr hart, und als Reign am Ende der ersten Halbzeit den Ball hat, stößt er dermaßen hart mit den Gegenspielern zusammen, dass das ganze Stadion aufhorcht.

Mira steht auf, sie sieht ihn am Boden liegen, wie die Spieler sich um ihn versammeln, ihm den Helm abnehmen, bis auf die Tribüne erkannt man sein schmerzverzerrtes Gesicht. Er setzt sich auf und

52

die Ärzte kommen auf das Feld. Es sind nur noch ein paar Minuten der ersten Halbzeit zu spielen. Ein Arzt der Mannschaft bringt Reign, nachdem sie sich sein Bein angesehen haben, humpelnd vom Spielfeld, alle jubeln ihm zu, doch man erkennt deutlich, dass es Reign nicht passt, jetzt auszufallen.

Ava und die beiden Männer scheint das gar nicht weiter zu stören, sie unterhalten sich gerade mit einer Frau, die sich zu ihnen gesetzt hat. Mira sieht, wie schmerzverzerrt Reigns Gesicht ist, als er vom Spielfeld humpelt und ihre Brust schnürt sich zu. »Ich bin gleich wieder da.«

Einen Vorteil hat sie gegenüber Ava, sie kommt in den Kabinentrakt. Sie will nur nachsehen, ob alles in Ordnung ist, sie hat schon oft gesehen, wie Reign gefallen ist, wie er Schrammen und Kratzer davongetragen hat, doch das scheint gerade mehr zu sein.

Ihr Englischprofessor steht vor dem Eingang der Kabinen und nickt ihr nur zu, alle sind dabei, weiter gespannt das Spiel zu verfolgen. Mira geht den langen Gang entlang zu einer offenen Tür, hinter der sie Stimmen hört. Es ist der medizinische Bereich. »Das sieht nicht gut aus.« »Was ist mit der Schiene?« Sie hört nur Bruchteile aus dem Raum, doch dann kommt der Arzt heraus, er beachtet sie gar nicht weiter. Er scheint etwas holen zu wollen.

Mira sieht in den Raum. Reign liegt auf einer Liege. Sein Bein ist angewinkelt und frei, offenbar hat es ihn dort getroffen. Als sie eintritt, sieht Reign verwundert zu ihr auf. »Ist es sehr schlimm?« Sie geht zu der Liege und sieht zu seinem Bein. »Das wissen wir noch nicht, das können wir erst richtig feststellen, wenn das Spiel vorbei ist, jetzt müssen wir es erst einmal hinbekommen, dass ich wieder spielen kann.«

Es ist ganz ruhig hier unten, man hört nur das laute Aufschreien der Menge von oben, und da hier im Flur eine Anzeigetafel ist, sehen sie auch, dass die gegnerische Mannschaft einige Punkte geholt hat. Reign flucht leise auf. »Du willst verletzt spielen? Du solltest das richtig untersuchen lassen, Reign, das ist wichtig. Du kannst nicht verletzt spielen, wie willst du die Schmerzen aushalten?« Reign lehnt sich weiter zurück und lächelt matt. »Sie geben mir etwas dagegen, es ist nicht das erste Mal und ich muss das tun.«

Mira setzt noch einmal an, etwas zu sagen, sie kann nicht glauben, dass er das wirklich tun will.

»Reign, sei doch vernünftig ...« Er lächelt matt. Er wirkt sehr müde, Mira erkennt eine Müdigkeit in seinen Augen, die nicht von diesem Spiel kommt. Sie ist wirklich besorgt und das wird er auch merken. Er unterbricht sie leise und sieht ihr dabei in die Augen. »Wenn ich nicht genau wissen würde, wie sehr ich dich liebe, würde ich mich spätestens jetzt wieder daran erinnern.«

Mira senkt ihren Blick und kann nicht verhindern, dass ihr Tränen in die Augen steigen. »Ava und dein Vater sind da.« Reign nickt und greift nach ihrer Hand. »Sie spüren, dass sich einiges ändert, das hat nichts zu bedeuten.«

Nun ist es Mira, die müde auflacht. »Das bedeutet alles.« Reign schüttelt den Kopf und deutet zwischen ihnen hin und her. »Nein, das hier bedeutet alles und das werde ich dir auch noch beweisen, erst einmal ...« Plötzlich wird es laut, sie hören die Spieler wiederkommen, der Coach schreit jetzt schon herum, auch der Arzt kommt mit einer Schiene und anderen Sachen wieder in den Raum.

Mira sieht Reign noch einmal in die Augen. »Du musst das nicht tun ... « Mit diesen Worten dreht sie sich um, verlässt die Kabine und geht in Richtung Tribüne, wo sie von Ava gestoppt wird, die sich plötzlich vor ihr aufbaut.

»Mira, richtig? Du bist anscheinend der Grund, wieso alles, was wir uns all die Jahre aufgebaut haben, zu kippen droht.« Angespannt bleibt Mira stehen. Sie musste damit rechnen, dass es so kommt. Es war nur eine Frage der Zeit, bis sie sich gegenüberstehen würden.

54

Ava sieht, dass sie von den Kabinen kommt, sie weiß, wo Mira war. Sie steht genau eine Stufe über ihr und sieht auf sie hinab. Mira könnte einfach zur Seite treten und vorbei, nach oben zu ihren Freunden gehen, doch vielleicht muss sie sich dem jetzt stellen.

»Hör mal, Ava … Ich weiß nicht, welche Geschichte du gehört hast, doch ich wusste nicht, dass Reign … vorhat, sich zu verloben. Um ehrlich zu sein wusste ich gar nichts von dir. Ich habe es durch Mercedes erfahren und euch dann zusammen auf der Hochzeit gesehen, ich bin mir sicher, du erinnerst dich noch daran. Seitdem sind Reign und ich getrennt, also was auch immer du denkst, dass es kaputtgeht, ich werde damit nicht viel zu tun haben.«

Sie sieht Mira in die Augen und schüttelt lachend den Kopf.

»Du bist nicht die Erste, mit der Reign etwas hatte und es war auch immer in Ordnung. Das was zwischen uns beiden steht, ist mehr als Sex und ein paar Gefühle, die sich sowieso mit der Zeit verflüchtigen. Wir haben eine Basis, Verantwortung und viel mehr, was uns zusammenschweißt, und nur weil er gerade denkt, dass Football und irgendwelche blonde Cheerleader-Mädchen wichtiger sind, lasse ich mir das nicht zerstören, also halte dich von ihm fern, bis er wieder klar denken kann.«

Nun zeigt sich Avas wahres Gesicht.

War sie gerade noch wunderschön und hat überheblich gelächelt, so funkelt sie Mira nun wild an und sie sieht die Unsicherheit hinter all dem. Sie hätte noch so viel, was sie ihr sagen könnte, doch in dem Moment weiß sie, dass es Unsinn wäre, sie sprechen von komplett anderen Dingen.

»Weißt du, ich denke, Reign ist kein Kind mehr, wenn er lieber Football spielen möchte und sich seine Zukunft anders vorstellt, hat er jedes Recht der Welt, das zu tun und wenn dir das nicht passt, dann musst du das mit ihm klären.«

55

Sie geht an ihr vorbei, doch als sie mit ihr auf einer Höhe steht, sieht sie ihr doch noch einmal in die Augen.

»Weißt du, wie viele schlaflose Nächte ich hatte, weil ich dachte, dass ich dir, ohne es zu wissen, wehgetan habe? Es war grausam für mich, zu einer Geliebten zu werden, das wollte ich nie. Ich habe ständig daran gedacht, wie schlecht du dich fühlen musst, doch jetzt erkenne ich, dass ich wahrscheinlich die Einzige von uns beiden war, die sich Nacht für Nacht die Augen ausgeweint hat, weil ich den Mann verloren habe, in den ich mich verliebt habe, während sich das bei dir nur anhört, als wäre dir ein wichtiges Geschäft aus den Händen geglitten.«

Mira geht nach oben.

Sie hört Ava noch abfällig aufschnaufen, doch sie ignoriert sie und geht auf die Tribüne zu ihren Freunden, die beobachtet haben, wie sie mit Ava gesprochen hat.

»Hast du das mit ihr klären können?« Mira nimmt sich ihre Tasche und bleibt stehen. »Ich denke nicht, dass wir jemals miteinander sprechen können, da wir von komplett verschiedenen Dingen reden.«

In dem Moment kommen die Spieler zurück aufs Feld.

Reign ist ganz vorne mit dabei, er läuft wieder relativ normal, nur bei genauem Hinsehen erkennt man, dass er etwas humpelt, wer weiß, was sie ihm gegeben haben, dass er so über den Platz laufen kann, doch normal ist das alles nicht.

Die Leute klatschen begeistert, Ava kehrt zurück und stellt sich zwischen die beiden Männer und Mira wendet sich ab.

»Ich gehe, ich werde mir all diese falschen Spiele nicht mehr ansehen. Kommt einer mit?«

Nola und Violet stehen sofort auf und haken sich bei ihr ein. »Meinst du, deine Mutter ist bereit, uns mit heißer Schokolade und Brownies aufzuheitern?«

56

Sie lacht und ist glücklich, wenigstens in diesen verrückten Chaoten echte Freunde gefunden zu haben.

Kapitel 7

Mira hat sich das Spiel nicht zu Ende angesehen, trotzdem hat sie natürlich mitbekommen, dass die B.C. Eagles dank Reign und Nolan gewonnen haben. Die Presse hat danach eine Szene eingefangen, die Reign nach dem Ende des Spiels zeigt, wie er sich hinlegt, den Schuh abstreift und die Ärzte zu ihm kommen. Sie ziehen ihm die Socken aus und kühlen den Fuß, man sieht, dass er nicht nur blau und angeschwollen, sondern auch aufgeschürft ist. Das hatte Mira nicht bemerkt, vielleicht ist das auch erst später passiert, doch niemand sollte mit solch einem Fuß weiterspielen.

Er soll noch am gleichen Abend durchgecheckt worden sein und dafür in eine spezielle Klinik gekommen sein. Am Ende hatte er Glück, er hat nur eine schlimme Verstauchung, die nach zwei bis drei Wochen wieder abklingt, doch er muss solange eine Schiene tragen und aufpassen. All das muss Mira nicht einmal erfragen, die Medien berichten darüber.

Am Abend schreibt er ihr und fragt, wie es ihr geht und Mira antwortet mit der Gegenfrage, wie es seinem Fuß geht. Er schickt ihr ein Bild von seinem Fuß in einer dünnen Schiene, davor der Fernseher, der läuft und eine Packung Schmerztabletten daneben. Sie wünscht ihm gute Besserung, doch das liest er gar nicht mehr, da er sicherlich wegen der Tabletten und der Anstrengung eingeschlafen ist.

Wenn sie jetzt jemand fragt, was sie nun vorhat und wie es weitergehen soll, hat sie nicht die leiseste Ahnung, was sie sagen sollte. Violet sagt ihr, dass sie aufhören muss, alles zu analysieren und zu planen und einfach die Dinge mal auf sich zukommen lassen soll. Man kann nicht alles im Voraus planen. Wenn sie jetzt die nächsten Schritte plant, kann es sein, dass etwas ganz anderes eintritt und sie noch einmal komplett umdenken muss, deswegen nimmt sie sich vor, sich daran zu halten.

Sie hat sich die ganze Zeit nicht nur schlecht dabei gefühlt, von Reign nicht die Wahrheit erfahren zu haben, sondern auch, weil sie niemals eine Geliebte sein wollte. Sie hat gesehen, wie ihre Mutter darunter gelitten hat. Sie wollte nichts zerstören, doch das Aufeinandertreffen mit Ava hat ihr auch noch einmal vor Augen geführt, dass das, was da ist, nicht mit einer normalen Beziehung zu vergleichen ist. Reign hat falsch gehandelt, diese Tatsache lässt sich nicht ändern, es ist nicht richtig, wie all das gelaufen ist und dass er ihr nicht die Wahrheit gesagt hat, auch wenn sie immer mehr erkennt, dass das nichts mit einer normalen Beziehung zu tun hat.

Sie wusste, sie würde auf Ava treffen und dass es das Gespräch geben wird, nun rasen ihre Gedanken noch mehr und sie fühlt sich noch gespaltener als vorher. Trotzdem schläft Mira in dieser Nacht merkwürdigerweise viel besser als in all den vorherigen Nächten.

Sie ist richtig gut gelaunt am Morgen, vielleicht ist es auch allein die kleine Tatsache, beschlossen zu haben, nicht mehr jede Kleinigkeit zu überdenken und einfach mal alles auf sich zukommen zu lassen, die ihr guttut. Sie zieht sich ein einfaches weißes Shirt, eine schwarze Leggins und ihre dicken Winterboots an. Am Wochenende möchte sie unbedingt mit ihrer Mutter zu Jonathan fahren, er hat ihr versprochen, ihr zu zeigen, wie man in Kanada den Winter genießt, noch nie hat sie so viel Schnee wie hier erlebt.

Mira schminkt sich etwas mehr, bindet sich Creolen um und hilft ihrer Mutter noch ein paar Minuten in der Küche, bevor sie dann gut gelaunt zum Unigelände fährt und in ihre ersten Kurse geht. Auch hier ist die Aktion von Reign das Gesprächsthema, doch ihr gelingt es, das ganz gut auszublenden.

Als sie mit Lincon zur Pause gehen will, kommt Oliver ihnen im Flur entgegen und legt den Arm um sie, dabei hält er ihr Referat in der Hand, wo ein rotes B druntersteht. Mira hat ihres heute auch bekommen, sie hat sich so ein B+ und ein B verdient. »Herzlichen

60

Glückwunsch, Travon, du bist ja doch nicht so dumm wie du aussiehst.« Mira lacht und nimmt Oliver die Papiere aus der Hand, während Lincon Oliver zuzwinkert. »Leck mich, Lincon, oder ... ahh nein, besser nicht, du würdest das ja wirklich tun.« Lincon hebt den Mittelfinger und geht schon in die Cafeteria, während Mira ihr Gesicht verzieht und Oliver das Referat zurückgibt.

»Siehst du, das haben wir doch gut hinbekommen. Nach der Pause ...« Oliver legt wieder den Arm um sie und führt sie zu den Treppen. »Hast du nicht die Benachrichtigung bekommen, dass ein Nachschreibetermin ist und wir eine halbe Stunde später Englisch haben. Wir haben somit genug Zeit, unseren Erfolg zu feiern und ich wollte mich noch einmal bei dir bedanken.«

Oliver führt sie die Treppen hoch, Mira wendet sich um. »Das musst du nicht, du hast dir schon genug Mühe gegeben, ich mache das, weil ich dich mag und nicht, damit du dir etwas einfallen lässt.« Oliver wendet sie noch einmal um und bringt sie zur Schwimmhalle nach oben. »Ich habe aber schon etwas vorbereitet, komm schon.« Sie betreten die leere Halle und wie schon vor einigen Tagen hat Oliver sich wieder Mühe gegeben. Er hat eine Decke am Beckenrand ausgebreitet mit zwei Tellern mit dem leckeren Chili con Carne, Salat und Getränken, daneben liegt ein eingepacktes Geschenk.

Mira muss lächeln. »Du bist verrückt, wieso tust du das? Was würdest du tun, wenn du eine eins bekommen hättest?« Sie setzt sich, er hat sich Mühe gegeben und auch wenn sie gar keine Lust hat, bringt sie es nicht übers Herz, das alles unberührt zu lassen. Gleichzeitig bildet sich beim Blick auf das Chili gleich wieder ein Kloß in ihrem Hals. Sie muss an den Tag mit Reign denken, als sie zusammen gegessen haben und er ihr das Chili empfohlen hat, damals hat sie nicht geahnt, mit was für gespaltenen Gefühlen sie nun, nur wenige Wochen später, dasteht.

»Das ist sehr lecker. Danke. Wie geht es Melissa eigentlich mit ihrer Lungenentzündung?« Oliver setzt sich neben sie und beginnt

61

auch zu essen. »Keine Ahnung, ich habe nicht mehr nachgefragt.« Mira muss auflachen. »Habe ich euch beide nicht öfter und … enger zusammen gesehen? Ich dachte …« Oliver winkt schnell ab. »Niemals. Ich habe nur meinen Spaß und warte, bis die Richtige kommt und endlich einsieht, dass sie auf das falsche Pferd gesetzt hat.« Er zwinkert ihr zu und Mira wendet ihren Blick ab. Alles, nur nicht dieses Thema. Sie deutet auf die Geräte neben dem Schwimmbecken und fragt, wozu die da sind und Oliver kommt völlig in sein Element und erklärt ihr alles.

Sobald sie das Chili aufgegessen haben, stoppt er aber und deutet Mira, das Geschenk auszupacken. »Das ist mir unangenehm, das ist viel zu viel.« Oliver legt das Geschirr beiseite und rückt näher zu ihr. »Das hast du dir verdient, das haben wir uns verdient.« Noch während er das sagt, öffnet Mira das Paket und zieht einen teuren Bikini aus einer Seidentasche. »Wow, das … ist viel zu teuer und …«

Oliver ist schon aufgestanden und zieht sich sein Shirt und seine Hose aus. Er trägt darunter die enge Schwimmhose, mit der sie trainieren, offenbar hatte er das wirklich geplant. »Na los, zieh ihn an. Wir sind alleine, wir haben das Wasser für uns, ein wenig Erholung haben wir uns verdient und du hast mir doch erzählt, wie gerne du schwimmst.« Mira lacht auf und sieht zu ihm hoch. »Ja, das stimmt ja auch, doch nicht jetzt, ich …« Sie steht auch auf und hält den Bikini weiter in der Hand. »Wir müssen gleich wieder los zu Englisch und ich werde mir jetzt sicher nicht diesen Hauch von nichts anziehen und hier ins Wasser springen, aber ich finde die Idee sehr süß und …«

Nun ändert sich Olivers Gesichtsausdruck. »Süß? Willst du mich verarschen? Ich bereite hier alles vor und du willst den Bikini noch nicht einmal anziehen? Weißt du, wie teuer der war? Liegt das immer noch an dem Football-Psycho? Der hat schon längst wieder die Nächste im Bett, und wenn du …« Mira unterbricht ihn, die

62

Stimmung schwenkt um und sie spürt, dass sie jetzt gehen sollte. »Das hat nichts mit ihm zu tun, ich möchte nicht ...«

Oliver ist plötzlich so schnell so dicht bei ihr, dass sie erschrocken aufkeucht. »Hör mal, Baby, stell dich nicht so an. Du wusstest genau, was passiert, wenn ich dich herbringe, lass uns dieses Theater sparen und Spaß haben. Umso mehr haben wir davon. Zieh den Bikini an und dann zeig mir deinen Traumkörper.« Seine Hand geht an ihre Hüfte und er zieht sie eng an sich. Noch bevor Mira reagieren kann, liegen seine Lippen auf ihren, schwer und fordernd. Mira schließt ihren Mund und versucht, ihn wegzudrücken, doch plötzlich ist Oliver überall. Seine Lippen und seine Zunge versuchen, Einlass zu bekommen, seine Hand fährt blitzschnell unter ihr Top und er kneift in ihre Brust, gleichzeitig spürt Mira an ihrer Leggins seine Erregung durch den dünnen Stoff der Badehose, da bekommt sie Panik und drückt ihn kräftig weg.

»Bist du bescheuert? Lass das. Falls du wirklich dachtest, dass ich deswegen hier bin, hast du dich mehr als getäuscht, ich ...« Mira ist schon dabei, an ihm vorbeizugehen. Sie schmeißt den Bikini auf den Boden und will wütend an ihm vorbei, da greift er nach ihrer Hüfte und reißt sie so grob und so heftig nach hinten, dass sie mit dem Hinterkopf auf der Decke landet. Oliver ist sofort auf ihr drauf und nimmt das Bikinioberteil und Miras Hände. »Von mir aus. Bist du eine, die eher auf solche Sachen wie Fifty Shades Of Grey steht? Ich habe mir das schon gedacht, du süße kleine unschuldige Mira. Tu nicht so, als würdest du das nicht auch wollen.«

Oliver ist stärker, viel kräftiger und größer als Mira. Als er sich über sie lehnt und versucht, ihre Hände mit dem Bikinioberteil zu fesseln, begreift sie erst, was hier gerade passiert und Panik bricht in ihr aus. Sie schreit ihn an und versucht mit aller Kraft, ihn von sich zu bekommen. »Lass das, Oliver, lass mich los. Ich will das nicht. Geh sofort ...« Sie muss ihm in ihrer Gegenwehr wehgetan haben, plötzlich hält er sich den Arm und schlägt so fest in Miras

Gesicht, dass sie spürt, wie etwas Nasses aus ihrer Nase fließt. »Du Miststück, warte, ich bringe dich ...« Gleichzeitig greift er nach ihrer Leggins und will sie herunterziehen, doch da nimmt Mira noch einmal alle Kraft zusammen, schreit und wehrt sich, und dann hört sie Stimmen und atmet erleichtert durch, als Oliver von ihr heruntergezogen wird.

Kapitel 8

»Geht es? Der Arzt will die Blutergebnisse noch abwarten und dann können wir nach Hause.« Miras Mutter sieht sie besorgt an, doch Mira nickt nur und hält sich weiter einen Eisbeutel auf den Hinterkopf.

Der erste Schock ist überwunden. Sie stand eine ganze Weile neben sich, als einige Männer hereingekommen sind und Schlimmeres verhindert haben. Ein junger Mann, den Mira vorher noch nicht gesehen hat, hat ihr aufgeholfen und gefragt, ob alles in Ordnung sei. Oliver stand bei zwei anderen Männern und hat diese angemeckert, dass sie sie gestört haben und dass sie auch ihren Spaß hatte. Zum Glück haben ihm die Männer nicht geglaubt. Ein Professor kam und hat Mira direkt ins nächste Krankenhaus gefahren. Oliver hat nicht einmal mit der Wimper gezuckt. Er sagt, sie beide wollten es und wurden unterbrochen und irgendwie hat Mira das Gefühl, dass er das tatsächlich glaubt. Mira hat dem Professor gesagt, wie es war und er hat ihre Mutter verständigt. Sie ist wütend, sie hatte wirklich Angst in diesem Moment, doch nun schlägt es immer mehr in Wut um. Als hätte er ihre Gegenwehr nicht gespürt, und für ihn gehört es anscheinend zum Vorspiel, den Kopf der Frau auf die Fliesen zu schlagen und ihr eine blutige Nase zu hauen.

Sie hat mitbekommen, wie immer mehr Studenten in die Schwimmhalle kamen, dann hat der Professor sie ins Krankenhaus gefahren, von da an stand ihr Handy nicht mehr still, doch sie musste es hier ausschalten. Der Professor und auch die Ärzte waren schon dabei, die Polizei zu verständigen, bis sie mitbekommen haben, dass Oliver versucht hat sie anzufassen, aber außer den Verletzungen zum Glück nichts weiter passiert ist. Trotzdem hat er versucht, ihr etwas aufzuzwingen und Mira will gar nicht daran denken, was gewesen wäre, wenn die anderen nicht gekommen wären. Es kann sein, dass er doch noch zur Vernunft gekommen wäre und aufgehört hätte, doch wenn sie an seinen Blick denkt, kann sie sich das nicht vorstellen.

Der Professor war sehr nett und hat gefragt, ob sie die Polizei einschalten sollen, doch das wollte Mira erst einmal nicht. Sie wird morgen mit dem Direktor sprechen und hoffen, dass er dafür eine Lösung findet. Außer einer Beule, einem gehörigen Schrecken und der Erkenntnis, dass Oliver ein Mistkerl ist, der offenbar ein Nein nicht so akzeptiert wie er sollte, ist zum Glück nichts passiert.

Auch ihre Mutter und Jonathan, der bei ihr war, als sie ins Krankenhaus gekommen sind, wollten das der Polizei melden, doch dass Mira wirklich nur mit einem Schrecken davongekommen ist, hat sie dann doch wieder etwas beruhigt. Der Arzt hat sie untersucht. Außer einer Beule und Nasenbluten fehlt ihr nichts, er hat sicherheitshalber noch einmal Blut abgenommen, auf dessen Ergebnisse sie jetzt warten. Mira will gerade ihr Handy anstellen, da geht die Tür zu ihrem Untersuchungsraum auf und Reign sieht zu ihr.

»Hey.« Reign sieht unsicher an Mira hoch und runter. »Hey, woher weißt du, wo wir sind?« Reign kommt in den Raum und zu ihr an die Liege. Sie spürt, wie sein Blick immer wieder an ihr hoch und runtergeht. »Ich habe gehört, was passier ist und bin sofort hergekommen. Was genau hat er getan?« Ihre Mutter und Jonathan stehen auf. »Wir gehen uns mal einen Kaffee holen.«

Mira wartet, bis die beiden den Raum verlassen haben. Sie sitzt noch auf der Liege und Reign setzt sich daneben und greift nach den vielen Kühlbeuteln, die hier herumliegen. »Dieser Mistkerl, ich wünschte, ich …« Sie erkennt die Wut in seinen schönen Augen auflodern und spürt seine Sorge, als er die Eispacks in seiner Hand zusammenknüllt, als wären sie aus Luft und sie ihr anschließend, reicht.

66

»Es ist nichts passiert. Ich hätte auf dich hören sollen, doch ich habe ihn ganz anders eingeschätzt. Das ging so schnell, plötzlich stand ein ganz anderer Mensch vor mir und wollte nicht akzeptieren, dass ich das nicht will. Ich habe mich gewehrt und dabei etwas abbekommen, aber er hat es nicht geschafft, mich anzufassen oder auszuziehen … zum Glück haben uns welche gehört.«

Reign hebt seine Hand und streicht ihr eine Strähne aus dem Gesicht. »Nein, das ist meine Schuld, ich hätte dir von Anfang an die ganze Geschichte erzählen müssen, dann wäre es nie so weit gekommen. Es hat seinen Grund, wieso ich dich vor ihm gewarnt habe. Letztes Jahr habe ich ihn dabei erwischt, wir waren davor sogar richtig gute Freunde, doch als ich eines Abends von einer nächtlichen extra Trainingseinheit in die Umkleiden kam, lag da Jacky mit Oliver am Boden.«

Reign räuspert sich leise. »Jacky hat geweint und geschrien, ich kam gerade rechtzeitig, doch sie war schon komplett ausgezogen. Er wollte mir damals auch weismachen, dass sie das wollte und dass ich mich nicht so anstellen solle, doch ich habe ihn geschlagen, ein Blick auf Jacky hat alles gesagt. Sie wollte keine Anzeige machen, doch wir haben es dem Direktor gemeldet. Oliver musste Sozialstunden leisten und ich habe mich danach um Jacky gekümmert, bis es ihr wieder besser ging. Ich musste ihr versprechen, dass ich niemandem davon erzähle, ihr war das unangenehm und deswegen habe ich dir das nicht sofort gesagt, doch jetzt bereue ich es. So hättest du auf mich gehört und wirklich einen weiten Bogen um ihn gemacht.«

Mira atmet tief aus. Damit hat sie nicht gerechnet. »Ich … ich dachte, du hattest etwas mit Jacky.« Reign lehnt sich zurück und wischt sich müde über die Augen. »Das dachten einige, doch ich habe nur aufgepasst, dass es ihr gut geht und dass Oliver einen großen Bogen um sie macht. Dass er gesehen hat, dass du mir etwas bedeutest, wird ihn noch mehr angestachelt haben.« Mira sieht, dass Reigns Knöchel blutig sind. Er trägt normale Sneakers,

67

doch man erkennt eine Schiene darin und auch seine Wange sieht gerötet aus.

Sie weiß zu alldem kaum noch etwas zu sagen, es ist im Moment zu viel für sie. »Ich wollte einfach nur ein schönes Jahr in Kanada verbringen und gerade habe ich das Gefühl, ich durchlebe hier meinen persönlichen Alptraum.« Reign sieht auf und ihr direkt in die Augen. »Das verstehe ich und ich weiß, dass ich auch dafür verantwortlich bin.« Mira setzt an, noch etwas zu sagen, doch da kommt der Arzt herein. Er verkündet, dass ihre Blutergebnisse gut sind und sie nach Hause gehen kann. Sie bekommt einen Bericht mit, mit dem sie auch danach noch zur Polizei gehen kann, doch erst einmal will Mira einfach nur nach Hause.

Mit Reign verlässt sie den Raum und sie treffen auf Jonathan und ihre Mutter. Zusammen gehen sie auf den Parkplatz. »Wir fahren nach Hause und können dort noch einmal besprechen, was du jetzt tun solltest. Kommst du mit, Reign?«

Reign ist sehr ruhig und wirkt abwesend. Er sieht genauso fertig aus, wie Mira sich fühlt und schüttelt nur den Kopf. »Nein, ich habe noch etwas zu erledigen. Passt gut auf Mira auf.« Sie alle drei sehen Reign hinterher. »Ich glaube, da ist nicht nur dir das Herz gebrochen worden.« Jonathan sieht zu Mira und ihre Mutter legt den Arm um sie. »Jetzt lass uns einen klaren Kopf behalten und nach Hause fahren.«

Doch aus diesem Gespräch wird dann nichts mehr. Sobald sie zu Hause ist, legt sich Mira nur kurz hin, um Kraft zu tanken und wacht erst am nächsten Morgen auf. Doch genau das hat sie gebraucht. Sie zieht sich einen Jogginganzug über, schlüpft in ihre dicken Boots und in ihre Winterjacke und verlässt viel früher als sonst mit dem Bericht das Haus.

Mira fährt direkt zum Unigelände, sie weiß, dass der Dekan schon immer sehr früh da ist, und als sie bei seiner Sekretärin auftaucht, scheinen alle schon Bescheid zu wissen und sie wird sofort durchgelassen. Sie mag den Dekan, er hat sich immer wieder bei ihr erkundigt, wie sie zurechtkommt und auch jetzt erklärt er gleich, dass er von dem gestrigen Vorfall erfahren hat und ihre Seite des Geschehenen erfahren möchte.

Mira erzählt ihm genau, was passiert ist und legt den Bericht des Krankenhauses vor. Sie sagt ihm, sie hätte erfahren, dass es nicht der erste Vorfall mit Oliver ist und sie denkt, dass etwas passieren muss, bevor es zu spät ist und er es wirklich schafft, eine Frau zu vergewaltigen. Sie hat beschlossen, nach ihrem Gespräch direkt zur Polizei zu gehen.

Der Dekan ist ruhig, er erklärt, dass die Eltern von Oliver gestern noch bei ihm waren. Sie sind sehr einflussreich hier und da nichts passiert ist, wird es höchstwahrscheinlich nicht einmal zu einer Anklage kommen, und weil die andere Frau nicht aussagen will, stehen die Chancen, so etwas zu erreichen, sehr schlecht. »Zudem musste ich die Eltern überreden, keine Anzeige gegen Reign zu machen. Es ist nicht das erste Mal, dass er handgreiflich geworden ist und das würde nicht nur für Oliver bedeuten, dass seine Karriere als Sportler vorbei ist, sondern auch für ihn. Die großen Teams holen sich nicht gerne Probleme in die Mannschaft.«

Mira sieht den Dekan überrascht an. »Reign? Was hat er damit zu tun.«

Er nickt. »Nachdem Reign Gomez gestern davon erfahren hat, ist er auf Oliver los. Selbst drei Dozenten konnten die beiden nicht trennen. Oliver musste kurz nach Ihnen ins Krankenhaus gebracht werden. Mittlerweile wurde er wieder entlassen und seine Eltern haben ihn erst einmal mit nach Hause genommen. Er hat einiges abbekommen, doch nichts, was dauerhafte Schäden mit sich bringt. Auch wenn Gomez das nur aus Wut und dem Instinkt, Sie schützen zu wollen, getan hat und wir wissen, dass er ein Guter ist, habe ich auch ihn für eine Woche suspendiert. Er darf die Schule nicht besuchen und nicht am Training oder an den Spielen teilnehmen. Ich konnte Olivers Eltern überreden, von einer Anzeige abzusehen, deswegen denke ich, sollten wir es nicht riskieren, dass sie es sich doch noch anders überlegen.«

Mira denkt an Reigns blutige Hände und die rote Wange, sie dachte, dass käme noch von dem Spiel. So langsam wird ihr alles klar. »Er wollte mich nur beschützen, Dekan.« Der ältere Mann nickt. »Ich weiß. Wir haben mit Olivers Eltern besprochen, dass er für ein Jahr das Jungencollege am Rand von Vancouver besucht. Sie haben dort auch ein gutes Schwimmteam und sie haben zugesagt, sich zu verpflichten, ihn in psychologische Behandlung zu geben. Ich denke, dass das erst einmal ein guter Anfang ist.«

Wahrscheinlich hat der Dekan recht, eine Anzeige würde nichts bringen und so ist er von den Frauen weg und macht eine Therapie. »Ja, das ist, denke ich, eine gute Lösung.«

Sie sprechen noch kurz miteinander, doch Mira ist viel zu hibbelig. Sobald sie das Gebäude verlässt, läuft sie direkt zum Eagles Haus. Es beginnt genau in diesem Moment zu schneien und sie zieht ihre Jacke zu. Nun trifft sie auf immer mehr Studenten und bildet sich ein, einige Blicke auf sich zu spüren, doch sie ignoriert all das und klopft.

Es dauert ein wenig, doch dann öffnet Nolan die Tür und sieht ihr überrascht in die Augen. »Berlin ... geht es dir besser?« Sie nickt und wischt sich ihre Haarsträhnen aus dem Gesicht. »Mir fehlt nichts, ich habe das von ... ist Reign da?« Nolan schüttelt den Kopf. »Nach der Schlägerei ist er direkt zu dir ins Krankenhaus und von da nach Hause gefahren. Er wird dort sicherlich eine Weile bleiben, ich habe ihn versucht anzurufen, doch sein Handy ist aus. Ich schätze, er braucht jetzt einfach mal Zeit für sich.«

Mira spürt, wie sich Tränen in ihren Augen sammeln, alles gerät außer Kontrolle, sie hat das Gefühl, in einem Strudel zu schwimmen und alle mit sich zu ziehen.

»Ist alles klar, Berlin? Willst du reinkommen?«

70

Sie schüttelt den Kopf und wendet sich ab. »Nein, danke. Bis später, Nolan.«

Sie möchte nicht, dass er ihre Tränen sieht, die nun nicht mehr aufzuhalten sind.

Sie wollte doch nur ein Jahr lang Kanada kennenlernen und steht nun vor solch einem Scherbenhaufen.

Kapitel 9

Das Wochenende nutzt Mira, um sich zu erholen.

Es schwankt ein wenig, am Anfang war sie mehr wütend als alles andere, erst jetzt langsam spürt sie, was für ein Glück sie hatte, und wenn sie beginnt, darüber nachzudenken, was hätte passieren können, wird ihr schlecht.

Sie kann nur hoffen, dass die Therapie und das Jungencollege das Beste ist, um dafür zu sorgen, dass Oliver nicht noch einmal so etwas tut, doch so wie sie das einschätzt, ist das auch ein Problem, dass man Männern wie Oliver als Spitzensportler so viel durchgehen lässt, sodass sie anfangen zu glauben, sie dürften alles tun.

Mira zieht sich zurück, erst am Sonntag überlassen sie Tifi komplett den Laden und fahren hinaus zu Jonathan. Er hat sich etwas Tolles überlegt und von einer Farm eine Pferdekutsche geliehen. Sie fahren damit durch die beschneiten Waldwege und danach wandern sie noch einen kleinen Berg hinauf und fahren alle drei mit dem Schlitten wieder herunter. Genau diese Unbeschwertheit braucht Mira jetzt.

Trotzdem muss sie immer wieder an Reign denken.

Er ist abgetaucht, er hat sein Handy ausgeschaltet und das schon seit einigen Tagen. Mira hat immer wieder versucht, ihn zu erreichen. Am Montag taucht er nicht auf und auf dem Weg zur Pause trifft Mira Nolan.

»Hey, habt ihr etwas von Reign gehört?« Nolan und sie bleiben vor der Cafeteria stehen. »Nein, keiner von uns. Der Coach wollte heute zu ihm fahren. Er ist suspendiert und verletzt, ich denke, dass er die Woche nicht kommen wird und wahrscheinlich wird er einiges zu Hause klären.«

Mira nickt, Noel geht an ihnen vorbei, gibt Mira einen Kuss auf die Wange und sieht Nolan nicht einmal an. »Reign macht gerade keine leichte Zeit durch. Das mit dir hat ihm mehr zugesetzt, als du es vielleicht gemerkt hast. Ich … sieh mal, das hier gerade ist die beste Zeit in unserem Leben. Wir sind im letzten Jahr im College, die Universitäten schlagen sich darum, uns zu bekommen und sogar die Profiligen schicken ihre Scouter zu uns. Uns stehen alle Türen offen und wir sollten das einfach nur genießen. Doch er kann das nicht.«

Nolan sieht ihr ernst in die Augen. »Er macht sich zu viele Gedanken, alle wollen etwas von ihm. Reign will es allen recht machen und vergisst dabei, selbst einfach wieder Spaß zu haben. Das jetzt kommt niemals wieder zurück, diese Zeit in seinem Leben sollte er einfach nur genießen und als sein Freund tut es mir leid, dass er das nicht kann. Ich weiß, dass du nicht schuld daran bist, es sind die Umstände. Denkst du, ich bin darauf angewiesen, mit Mercedes zusammenzubleiben? So ist das nicht, doch es ist einfacher, es gibt keinen Stress. Wir kennen uns, alle erwarten das und ich habe meine Ruhe und kann eben das tun, was Reign nicht kann … diese Zeit genießen.«

Mira senkt einen Moment den Blick, bevor sie ihn wieder ansieht. »Ich habe ihn von nichts abgehalten. Ich hätte mich auch nicht zwischen irgendetwas gedrängt. Ich wusste nicht, dass Reign dieses andere Leben hat, Ava und die Firma, die er mal übernehmen sollte.« Nolan nickt. »Ich weiß, es macht dir auch niemand einen Vorwurf, doch Reign liebt dich und stellt nun alles infrage. Es ist nie verkehrt, etwas zu verändern, doch ich wünschte mir für ihn, dass es nicht in dieser wichtigen Zeit passieren würde. Heute kommen zwei Scouter von einer der bekanntesten Universitäten aus Kanada. Sie essen mit uns zusammen und wollen die Spieler kennenlernen und Reign ist nicht da, er ist suspendiert. Was denkst du, was das für ein Bild auf ihn wirft?«

74

Nolan ist nicht vorwurfsvoll, man hört, dass er sich wirklich Sorgen um Reign macht und Mira geht es genauso.

»Reign ist mein bester Freund, er hat mehr Talent als die gesamte restliche Mannschaft zusammen und ich wünschte mir nur, dass er diese Tage mehr genießen könnte.«

Mira seufzt leise aus. »Mal sehen, wenn er jetzt bei seiner Familie ist und Zeit hat, einiges zu klären, wird er sich danach vielleicht auch wieder auf all das einlassen können. Und ich bin mir sicher, dass die Scouter Reign trotzdem in die engere Wahl nehmen, der Dekan wird ihnen schon sagen, wieso Reign ausgeflippt ist.«

Nolan muss lachen und Mira versteht, wieso Noel so schwer von ihm loskommt, er ist ein sehr attraktiver Mann. »Ich habe Reign noch nie so schwer von jemandem runter bekommen müssen, und es gab schon hunderte Situationen. Aber Oliver hat das verdient. Ich hoffe, du kommst klar.« Mira nickt und muss lächeln. »Und ich hoffe, dass du dir auch noch einmal überlegst, ob es wirklich so sinnvoll ist, auf alles Neue zu verzichten, nur um keine Risiken einzugehen.«

Mira sieht zu Noel und Nolan folgt ihrem Blick, doch er sagt nichts dazu und sie sieht ihm noch einmal in die Augen. »Ich werde etwas essen gehen. Reign kann sich glücklich schätzen, einen Freund wie dich zu haben.« Sie betreten gemeinsam die Cafeteria. »Ich weiß, dass du sauer auf Reign bist wegen Ava und du hast auch recht, doch vertrau mir als seinem besten Freund. Er liebt dich und dass er dich verloren hat, hat ihn schwer getroffen, mehr als ich das jemals bei ihm zuvor erlebt habe. Also, sei nicht zu hart zu ihm.« Mira sieht, wie sein Blick noch einmal zu Noel geht, die gerade Violet etwas erzählt. »Und du sei nicht so hart zu dir selbst.«

Lincon hat Mira schon etwas zu essen mitgebracht und so kann sie sich gleich zu den dreien setzen. Sie waren sie am Wochenende alle besuchen und Violet hat bei ihr geschlafen. Immer wenn sie daran denkt, wie kompliziert es hier in Kanada ist, holt sie sich die

75

drei in ihre Gedanken und ist dankbar, sie nun in ihrem Leben zu haben.

»Ist Reign da?« Mira schüttelt den Kopf und sieht zum Tisch der Footballer. Nolan hat recht, es ist nicht fair, dass Reign diese Zeit nicht genießen kann, doch es liegt auch nicht in ihrer Macht, das zu ändern. Sie kann das, was zwischen ihm, seiner Familie und Ava ist, nicht ändern oder beeinflussen und sie hat sich auch nicht ausgesucht, da hineingezogen zu werden.

»Du weißt, dass du heute dran bist? Geht das mit deinem Kopf auch?« Lincon liegt ihr schon seit Tagen in den Ohren, dass sie nach den Kursen zusammen laufen gehen sollen. Seine Verletzung ist verheilt und auch Mira merkt, dass sie wieder etwas tun muss, also hat sie zugestimmt. Violet und Noel lassen sich allerdings nicht überreden. »Ja, das ist alles wieder gut. Ich werde dich nach der ersten Runde zurücklassen.« Sie haben schon eine Wette laufen und Mira atmet leise ein, sie muss sich dringend ablenken. Nicht zu viele Gedanken machen und nichts planen, das Leben macht eh, was es will.

Als die Pause zu Ende ist und sie ihr Tablett wegstellt, begegnet sie Jacky. Mira sieht die hübsche Blondine an, sie hat die ganze Zeit gedacht, sie wäre eine der Frauen, die Reign hinterhertrauern, nun kennt sie die Wahrheit. Auch Jacky sieht ihr in die Augen und das erste Mal legt sich ein leichtes Lächeln auf ihre Lippen und sie grüßt Mira. Sie wird gehört haben, was passiert ist und weiß sicherlich, dass Mira ihre Geschichte nun kennt. Sie grüßt zurück und geht zu den nächsten Kursen.

Natürlich bildet sie sich nicht nur ein, dass sie von den meisten anderen angesehen wird, doch das hat sich am Dienstag schon wieder gelegt und Mittwoch spricht kaum noch jemand davon.

Reign kommt nicht zurück und sie hört auch nichts von ihm. Erst am Mittwoch Abend sieht Mira auf Instagram nach und bemerkt, das Ava ein Bild von sich und Reign gepostet hat. Es scheint ein älteres Bild zu sein. Es zeigt sie beide als Abschlusskö-

76

nigin und König. Dazu hat sie ein gebrochenes Herz gepostet und geschrieben, dass es ihr nicht leichtfällt, doch sie offiziell die Trennung der beiden bekannt gibt. Ihre Wege haben sich in verschiedene Richtungen entwickelt. Sie haben sich aber lange ausgetauscht und versprochen, weiter den Respekt zwischen ihnen aufrechtzuerhalten und diese langjährige Bindung nicht zu gefährden. Ihre Familien werden auch weiter die Firmen zusammen leiten und sie auch in Zukunft als Freunde zusammen die Führung übernehmen.

Wow, Mira liest den Text dreimal, bevor sie das wirklich glauben kann. Sie macht einen Screenshot und schickt es Noel und Violet in ihre Whatsapp-Gruppe. Sie hätte nicht damit gerechnet, dass Reign sich tatsächlich trennt. Das überrascht sie nun tatsächlich. Auch Reign hat etwas gepostet. Eine Story. Sie zeigt, wie er ins B.C. Eagles-Haus kommt und ihn die anderen überraschen. Offenbar ist er heute Abend zurückgekommen und sie feiern. Mira freut sich für ihn und kann nur hoffen, dass nun für ihn Ruhe einkehrt und er wirklich mehr von alldem genießen kann.

Es fühlt sich gleich besser an, zu wissen, dass Reign zurück ist, auch wenn das nicht bedeutet, dass sich etwas zwischen ihnen ändert. Er hat nicht auf ihre Nachrichten oder Anrufe reagiert, obwohl er offensichtlich sein Handy wieder eingeschaltet hat.

Am nächsten Morgen zieht sich Mira eine hellblaue Jeans und einen weißen Wollpullover an, schminkt sich etwas mehr und freut sich richtig auf die Kurse, sie fühlt sich ein wenig erleichtert, Reign gestern so lächeln gesehen zu haben und zu wissen, dass es ihm besser geht. Sie hatte wirklich Angst, dass all der Druck, der gerade auf ihm lastet, zu viel für ihn ist.

Natürlich ist Reign noch immer nicht da, er ist die Woche noch suspendiert. All das ändert auch nichts zwischen ihnen, sie sind getrennt, selbst die Entscheidung, sich von Ava zu trennen, ändert nichts daran, dass er sich falsch verhalten hat und sie getrennt sind. Doch sie kann auch nicht so tun, als wäre ihr Reign egal. Immer wieder ermahnt sie sich, nicht zu viel darüber nachzudenken und vor allem nichts zu planen, und ihr gelingt das auch recht gut, bis sie zum Footballplatz geht, um mit Lincon zu laufen.

Reign sitzt auf der Tribüne und sieht seiner Mannschaft beim Training zu. Sie haben offenbar früher mit dem Training angefangen, denn als sie kommt, sind sie schon fertig und gehen in die Umkleiden. Reign sitzt mit dem Rücken zu ihr, sie sagt Lincon, dass sie gleich dazukommt und setzt sich neben ihn.

»Hey.«

Seine dunklen Augen fahren einmal ihr Gesicht ab und ein müdes Lächeln setzt sich auf seine Lippen. »Hey, wie geht es dir?« Mira sieht zum Feld, auf dem nur noch ein paar Cheerleader stehen und zu ihnen beiden sehen und tuscheln. »Mir geht es gut, die Frage ist wohl eher, wie geht es dir? Was macht dein Fuß und wieso hast du mir im Krankenhaus nicht gesagt, dass du suspendiert wurdest?«

Reign lehnt sich zurück. »Ich muss die Schiene noch eine Woche tragen, doch ich kann nächste Woche schon langsam wieder mit dem Laufen beginnen und einfache Spielzüge mitmachen. In zwei Wochen am 11. November zum Gedenktag steht ein Spiel gegen die führende amerikanische College-Mannschaft an und unser Ziel ist es, mich bis dahin wieder komplett fit zu bekommen und es sieht gut aus.«

Mira nickt und sieht ihn an. Er blickt weiter zum Spielfeld, trotzdem wird er ihr Nicken registriert haben. Sie hat ihn immer gerne angesehen.

Reign ist ein sehr hübscher Mann, er hat ein schönes Gesicht. Seine dunklen, langen Wimpern verschaffen seinem Blick einen kräftigen Ausdruck, er hat einen leichten Dreitagebart, was ihn ein wenig älter wirken lässt, aber nicht über seine perfekt zueinander passenden Gesichtszüge hinwegtäuschen. Eigentlich passt er wirklich besser zu einer Frau wie Ava, alles an ihm ist so stimmig, wie gemalt, er hat eine Bilderbuchkarriere vor sich und sie sitzt hier

78

neben ihm, mit Chaos im Kopf, im Bauch und in ihren Gedanken und wirbelt alles in seinem Leben um.

»Ich habe versucht, dich zu erreichen, um zu sehen, wie es dir geht wegen der Suspendierung und der … Schlägerei.« Reign hat seine Hände in den Taschen seiner dicken dunkelblauen Winterjacke der B.C. Eagles und Mira kann nicht sehen, ob seine Knöchel noch aufgeschürft sind.

»Schlägerei ist etwas übertrieben, ich war viel zu lange ruhig wegen Oliver. Ich bereue es nur, dass ich dich nicht früher gewarnt habe. Ich hätte mir nie verziehen, wenn er es geschafft hätte weiterzugehen, allein der Gedanke, dass er dir wehtut …«

Mira verschränkt die Arme vor der Brust und pustet die kalte Luft aus. »Na ja, also ich habe ihn auch schon ein paar Mal getroffen …« Nun wendet Reign sein Gesicht zu ihr und das erste Mal seit langer Zeit bilden sich wieder die tiefen Grübchen auf seiner Wange. »Das glaube ich, du hast mir ja kaum etwas übrig gelassen.« Mira hebt ihren Arm, um ihre Muskeln anzudeuten und sie müssen beide leise lachen.

Sie wird wieder ernster.

»Ich wollte nicht, dass du deswegen suspendiert wirst, doch … danke, dass du dich für mich eingesetzt hast. Ich habe mit dem Dekan abgemacht, dass ich auf eine Anzeige verzichte, dafür geht er auf ein Jungencollege und muss eine Therapie machen. Wahrscheinlich ist es das Beste, doch es fühlt sich falsch an, ihn so davonkommen zu lassen.«

Reign sieht ihr weiter in die Augen. »Nein, das ist das Beste. Er hätte keine richtige Strafe bekommen und säße spätestens nach der Winterpause wieder im Unterricht. So kann man sicher sein, dass etwas getan wird. Seine Eltern werden wissen, dass sie aufpassen müssen, damit so etwas nicht noch einmal passiert. Dass er versteht, was er falsch gemacht hat, bezweifle ich, doch du hast alles richtig gemacht.« Mira lächelt.

»Es ist schön, dass du zurück bist und ich hoffe, dass du jetzt Ruhe hast und all das genießen kannst ...« Mira deutet auf den Footballplatz. »Das mit den Coaches und den Scoutern und ... all das eben.« Sie brauchen sich nichts vorzumachen, sie hat keine Ahnung von alldem und das wissen sie auch. »Das werde ich. Ich hoffe, dass auch du jetzt zur Ruhe kommst und der Rest deines Kanada-Aufenthaltes nicht so ... kompliziert wird.«

Nolan und Parker tauchen hinter ihnen auf. »Gomez! Wir werden auf einer Party erwartet.« Mira steht auf und auch Reign erhebt sich. »Kommst du morgen mit zu dem Wochenendtrip in Geschichte?« Reign sieht ihr in die Augen und plötzlich tut diese neue Distanz, die sich zwischen ihnen aufbaut, noch mehr weh als alles vorher. Vorher hatten sie keine Wahl, es war Wut dabei und Enttäuschung, nun fühlt es sich anders an, bitterer, sie beide verzichten bewusst aufeinander.

Reign hebt seine Hand und entfernt einen Fussel auf ihrem Schal, dabei erkennt Mira, dass an seinem Knöchel die Wunden noch da, aber gut am Abheilen sind. »Nein, ich denke nicht.«

Lincon pfeift von unten, um ihr anzudeuten, dass er bereit ist. Sie sieht ihm noch einmal in die Augen und nickt. »Okay, mach's gut, Reign.«

Sie spürt seinen Blick noch in ihrem Rücken und auch wenn sie weiß, dass es vermutlich besser so ist, kann sie nicht verhindern, dass es sich komplett falsch anfühlt.

Kapitel 10

»Willkommen zu einer Reise in die Vergangenheit.«

Mr. Drawn reibt sich die Hände und sieht sich im Bus um. Sie sind eigentlich fünfzehn Studenten, die mit zu der kleinen Übernachtungsreise kommen. Gerade sitzen nur zwölf im Bus und sehen gelangweilt zu ihrem Geschichtsdozenten.

Mira ist zwiegespalten, deswegen ist sie hier, um Kanada kennenzulernen. Violet und Lincon sind dabei und sie werden sicher viel Spaß haben, doch sie kann sich unter dem alten Jagdanwesen der Ministerpräsidenten nicht so wirklich etwas vorstellen. Sie hat gehört, dass es ein riesengroßes Anwesen ist, mit vielen Schlafzimmern und inzwischen zu einer Art Luxusherberge geworden ist. Es wird mittlerweile viel Geld damit verdient, die Inhaber sind Absolventen der B.C. und stellen dem College einmal im Jahr für ein Wochenende das Grundstück zur Verfügung. Für die Verpflegung kommen die Sponsoren auf, und jeder, der bisher dort war, ist begeistert, doch trotzdem weiß Mira nicht so ganz, was sie davon halten soll.

»Stopp!« Es wird laut gegen die Bustür geschlagen und Miras Herz schlägt schneller, als Nolan, Parker und Reign den Bus betreten. »Oh, glaubt mir meine Herren, ohne euch wäre ich nicht losgefahren. Reign, schön, dass du es dir doch noch überlegt hast. Also wie gesagt, freut euch auf diesen kleinen Ausflug in die Vergangenheit. Wir brauchen knapp zwei Stunden bis zum Lynn Headwaters Regional Park, in dem das Grundstück liegt, also lehnt euch zurück und genießt die Fahrt.«

Violet und Mira sitzen weiter hinten. Nolan, Parker und Reign gehen an ihnen vorbei, wobei Parker ihnen beiden sachte an ihren beiden Zöpfen zieht und ihnen einen guten Morgen wünscht. Sie setzen sich genau hinter ihnen auf die hinteren Plätze. Mira wendet sich zu Reign um. »Ich dachte, du wolltest nicht mitkommen?« Die drei Chaoten sehen aus wie aus dem Bett gefallen, Mira hat in den Storys von Parker und Nolan gesehen, dass sie auf einer Party waren. Mira konnte es nicht lassen, sich die Bilder und Videos genau anzusehen, doch auch wenn man Reign immer wieder gesehen hat, so nie mit einer Frau. Ihre Bilderdurchforstung gestern hat ihr deutlich gezeigt, dass sie weit davon entfernt ist, über ihn hinweg zu sein.

»Ich habe es mir heute Morgen doch noch einmal anders überlegt.« Mira nickt und in ihrem Bauch breitet sich ein zufriedenes Kribbeln aus. Nolan öffnet eine Tüte und verteilt Sandwiches, die drei scheinen direkt aus dem Bett hergekommen zu sein. Reign reicht Mira eines, er weiß, dass das mit Käse ihr Lieblingssandwich ist. Parker und Violet streiten sich um ein Truthahnsandwich und Lincon nimmt sich gleich zwei Stück. Der Bus hält noch einmal am Eingang der B.C. und die junge rothaarige Kunstdozentin steigt ein. »Hatte ich euch schon gesagt, dass Ms. Anderson uns begleitet? So habe ich alles besser im Griff, obwohl ihr alle volljährig seid und für Schaden selbst aufkommt, eine kleine, nette Tatsache, die ihr hin und wieder bedenken solltet.«

Violet neben Mira versteift sich, sie hatte sich erhofft, auf der Reise Mr. Drawn wieder näherzukommen, nun sehen sie beide dabei zu, wie sich Ms. Anderson und er zusammen nach vorne setzen und sich zu unterhalten beginnen, nachdem sie einmal zu ihnen allen gewunken hat. »Leute, bin ich der Einzige, der das Gefühl hat, wir sind in der 10. auf Klassenfahrt? Wir sind alle knapp zwanzig, wir könnten alleine dahin fahren.« Lincon, der vor Mira und Violet in der Reihe sitzt, wendet sich zu ihnen und den dreien hinter ihnen um und beißt von seinem Sandwich ab.

»Ist doch egal, solange wir unseren Spaß haben und es für den Kurs angerechnet bekommen, bitte sehr. Ich kann die Punkte gut

82

gebrauchen. Außerdem habe ich gehört, das soll ein richtiges Luxusanwesen sein. Wir haben ein Luxuswochenende und bekommen dafür eine gute Note, was willst du mehr? Hast du da Skittles?« Lincon wirft Nolan die Packung zu, der abwechselnd vom Sandwich abbeißt und sich die klebrigen Gummiperlen in den Mund wirft. Die beiden fangen auch gleich eine Diskussion über die Filmauswahl am Abend an. Es soll dort ein kleines Kino geben, und tatsächlich kommt ein wenig die Stimmung einer Klassenfahrt auf, wenn man ihr Alter ein wenig außer Acht lassen würde.

Violet hat eine Schlafmaske dabei und setzt sie auf, lehnt ihren Kopf an Miras Schultern und schläft nur kurze Zeit später ein, auch Parker schläft wenige Minuten nachdem sie losgefahren sind, während Mira beobachtet, wie sie die Stadt hinter sich lassen. Sie lehnt ihren Kopf gegen die Scheibe, und Reign, der genau hinter ihr sitzt, reicht ihr seinen zusammengeknüllten schwarzen Hoodie. Er hat ihn sich ausgezogen und sieht sich mit Nolan etwas auf dessen Laptop an, sie sprechen über Spielzüge. Mira lächelt und nimmt den Hoodie entgegen. Sie nutzt ihn als Kopfkissen und Reigns Duft, der daran haftet, lässt sie wirklich fast einschlafen, doch dann wird in der Mitte des Busses ein Bildschirm heruntergefahren und Mr. Drawn schaltet eine Dokumentation über das Gelände an, zu dem sie jetzt fahren. Es ist offizieller Besitz der Regierung gewesen, auf dem alle amtierenden Regierungschefs das Recht hatten, mit ihrer Familie Urlaub zu machen, meistens haben sie dort auch Weihnachten verbracht. Es ist schon sehr alt und bis vor zehn Jahren wurde es noch genutzt, bis es verkauft wurde und ein noch größerer neuer Urlaubsort für die Regierungschefs ausgewählt wurde.

Violet und Parker schlafen, sie lassen sich davon nicht stören und es hört sich so an, als würden auch Reign und Nolan sich weiter Spielzüge ansehen. Mira versucht aufzupassen, ist aber kurz davor, selbst einzuschlafen, bis sie die Autobahn verlassen und auf eine Landstraße einbiegen.

Nolan stellt sich auf, geht nach vorne zu Lincon und hebt sein Handy hoch. »Der Urlaub beginnt, alle mal recht freundlich.« Mira lächelt in die Kamera, Violet hebt die Dunkelbrille hoch und hebt den Mittelfinger und was die beiden hinter ihnen machen, kann Mira nicht erkennen, doch keine zwei Minuten später wird sie auf dem Bild markiert, was Nolan gepostet hat.

'Zwei Tage im Ungewissen, wenn ihr nichts mehr von uns hört, behaltet uns in guter Erinnerung.' Mira muss lächeln, so ein verrückter Kerl. Das Bild sieht schön aus. Nolan und Lincon sind ganz vorne, dann Mira und Violet und hinter ihnen Reign und der noch immer schlafende Parker.

Nun ist Mira wieder wach, sie setzt sich noch mehr auf und sieht aus dem Fenster, während sie tiefe weiße Wälder durchfahren, ein kleiner Fluss scheint von den Bergen hinabzufließen. Es ist eine traumhafte Winterlandschaft in den Bergen, man spürt, dass sie hochfahren.

Da sie alle markiert sind, bekommen sie alle Benachrichtigungen, wenn jemand das Bild kommentiert, und fast als Erste schreibt Ava einen Kommentar darunter und sie bekommen eine Benachrichtigung. Natürlich ist auch sie mit Nolan befreundet. 'Das sieht ja nach einer Menge Spaß aus.'

Mira wendet sich um und trifft auf Reigns dunkle Augen, der auch gerade aufs Handy sieht und dann zu ihr.

»Hier beginnt schon das Grundstück.« Mr. Drawn steht auf und lenkt die Aufmerksamkeit auf sich, indem er nach draußen zeigt und tatsächlich tut sich nun eine Lichtung auf, die umzäunt ist. Froh über die Ablenkung wendet sich Mira wieder um und sieht aus dem Fenster. Sie fahren noch einige Minuten, was bedeutet, dass das Grundstück wirklich groß sein muss. Irgendwann halten sie vor einem großen schwarzen, runden Eisentor, vor dem ein rundes Wachhäuschen steht und ein Mann mit weißen Wintersachen, einem langen roten Mantel und einem roten Zylinder auf dem Kopf steht. Er hebt die Hand an seine Schläfe. Mira bemerkt

84

das Gewehr, das über seine Schulter gehängt ist. »Ich hoffe, dem ist klar, dass wir nicht die neue Regierung bilden.« Violet neben ihr sieht auch aus dem Fenster und schüttelt leicht den Kopf.

»Das ist alles Vermarktung. Man soll sich so fühlen, als wäre man ein Präsident, sich ein Zimmer auf diesem Grundstück für einen Tag zu mieten, kostet sehr viel. Ich hoffe, ihr schätzt, dass wir hier zwei Nächte bleiben dürfen.« Mr. Drawn hat sie gehört, er geht zur Tür und reicht dem Mann ein Schreiben, der daraufhin das Tor öffnet und der Bus somit hineinfahren kann.

»Wow, wie groß ist das Grundstück?« Sie fahren durch eine perfekt gepflegte Parkanlage. Überall stehen Laternen und Bänke, verschneite Tannen lassen all das schon jetzt weihnachtlich wirken. Es stehen Statuen verteilt herum und Springbrunnen, die jetzt im Winter nicht in Betrieb sind. Man sieht, dass auch ein Stück Wald zum Grundstück gehört.

Mr. Drawn deutet in die Richtung des Waldes. »Mehrere Hektar. Auch ein großes Stück des Waldes gehört dazu, die Präsidenten sind oft zur Jagd gegangen. Es gibt Teile, die nicht mehr durch Zäune abgesperrt sind, damit die Tiere dort hindurch konnten, als die Präsidenten im Haus waren, wurden die dann durch Wachen kontrolliert, nun nicht mehr.«

Mira sieht beeindruckt zu der riesigen Villa, die sich vor ihnen auftut. Es ist ein altes aber sehr gut erhaltenes weißes Gebäude mit einem dunkelbraunen Dach. Es gibt zwei Stockwerke und vor der Villa gibt es einen großen runden Brunnen, an dem der Bus hält. Sie alle greifen nach ihren Taschen. Mira hat einen kleinen schwarzen Rollkoffer, Violet einen ähnlichen in pink, sonst hat fast jeder nur eine Sporttasche dabei. Sobald sie alle den Bus verlassen haben, fährt dieser wieder los und Mira beobachtet, wie er das Grundstück wieder verlässt. So eine Szene ist immer der Anfang eines guten Horrorfilms, sie werden hier irgendwo im Nirgendwo zurückgelassen mit einem verrückten Mann mit Gewehr und einer alten Villa.

»Berlin, schläfst du?« Nolan, der neben ihr steht, rempelt sie leicht an. Mr. Drawn scheint der Gruppe etwas gesagt zu haben und winkt sie nun alle in die Villa. Sie steht ganz hinten und hat gar nichts mitbekommen. »Ist schon etwas gruselig hier.« Nolan legt den Arm um sie und lacht, während sie zusammen in die Villa gehen. »Weißt du nicht, in Horrorfilmen sterben immer zuerst die Footballspieler und Cheerleader, also keine Sorge ... obwohl, du könntest als eine durchgehen ...« Er lacht auf und Mira haut ihm im Gehen leicht gegen die Brust.

Als sie dann durch zwei riesige Schwenktüren die Villa betreten, sehen sie sich fasziniert um. Es ist alles im alten Landhaus- und Barockstil gehalten. Mit Stuck verzierte Decken, dunkelbraune Treppen, die nach oben führen, in der Mitte des Eingangsbereiches steht eine große Tanne, die sicher schon für die Feiertage aufgestellt wurde, obwohl das etwas früh wäre. Eine kleine Rezeption befindet sich an der Seite, wohinter eine ältere Frau erscheint, mit einer Menge Karten in der Hand.

»Willkommen im Präsidenten-Ressort. Es ist schön, die B.C. wie immer bei uns begrüßen zu dürfen.« Sie reicht Mr. Drawn und Ms. Anderson die Hand und lächelt ihnen zu. »Hier sind ihre Karten, es gibt noch einige andere Gäste zur Zeit hier, aber der größte Teil steht ihnen zur Verfügung. Das Museum ist für morgen für sie reserviert. In einer Stunde gibt es das Mittagsbuffet.« Mira sieht sich weiter um, während Mr. Drawn noch einiges mit der Frau klärt. Von hier kann man in einen großen Saal blicken, überall auf den Fluren hängen Gemälde der alten Regierungschefs. Es ist schön, elegant und man bekommt eine gewisse Ehrfurcht. »Okay, hier entlang.« Mr. Drawn bittet sie, die Treppen hochzugehen. Sie bleiben alle im ersten Stock stehen, ganz am Anfang sieht man in zwei gegenüberliegende Wohnbereiche, mit Kaminen, gemütlichen Couches und riesigen Bücherregalen, dann gehen viele Türen von dem langen Flur ab, der mit hellen Läufern ausgelegt ist. Hier hängt nichts weiter an der Wand, doch alles ist mit eleganten Bordüren verziert.

86

»Also, jeder kann jetzt sein Zimmer beziehen. Da der Kurs dieses Jahr nicht so groß ist und wir Nebensaison haben, habt ihr tatsächlich das Glück und alle haben ein eigenes Zimmer. Ihr sollt euch hier wohlfühlen, doch diese Reise ist natürlich auch zum Lernen gedacht. In jedem Zimmer erfahrt ihr etwas über die Personen, die dort drinnen geschlafen haben. Ihr seht auch Bilder, wie die Zimmer einmal aussahen, natürlich wurden die Möbel ausgetauscht, als es zum Hotel umgebaut wurde, doch der Stil wurde beibehalten. Eure Aufgabe ist es, euch eine der Personen, die bei euch im Zimmer geschlafen hat, auszusuchen und über sie einen Vortrag zusammenzufassen: Wer waren sie, ihren Lebenslauf und so weiter, dazu kommt, dass wir morgen das Museum besuchen und auch dort sollt ihr euch Notizen machen. Am Ende möchte ich in zwei Wochen eine Halbjahresarbeit dazu bekommen, mit Bildern, den Recherchen zu eurer ausgewählten Person und eine schön ausgearbeitete Hausaufgabe zu dem Haus und allem, was ihr dazu finden könnt. Seid kreativ und nutzt die Zeit hier, ihr sollt Spaß haben, aber auch etwas tun. Diese Hausaufgabe wird die Hälfte eurer Halbjahresnote ausmachen, also gebt euch Mühe. Jetzt könnt ihr auf eure Zimmer, in einer Stunde gibt es Essen und dann könnt ihr euch umsehen und abends zusammen einen Film sehen oder machen, was ihr möchtet. Morgen um zehn geht es dann mit dem Programm los. Parker, Violet ...«

Mr. Drawn zählt alle auf und verteilt die Zimmerkarten, Miras Zimmer liegt gegenüber dem von Reign und neben Lincons. Violet hört man entzückt über den ganzen Flur quietschen beim Anblick ihres Zimmers und auch Mira ist gespannt, als sie die Tür zu ihrem Reich für die nächsten zwei Tage öffnet.

Wow.

Sie hat mit all dem Luxus nicht gerechnet, schon gar nicht, dass sie alle eigene Zimmer bekommen, doch als sie jetzt auf ihr großes Schlafzimmer mit dunklen Holzdielen, weichen weißen Läufern und einem riesigen dunklen Bett sieht, kann sie es nicht glauben.

Es ist alles sehr robust und altmodisch, doch gleichzeitig schick und elegant eingerichtet. Schwere helle Schals hängen bis tief auf den Boden vor den Fenstern, es gibt einen Kamin, und Mira kann nicht glauben, dass in der Nähe des Kamins mitten im Raum eine freistehende Badewanne steht, um die herum viele Stumpfkerzen stehen, die man anzünden kann. Es gibt einen großen Schrank aus dem gleichen dunklen Holz wie der Boden und einen wuchtigen Schreibtisch. Mira entdeckt einen kleinen vollgeschneiten Balkon und öffnet die Tür, um durchzulüften, dann sieht sie in das Bad, was von ihrem Zimmer abgeht. Es ist sehr modern gehalten und wurde wahrscheinlich nachträglich eingebaut. Darin gibt es eine Dusche, eine Toilette und einige Regale, um etwas abzustellen, worin dicke, weiche hellblaue Handtücher liegen. Mira geht zurück in das Schlafzimmer, sie öffnet ihren Koffer und packt alles aus, vorher ruft sie ihre Mutter aber noch per Videoanruf an und zeigt ihr alles. Jonathan ist gerade da und auch sie sind überrascht, wo sie untergekommen sind.

Als Mira das Gespräch beendet und ihre Sachen eingeräumt hat, findet sie an der Wand des Schreibtisches eine Gedenkwand. Ihr Raum war einmal ein Spielzimmer, zwei Töchter der damaligen Regierungschefs haben hier gelebt und vor einigen Jahren war das der Rückzugsraum der Ehefrau des Regierungschefs. Mira hat den Namen schon einige Male gehört, sie soll eine sehr stark sozial engagierte Frau gewesen sein und Mira beschließt, über sie und das Haus ihre Hausarbeit zu schreiben. Da noch alles so ordentlich und unbenutzt aussieht, macht sie schon einmal Fotos, auch von der Gedenkwand und gibt auf ihrem Laptop, den sie auf dem Schreibtisch platziert, den Namen der Frau ein.

Langsam wird es unruhiger draußen, ein Blick auf die Uhr verrät ihr, dass sie zum Essen gehen sollte. Vorher geht sie noch einmal ins Bad, heute Morgen hat sie sich nur eine Leggins sowie einen weißen Hoodie angezogen und einen hohen Zopf gebunden. Damit es nicht ganz so aussieht, als würde sie sich extra zum Essen umziehen, lässt sie alles an, tuscht ihre Wimpern aber noch

88

einmal nach, macht sich frisches Rouge auf die Wangen und bindet sich einen neuen, ordentlicheren Zopf. Dazu steckt sie sich weiße Perlenohrringe an und geht erst dann aus dem Zimmer, wo sie fast in Reign hineinläuft, der offenbar gerade bei ihr klopfen wollte.

»Da bist du ja, ich wollte gerade nachsehen, wo du bleibst.« Reign blickt zu ihr hinab. So nah wie er jetzt vor ihr steht, ist er fast einen Kopf größer, sein Duft umhüllt sie und verrät, dass er sich gerade auch etwas frisch gemacht hat, zumindest riecht er nach ihrem Lieblingsdeodorant. Ihr ist vorhin schon aufgefallen, dass er sich frisch rasiert hat. Seine dunklen Augen sehen in ihre und sie versucht, sich nicht anmerken zu lassen, dass sie noch immer komplett von ihm eingenommen ist. »Ich habe noch mit meiner Mutter und Jonathan gesprochen, ich kann nicht glauben, wie schön die Zimmer sind, wie sieht deins aus?« Reign geht zurück und öffnet ihr die Tür. Sein Zimmer ist fast identisch mit ihrem, nur dass statt der hellen Töne ein dunkles royales Blau den Vorrang hat. Seine Kleidung ist wild auf seinem Bett verteilt und Mira verlässt lächelnd das Zimmer wieder. Sie laufen zusammen den Flur entlang zu den Treppen.

»Hör mal ... wollen wir nach dem Essen zusammen etwas die Gegend ... erkunden?« Mira sieht verwundert zu ihm hoch. Sie kennt Reign nun wirklich schon ziemlich gut und es ist sehr selten, dass sie ihn mal so unsicher erlebt hat, fast schüchtern. Sie nickt. »Ja, klar, das hatte ich sowieso vor und so kannst du vielleicht dafür sorgen, dass ich nicht von irgendwelchen kanadischen Bären und Wölfen gefressen werde.« Reign lächelt und wieder setzen sich seine Grübchen auf die Wangen. »Es ist mir eine Ehre.«

Zusammen betreten sie den Speisesaal. Hier stehen mehrere große Tafeln, festlich eingedeckt. An einigen Tischen sitzen andere Menschen, zwei stehen gerade auf und verlassen den Saal, ansonsten ist ihre Gruppe auf zwei Tische verteilt. Vor der Küche ist ein Buffet aufgebaut und hier gibt es auch Ständer mit diversen

Getränken, Kuchen, Chips, Keksen, all das, was man sich vielleicht mit aufs Zimmer nehmen möchte, es steht ein Schild davor, dass es bis Mitternacht zur Verfügung steht und ab zehn Uhr morgens.

Mira nimmt sich einen Teller und geht zum Buffet. Reign fragt sie, was sie trinken will und stellt ihnen erst einmal zwei Flaschen Limonade auf den Tisch, bevor auch er sich einen Teller nimmt. Es gibt eine große Auswahl. Mira nimmt sich angebratenes Gemüse, zartes Rinderfilet und einen kleinen Salat. Reigns Teller sieht ähnlich aus, nur dass er noch eine Portion Bratkartoffeln dazu isst.

Lincon scheint gerade mit Parker eine Wette abzuschließen, als sie sich an den Tisch setzen. Zwei weitere Studentinnen aus ihrem Kurs sitzen bei ihnen.

»Wo ist Violet?« Mira sitzt neben Lincon und Reign. »Die hat Kopfschmerzen, sie will sich erst einmal etwas ausruhen.« Lincon deutet nach oben. »Oh, okay, ich werde ihr gleich etwas zu essen raufbringen.« Mr. Drawn setzt sich zu ihnen, er ist schon fertig mit dem Essen. »Das brauchst du nicht, Mira. Das mache ich schon, ich muss sichergehen, dass es nichts Ernstes ist, aber erzählt mal, wie gefallen euch die Zimmer?«

Das ist wahrscheinlich das Ziel von Violet, doch sie sagt nichts dazu und hört zu, wie alle anderen von ihren Zimmern schwärmen. Lincon und die anderen beschließen, nach dem Essen das Hallenbad aufzusuchen, Reign und Mira sagen gleich, dass sie nicht kommen werden und Mira geht nach dem Essen sofort auf ihr Zimmer, um sich dick anzuziehen. Sie schreibt Violet eine Nachricht, ob alles in Ordnung ist und sie schickt ihr einen Smiley zurück mit 'Ging mir nie besser'.

Mira lässt alles an, sie bindet sich einen dicken Schal um, schlüpft in ihre Winterboots und zieht ihre dicke Winterjacke an. Alles was sie noch aufträgt, ist Lippenpflege, dann sieht sie in den Spiegel.

Sie weiß, dass Reign und sie sich richtig aussprechen und klären müssen, wie es nun weitergeht und dass er sie deswegen nach die-

90

sem Spaziergang gefragt hat. Als es dann an ihre Tür klopft, schlägt ihr Herz wild in ihrer Brust.

Kapitel 11

»Für eine Touristin bist du gut ausgerüstet.« Reign sieht an Mira herunter, während sie die Treppen hinuntergehen. »Das war Jonathan. Als es die ersten Tage geschneit hat und ich immer mit zugefrorenen Händen in den Laden gekommen bin, hat er mich zu einem richtigen Winterausstatter gebracht. Außerdem hatten wir einen Crashkurs am Wochenende, ich bin sogar schon mit einem Schlitten einen Berg runtergefahren.«

Reign lacht und hält ihr die Tür auf, sofort weht ihr der kalte Wind um die Nase, doch die Sonne scheint auch ein wenig und der Schnee glitzert sie an. »Du hörst dich ja fast so an, als gäbe es in Berlin keinen Schnee.« Sie gehen die Stufen hinab. »Es ist selten, dass es mal schneit und dann wird das sofort zu einer grauen schwarzen Pampe, so viel Schnee habe ich immer nur im Winterurlaub gesehen und da war ich noch zu klein, als dass es zählen würde.«

Die Tür hinter ihnen geht noch einmal auf und ein Mann kommt und reicht ihnen eine braune warme Kuscheldecke. »Das geben wir unseren Gästen für einen Spaziergang mit. Wir empfehlen, die Richtung hinter dem Haus entlangzugehen, wenn sie einen schönen Ausblick haben wollen.« Reign bedankt sich und nimmt die Decke entgegen.

Sie hören auf den Mann und laufen an dem Haus vorbei. Hier wird es im Sommer sicher eine tolle Gartenanlage geben, doch jetzt gerade ist alles mit Schnee bedeckt, man sieht einen kleinen Pavillon, sonst nichts. Es ist sehr ruhig, nur der Schnee unter ihren Schuhen knirscht.

»Ich habe wirklich mit mir gekämpft, ob ich mitkommen soll oder nicht. Ich wusste, dass ich es dann nicht lassen kann und ich hatte vor, dich nicht in diese Situation zu bringen.«

Mira sieht hoch und zu ihm, er sieht weiter nach vorne, wo sich nichts weiter zeigt, sie laufen ein wenig bergab. »Was für eine Situation meinst du? Willst du darüber sprechen, was bei dir zu Hause passiert ist? Ich meine, ich kann mir vorstellen, dass es Ärger gab wegen Ava und ich … fühle mich wegen all dem schuldig. Also nicht direkt, aber ...«

Nun sieht er doch zu ihr. »Genau das meine ich. Das hat nichts mit dir zu tun, Mira. Gar nichts. Die Tatsache, dass ich mich in dich verliebt habe, hat mir vielleicht etwas schneller klargemacht, dass das so nicht geht, doch das wäre sicherlich so oder so passiert, vielleicht nur nicht jetzt.«

Mira sieht wieder auf den Schnee. »Ich hatte meinem Vater schon vorher gesagt, dass wir reden müssen, eigentlich wollten wir das an dem Tag tun, an dem ich mich verletzt habe, doch dann kam Ava und ihr Vater mit und ich habe die halbe Nacht im Krankenhaus verbracht. Als dann die Suspendierung kam, war mir alles egal. Ich bin nach Hause gefahren und habe meinen Vater in seinem Büro aufgesucht. Der Vater von Ava war dabei und ich habe mich zu ihnen gesetzt und ihnen gesagt, dass ich nicht vorhabe, die Firma zu führen. Noch nicht, nicht jetzt. Mir stehen alle Chancen offen und ich habe immer diesen Druck im Hinterkopf. Mein jüngerer Bruder wartet nur darauf, das ist genau sein Ding und wieso sollte ich etwas tun, was ich nicht möchte und er darauf verzichten?«

Endlich sehen sie vor sich, was der Mann gemeint hat. Sie kommen an den Abschluss des Berges auf dem dieses Grundstück offenbar liegt. Hier stehen mehrere Bänke, von denen man die traumhafte Landschaft unten einsehen kann und auf die vielen Berge und Wälder um sie herum. Sie steuern die Bank in der Mitte an, sie sind hier ganz alleine.

94

»Das hört sich richtig an, was hat dein Vater gesagt?« Reign muss lachen. »Erstmal viele Sachen, die ich hier nicht wiederholen will. Mir ist es auch egal, was er dazu sagt, ich bin alt genug, ich wollte ihn nur darüber informieren. Verstehe das nicht falsch, ich liebe meinen Vater, aber ich kann nicht den Weg gehen, den er für mich geplant hat.«

Sie setzen sich und Reign breitet die Decke über sie beide aus. Er legt den Arm um Mira und sie kuschelt sich an ihn. Reign lächelt. »Ich bin dann erst einmal gegangen und habe mich mit Ava getroffen. Im Grunde war diese Trennung schon lange überfällig und das wussten wir beide. Ich liebe sie nicht und sie liebt eigentlich nur die Vorstellung von uns beiden. Wir haben aber beschlossen, Freunde zu bleiben und im Notfall trotzdem die Firma zusammen zu leiten. Sie hat mich gefragt, ob es an dir liegt und ich habe ihr gesagt, dass ich dich liebe, aber dass, wenn du es nicht gewesen wärst, es jemand anderes wäre. Die Tatsache, dass ich dich liebe, hat nichts damit zu tun, dass ich sie nicht liebe, es hat mir nur dafür die Augen geöffnet.«

Mira atmet laut durch. »Das ist eine einfache Sichtweise darauf. Ich denke, ohne mich wärt ihr noch verlobt und ...« Reign unterbricht sie. »Mira, ich habe ständig Affären gehabt und sie wusste davon, all das ist ihr egal, solange wir eine schöne Weihnachtskarte vor der Firma zusammen schießen. Sie ist noch enttäuscht, doch ich bin mir sicher, dass auch sie jemanden treffen wird und dann versteht sie mich.

Am nächsten Tag hat dann auch mein Vater noch einmal mit mir gesprochen. Er wird erst einmal meinen Bruder als Nachfolger einsetzen, doch mir werden immer alle Türen offenstehen und das bedeutet ja auch nicht, dass ich nicht trotzdem voll und ganz hinter der Firma stehe. Er will meiner Footballkarriere nicht im Weg stehen und bezüglich Ava hält er sich heraus. Es wäre schön gewesen, wenn wir geheiratet hätten und die Firma so sicher zwischen beiden Familien verteilt wäre, doch wir können das auch freundschaftlich weiter machen wie sie zuvor. Es gab viel Streit und viele Diskussionen, doch als ich wieder gefahren bin, waren wir dann alle zufrieden. Mehr oder weniger.«

Mira blickt auf die Berge vor ihnen. »Es ist merkwürdig, ich habe nicht damit gerechnet, Reign. Ich war so glücklich und ich habe niemals damit gerechnet, dass du das vor mir verheimlichst. Auch wenn ich jetzt verstehe, wieso du es getan hast und dir auch glaube, dass du mir nie wehtun wolltest ... hast du es getan und ich fühle mich, als wäre all das, was zwischen uns war, eine Lüge, und gleichzeitig fällt es mir schwer, das zu glauben, weil es so schön war.«

Wahrscheinlich wollten sie beide nicht, dass dieses Gespräch in diese Richtung geht, doch es tut gut, Reign endlich richtig klarmachen zu können, wie sie sich fühlt. »Nein, Mira, das ... ich habe Scheiße gebaut und das nicht zum ersten Mal in meinem Leben, doch als ich gesehen habe, wie sehr ich dich damit verletzt habe, hat es mich wahnsinnig gemacht. Ich wusste nicht mehr, was ich tun soll. Dich lassen, dich um Verzeihung bitten, dir aus dem Weg gehen? Ich bin es gewohnt, zu tun und zu lassen, was ich will. Ich achte nicht so sehr darauf, wem ich wehtun könnte und bisher kam ich immer damit klar, doch dann sehe ich, wie sehr ich dich verletzt habe und alles hat sich geändert. Ich will nicht auf dich verzichten, Mira, doch um dich nicht zu verletzten, würde ich glaube ich alles tun. Es ist das erste Mal, dass es mir wichtiger ist, dass es einem anderen Menschen gut geht, als dass ich das bekomme, was ich will.«

Mira ist überrascht über diese offenen Worte und lässt ihn weitersprechen. »Glaub mir, es war schon merkwürdig, das festzustellen. Auch wenn du das vielleicht nicht glaubst, hast du mir das erste Mal gezeigt, wie es ist, einen anderen Menschen so sehr zu lieben, dass man sich selbst hinten anstellt. Sonst hätte ich dich schon längst um Verzeihung gebeten, Mira. Ja, ich habe mich falsch verhalten, doch auch für mich war das zwischen uns etwas

96

ganz Besonderes und es fehlt mir jeden Tag. Du fehlst mir ständig und ich weiß nicht, was schlimmer ist: Dich um mich zu haben und dir nicht nah sein zu können, oder mich von dir fernzuhalten.«

Sie setzt sich etwas mehr auf, bei seinen Worten sind ihr Tränen gekommen, die sie nicht mehr zurückhalten kann, weil es genau das beschreibt, wie sie sich fühlt und weil es schön ist zu wissen, dass er es auch so empfindet. Er hat die ganze Zeit geschwiegen und nun scheint es so, als könne er gar nicht aufhören, sich alles von der Seele zu reden. Er sieht ihre Tränen und spricht weiter. »Du hast keine Vorstellungen, wie sehr mir das alles fehlt.« Reign zieht seine Handschuhe aus und streicht ihr die Tränen von der Wange.

»Glaub mir, Engel, wenn wir nicht in solch einer Situation wären, hätte ich nicht gezögert und sofort darum gekämpft, dass du wieder an meiner Seite bist, doch wie gesagt, ich liebe dich, Mira, und das mehr als ich jemals eine andere geliebt habe, doch ich will dir nicht wehtun und ich befürchte, dass wir uns wehtun werden. Du verlässt Kanada wieder, ich werde irgendwo Football spielen, ich weiß nicht, ob es so klug ist, das zwischen uns noch tiefer werden zu lassen, wo es uns schon so zu sehr wehtut.«

Mira ist noch nicht in der Lage zu antworten, sie wischt sich ihre Tränen aus dem Gesicht und Reign beugt sich vor und küsst Miras Stirn, sie schließt ihre Augen, als seine Lippen danach auch ihre Wange streifen.

»Ich weiß selbst nicht, was das Beste ist, doch gerade bin ich einfach nur dankbar, dass du wieder normal mit mir sprichst und in meiner Nähe bist. Wenn es nach mir geht, würde ich alles andere beiseiteschieben. Dich wieder bei mir haben und jede Minute genießen, wenn es mir dann später wehtut, haben wir diese Zeit wenigstens genossen, doch wie gesagt: Genau so habe ich schon einmal gedacht und dir wehgetan, indem ich alles andere weggeschoben und dich genossen habe. Das will ich nicht noch einmal tun, wir müssen uns ganz sicher sein und darüber klar werden, dass es uns am Ende wehtun wird.«

Mira lächelt matt. Im Grunde weiß sie, dass alles, was er gesagt hat, stimmt. Sie ist in ein paar Monaten weg. Ist es sinnvoll, sich noch mehr in diese Liebe zu stürzen? Doch wer weiß schon, was bis dahin ist, soll man sein Leben nicht jetzt genießen und ausblenden, was in einigen Monaten ist? Kann sie das mit Ava einfach vergessen? Mira weiß es nicht, so gut diese Aussprache auch tut, so viele neue Fragen bilden sich in ihrem Kopf.

Sie legt ihren Kopf wieder an seine Schulter. Er umfasst sie ganz und sie kuschelt sich an ihn, während sie beide den Hang hinabsehen.

»Wieso muss all das so kompliziert sein?« Reign schmunzelt müde und küsst ihren Scheitel. »Das nennt man das Leben, Engel.

Kapitel 12

Nur ein paar Minuten später kommt ein älteres Ehepaar und setzt sich neben sie. Reign und Mira stehen auf, doch der Abstand, den sie auf dem Hinweg hatten, ist nun nicht mehr da. Reign hat den Arm um sie gelegt und sie laufen sehr langsam zurück. Um das schwere Thema zwischen ihnen loszuwerden, auch wenn es wichtig war, darüber zu sprechen, erzählt Mira ihm von ihrem Besuch bei Jonathan. Von Weitem sehen sie einen Fuchs, der in den Wald rennt und erst, als er ihr die Tür zur Villa aufhält, lässt Reign sie wieder los.

So langsam dämmert es. Gerade als sie die Treppe hinauflaufen und Mira ihr Gesicht wieder zu spüren beginnt, kommen Lincon und Parker in Badehosen zu ihren Zimmern. »Ihr seht eingefroren aus, im Schwimmbad gibt es den wärmsten Whirlpool, den ich je erlebt habe. Denkt dran, in einer Stunde gibt es Essen. Violet hat gesagt, dann ist sie wieder dabei.« Mira hebt die Augenbrauen. »Das hört sich gut an. Ich ziehe mich schnell um.« Sie schlüpft in ihr Zimmer, schält sich aus ihren vielen Schichten Kleidung und geht ins Bad, um ihren Bikini überzuziehen. Sie hat einen braunfarbigen eingepackt, den sie erst letztens mit Violet gekauft hat, als sie in ein Hallenbad wollten, daraus ist nichts geworden, doch er ist sehr sexy.

Mira bindet ihre Haare zu einem Dutt hoch und schnürt sich den weichen langen, grauen Bademantel zu, der hier im Bad hängt. Der Flur ist leer, einen Moment denkt sie daran, bei Violet zu klopfen, doch wer weiß, wobei sie sie gerade stören würde, deswegen geht sie dem Schild nach zur Schwimmhalle, die in einem Seitenflügel liegt.

Sie sieht sich begeistert um, sobald sie eintritt. Es ist wirklich ein schönes Schwimmbad. Es gibt ein großes Becken zum Schwimmen, viele Relaxliegen und dann eine richtige Whirlpoollandschaft. Es sind viele Whirlpools in einem Becken sogar mit einer kleinen Steinhöhle. Man muss durch einen Wasserfall hindurch, um in die Höhle zu gelangen. Mira lächelt, es ist niemand mehr hier, nur Reign sitzt in einem Whirlpool und sieht ihr entgegen.

»Wer weiß, was die Ministerpräsidenten hier alles drinnen gemacht haben.« Mira verzieht ihr Gesicht, streift den Bademantel ab, lässt ihn auf eine der Liegen fallen und steigt, sich Reigns Blick wohl bewusst, zu ihm ins Wasser. »Ich hoffe, die wechseln regelmäßig das Wasser aus. Das tut so gut.« Sie schließt einen Moment die Augen. Langsam weicht die Kälte aus ihrem Körper.

Hier reicht einem das Wasser bis zu den Hüften. Mira geht zu Reign, der entspannt in einem der Whirlpools sitzt und ihr entgegensieht. »Die Kälte hier in Kanada geht einem unter die Haut«, stellt sie fest und setzt sich neben Reign, einen Moment gleitet ihr Blick über seine breite goldbraune Brust.

Sie weiß nicht, was ihr Gespräch bedeutet, sie haben sich alles gesagt, sie wissen, dass sie beide sich vermissen und lieben und dass sie nicht für die Zukunft planen können. Noch während sie darüber nachdenkt, reagiert Reign und nimmt ihre Hand in seine. Er gibt einen Kuss auf ihren Handrücken und sein Blick liegt ernst auf ihr. »Verzeihst du mir?« Mira sieht ihm in die Augen. »Du musst mir schwören, dass du mich nie wieder so hintergehst. Auch wenn es mir wehtut, sag mir die Wahrheit.« Sie steht auf, um ihn besser ansehen zu können und legt den Kopf ein wenig schief. »Was ist aus dem 'es reicht, auch wenn wir uns so nah sind, keiner von uns weiß, was in ein paar Monaten ist', Reign?«

Sein intensiver Blick genügt, um ihr Herz wild gegen ihre Rippen trommeln zu lassen. Da sie nun genau vor ihm steht, legt er seine Hand an ihre Hüfte. »Wir wissen nicht, was in Zukunft mit uns sein wird, doch du fehlst mir zu sehr und wenn, dann möchte ich noch jeden Tag mit dir genießen.« Mira lächelt und ihr Knie legt

100

sich zwischen seine Beine, als sie sich zu ihm hinunterbeugt und sich nach so vielen Wochen ihre Lippen wiederfinden.

Seine Lippen auf ihren, nach so langer Zeit, entlocken Mira einen erleichterten Laut. Natürlich hat sie jeden Tag mit dieser Sehnsucht gelebt, doch als sie ihn wieder schmeckt, ihm wieder so nah ist, setzt ein noch ganz anderes Gefühl in ihr ein. Reigns eine Hand geht in ihren Nacken, um sie noch näher an sich zu halten, seine andere Hand zieht sie komplett auf seinen Schoß. Mira spürt, dass auch er einen Moment von dieser Intensität des Kusses überrascht ist. Sie ertrinken für einen Moment in diesen intensiven Gefühlen. Sie beenden den Kuss und Reign legt seine Stirn an ihre. »Du hast mir wahnsinnig gefehlt, Engel.«

Mira küsst seine Wange, seine Nase. »Du mir auch.« Und als sich dann ihre Lippen erneut finden, wird der Kuss schnell noch sehnsuchtsvoller. Keiner von ihnen ist mehr in der Lage, sich von dem anderen zu trennen. Seine Hand gleitet unter ihr Bikinihöschen und in dem Moment steht er auf, ohne sie abzulassen. »Hier sind garantiert Kameras und ich teile nicht gerne.« Reigns Lippen fahren Miras Hals entlang, er atmet tief ein und sie seufzt leise auf, als er sie unter dem Wasserfall hindurch in die dunkle Höhle trägt.

Nun passt kein Blatt mehr zwischen sie. Reign setzt sich und zieht sie auf seinen Schoß, wo sie genau spürt, wie sehr er sie will und sie an seinen Lippen stöhnt, während seine Finger weiter und weiter hinabgleiten. Mira küsst sein Schlüsselbein entlang und legt dann genüsslich ihren Kopf in den Nacken, während er ihr Bikinioberteil zur Seite schiebt und sie verwöhnt. Gerade als sich ihre Lippen erneut zu einem gierigen Kuss treffen, hören sie jemanden die Halle betreten und Reign flucht leise an ihrer Wange auf, was Mira lächeln lässt. Sie atmen beide tief ein und verlassen dann zusammen die Höhle, Reign hält ihre Hand fest in seiner. Ms. Anderson ist im großen Becken und schwimmt Bahnen. Sie hat eine tolle Figur und Mira fragt sich automatisch, was mit Violet und Mr. Drawn vorhin war. »Ihr beiden seid ja noch hier, es gibt

Abendessen. Ich habe schon gegessen, beeilt euch, nicht dass nichts mehr übrig bleibt.«

Es dauert, bis Mira wieder ganz heruntergekommen ist. Sie geht auf ihr Zimmer und zieht sich eine bequeme schwarze Hose und einen weißen Häkelpullover an, dann klopft schon Reign, der sich nur Trainingssachen übergezogen hat. Er gibt ihr erneut einen erleichterten Kuss und auch er hat noch gerötete Wangen, als er den Arm um sie legt und sie zusammen zu den anderen in den Salon gehen.

Mira wusste, dass dieser Ausflug ganz besonders wird, sie hat allerdings nicht geahnt, dass er so besonders wird.

Die anderen scheint es nicht sonderlich zu verwundern, dass sie als Paar zu ihnen kommen. Es gibt einen Braten mit Kartoffeln und grünen Bohnen, Mira nimmt sich nur eine kleine Portion und setzt sich neben Violet, die selig vor sich hin strahlt. »Ich hatte den besten Sex meines Lebens.« Mira nimmt einen kräftigen Schluck Wasser und ist froh, dass sie beide etwas abseits der anderen sitzen. Reign hat sich zu Nolan gesetzt und lässt sich von ihm etwas zeigen.

»Das ist doch nicht dein Ernst? Ist er nicht mit seiner neuen … Freundin hier? Ich habe sie gerade im Schwimmbad gesehen.« Violet nickt und schiebt ihren Teller weg. Sie ist fertig, während Mira erst zu essen beginnt. »Ja, er ist zu mir aufs Zimmer gekommen und hat nachgesehen, wie es mir geht und sich noch einmal für alles entschuldigt, es sei vernünftiger und all das, blabla. Kennst du das, wenn einer nicht will. Er will nicht vom Kopf aber vom Körper, es ist das Erotischste, wenn er sein inneres Gewissen beiseiteschiebt und dich dann nimmt. Meine Güte, ich hatte noch nie solch einen harten guten Sex.« Mira muss leise lachen und schüttelt den Kopf. Violet weiß, was sie davon hält und sie ist alt genug, sie muss wissen, was sie tut. »Ich hatte fast guten Sex.« Violet sieht zu Reign. »Ich denke, es ist gut, dass du ihm noch eine Chance gegeben hast. Ich meine ja, er hat Ava verschwiegen, doch das war nun

102

auch keine normale Beziehung und er hat das alles letzlich beendet. Ihr könnt noch einmal komplett neu anfangen und sehen, was passiert. Und diese gequälten Blicke in den Pausen von ihm gehören damit der Vergangenheit an, es war ja kaum zum Aushalten.«

Statt zu antworten, schreckt Mira hoch, als Parker sich neben sie setzt und eine Liste auf den Tisch legt. »Die haben hier ein richtiges Kino, also wir haben uns dazu entschieden, keinen Liebesfilm zu gucken und da wir ahnen, dass ihr protestiert, haben wir beschlossen, dass ihr euch dafür zwischen Action und Horror entscheiden könnt.«

Mira zieht die Liste zu sich und Violet verdreht die Augen. »Vielleicht wollen wir gar keinen Liebesfilm sehen ... oh, der Film soll sexy sein, es geht um einen Mafiaboss, der eine Frau verschleppt und ...« Parker deutet auf die Abteilung Horror und Violet jauchzt auf. »Oh mein Gott, das soll der beste Horrorfilm sein, eine Familia bezieht ein Haus ... ähnlich wie das hier ... das müssen wir gucken.« Parker hebt seine Hand und Violet schlägt mit ihm ein. »Das ist mein Mädchen, wir versorgen uns mit allem Wichtigen, in einer Stunde geht es los. Macht es euch gemütlich, es wird eine Pyjama-Kinovorstellung, die Leute hier meinten, es sind Sessel zum Hinlegen und es gibt Decken und all das Zeug.«

Parker steht wieder auf. »Wenn es noch diese leckeren Brownies von heute Mittag gibt, ist es perfekt. Ich habe nur ein Ministück bekommen, die waren unglaublich.« Violet verdreht entzückt die Augen. Mira war schon zu satt, um sie zu essen, doch Mr. Drawn hat Violet offenbar einen mitgebracht. Lincon und Nolan werden lauter, anscheinend vereinbaren sie gerade eine Wette und eilen hinaus. Reign deutet Mira, dass er mitgeht, auch Parker und zwei andere aus dem Kurs gehen hinaus. Wer weiß, was die wieder geplant haben. Violet und Mira bleiben noch etwas sitzen, bis Mr. Drawn und Ms. Anderson kommen.

Violet hakt sich bei Mira unter und sie gehen sich ein wenig im unteren Teil umsehen. Hier gibt es noch einige Räume, die vielleicht als Besprechungs- oder Besucherräume gedacht waren. Auch einen Zigarrenraum gibt es und der ist sogar noch mit den alten Möbeln ausgestattet, es ist wirklich beeindruckend.

Als sie dann nach oben gehen, beeilt sich Mira. Sie geht unter die Dusche, cremt sich ein und schlüpft dann in eine weiche Pyjamahose und zieht ein langärmeliges weißes enges Shirt über. Sie ist abgeschminkt und zieht ihre weichen Hausschuhe über, dann geht sie Violet abholen, die so ähnlich angezogen ist, nur trägt sie statt eines Shirts ein weites Hemd und einen unordentlichen Knoten auf dem Kopf.

Von den Schlafräumen kommt man über einige Stufen zu dem Teil mit dem Hallenbad. Vorhin hat sie nur darauf geachtet, jetzt bemerkt sie, dass es hier noch weitere Räume gibt. Sie sieht in einen großen Raum mit einem Billardtisch und einer großen Dartscheibe. Daneben steht Kino und als sie dort hineingehen, sind sie wirklich beeindruckt.

Es ist ein kleiner Kinosaal, nur mit wenigen großen Sesseln, die einzeln stehen und tatsächlich zum Verstellen sind, am Eingang liegen riesige flauschige Decken bereit, jeder Sessel hat einen Tisch neben sich, sogar ein weicher Teppich ist ausgelegt. Die Tische sind vollgestellt mit Chips, Schokolinsen, Getränken und Nüssen.

»Wir haben alles vorbereitet. Mr. Drawn und Ms. Anderson haben sich zurückgezogen, zwei haben gekniffen, sonst ist der gesamte Kurs versammelt und nun heißt es: Horror statt Geschichte. Unsere Regierung würde stolz auf uns sein, wenn sie das mitbekämen.« Nolan hält eine feierliche Ansprache vor der Leinwand und verbeugt sich, als Parker ihn mit Popcorn bewirft. Violet schnappt sich eine Decke und lässt sich auf dem Sitz neben Reign nieder, der eine der wenigen Doppelliegen hat. Parker hat für Violet und Mira einen Teller mit den Brownies organisiert. Mira versteht immer noch nicht, wieso Violet ihm keine Chance gibt.

Mira setzt sich zu Reign und gibt ihm einen Kuss. »Das ist ja richtig gemütlich hier.« Er lässt die Liege etwas herunter. »Es lässt

104

sich aushalten.« Er grinst sie frech an und gibt ihr einen Kuss auf den Mund. Auch er muss noch schnell geduscht haben, er trägt eine graue Jogginghose und ein Shirt, und sobald er die Decke über sie beide ausgebreitet hat, zieht er Mira an sich. Parker sieht zu ihnen und bewirft auch sie mit Popcorn. »Keine Fummeleien, der Film wird ernstgenommen, Licht aus und los geht's.«

Mira lacht und kuschelt sich an Reign, der seine Nase in ihrer Halsbeuge vergräbt und ihr einen langen Kuss auf den Hals gibt, bevor sie beide sich dem Film zuwenden und eine Tüte Chips und den Brownie zusammen essen.

Es ist Horror und das im wahrsten Sinn. Mira hat diese Filme noch nie gemocht, schon nach zwanzig Minuten kann sie kaum mehr hinsehen und wendet sich halb ab, während Violet immer wieder erschrocken aufquietscht.

All die Aufregung heute, die kalte Luft und ihr Bad im Whirlpool zeigen trotz des Horrorfilms ihre Wirkung. Sie hört noch Reign fragen, ob sie den Film gut findet und murmelt zustimmend, dann wird sie irgendwann von einigen Küssen auf der Wange geweckt. »Der Film ist zu Ende, Schlafmütze.«

Mira öffnet müde die Augen, das Licht ist noch gedimmt, doch die meisten sind schon weg. Man hört aus dem Nebenraum laute Stimmen. Violet ist auch weg. »Wo ist Violet hin? Habe ich wirklich alles verschlafen?« Reign lächelt und gibt Mira einen Kuss auf den Mund. »Sie hat bei der Hälfte abgebrochen. Lincon auch. Ich wurde noch zu einer Partie Billard aufgefordert, doch ich kann auch ...«

Mira steht auf und streckt sich, sie legt die Decke zusammen und gähnt. »Nein, mach das. Ich gehe schon mal ins Bett.« Reign begleitet Mira noch zu ihrem Zimmer. Als sie hineingehen will, dreht sie sich zu ihm um und gibt ihm ihre Zimmerkarte, nachdem er ihr noch einen Kuss gegeben hat, sie ist zu müde für viele Worte, doch die braucht sie auch gar nicht.

In ihr summt eine völlige Zufriedenheit. Ein Gefühl, was ihr gefehlt hat, seit sie sich von Reign getrennt hat. Müde legt sie sich ins Bett und schläft lächelnd ein, Reigns Duft umhüllt sie.

Als sie mitten in der Nacht starke Arme um sich spürt, die sie an sich ziehen und seine raue Stimme ihr »Du weißt gar nicht, wie sehr mir das gefehlt hat«, zuflüstert, schafft sie es vor Müdigkeit zwar nicht, ihre Augen zu öffnen, doch sie weiß, dass alles wieder gut wird und sie endlich wieder richtig atmen kann. Der schwere Stein, der seit dem Tag, als sie nach Beacon Hill gefahren ist, in ihrem Magen lag, ist endlich verschwunden.

Kapitel 13

Ein heller Schimmer weckt Mira auf. Sie braucht einen Augenblick, um zu realisieren, wo sie ist. Ihre Wange ruht auf einer warmen Brust und sie muss lächeln, als sie Reigns vertrauten Duft wahrnimmt. Langsam öffnet sie ihre Augen und drückt ihm einen Kuss auf die Brust.

Sie setzt sich auf, was ein müdes Murren von Reigns Seite nach sich zieht, doch er öffnet nicht die Augen. Da die Vorhänge in ihrem Zimmer zwar dick, doch hell sind, kommt einiges an hellem Licht herein. Noch einmal nimmt sie beeindruckt alles im Zimmer auf, sie steht auf und sieht aus dem Fenster auf den vielen Schnee und den Wald, auf den man von ihrer Fensterseite blicken kann.

Ihr Handy verrät ihr, dass es langsam Zeit fürs Frühstück wird. Einen Moment sieht sie zu Reign, der sich gerade auf den Bauch dreht. Es fühlt sich unreal an, dass er jetzt wieder hier bei ihr ist. Gestern Morgen, als sie sich auf den Weg zum Campus gemacht hat, hätte sie niemals damit gerechnet. Auch wenn sie wieder Schritte aufeinander zu gemacht haben, wusste sie nicht, ob es reicht und sie wieder ein Paar werden könnten.

Mira geht leise ins Bad und stellt die Dusche an. Um ehrlich zu sein, hat sie die Zeit gestern einfach nur genossen, sie hat Reign und seine Nähe so sehr vermisst, dass sie sich völlig hat fallen lassen, doch jetzt, am nächsten Morgen, liegt auch ein kleiner Beigeschmack bei alldem. Werden sie es hinbekommen, noch einmal weiterzumachen, wo sie aufgehört haben? Nach allem was war? Wird es mit alldem, was sich gegen sie stellt, trotzdem eine Chance geben, und vor allem, wie gehen sie damit um, dass sie beide genau wissen, dass all das nur von kurzer Dauer ist und Mira irgendwann zurück nach Deutschland muss?

Während das warme Wasser über ihren Rücken fließt und sie sich mit ihrer Douche Mousse einschäumt, denkt sie an all das und weiß, dass sie darauf keine Antworten bekommen wird, keiner kann ihr das sagen, die Zeit alleine wird es ihr zeigen, doch ihre Gefühle für Reign sind stark genug und sie würde es bereuen, wenn sie es nicht zumindest probieren würde.

Deswegen schiebt sie all das von sich. Sie steigt aus der Dusche, cremt sich ein und bindet sich ihren weichen Bademantel um. Als sie dann in den Schlafbereich zurückgeht, sitzt Reign verschlafen auf der Bettkante und sieht ihr müde entgegen. »Warum hast du mich nicht geweckt?« Mira lächelt und geht zu ihm. Sofort umfassen seine Arme sie und seine Hände schlüpfen unter ihren Bademantel. »Du hast viel zu fest geschlafen, wie lange wart ihr noch wach?« Reign zieht Mira auf seinen Schoß, seine Lippen verteilen Küsse auf ihr Schlüsselbein. »Ich glaube, so gegen drei war ich hier. Parker konnte nicht verlieren und irgendwann standen Nolan, Parker und Ron auf dem Fensterbrett und sind vom ersten Stock in den tiefen Schnee gesprungen, danach hatten sie Probleme, wieder reinzukommen.«

Mira muss lachen. »Ich weiß nicht, ob Mr. Drawn es mittlerweile nicht bereut und mit eurem Coach gesprochen hat.« Reign lacht auf und seine Hände streichen ihre Oberschenkel entlang. »Also, für mich war es die allerbeste Entscheidung, ich ...« Ein lautes Klopfen lässt sie aufhorchen. »Mira, in zehn Minuten beim Frühstück, unser Kurstag beginnt!«

Keine zehn Minuten später betreten Reign, Violet, Lincon und sie zusammen den Frühstücksraum. Auch hier ist wieder ein reichhaltiges Buffet eingedeckt, es gibt alles, von Pancakes bis Croissants und Brötchen, bis hin zu Obst und Brotaufstrichen, aber auch herzhaftes wie Eier und Speck. Mira tut sich auf und setzt sich mit Violet und zwei anderen Studentinnen aus dem Kurs in eine Ecke. Sie erzählen sich, wen aus ihren Zimmern sie neh-

108

men und sind solange in ihr Gespräch vertieft, bis Mr. Drawn und Ms. Anderson sich vor allen aufbauen und auf die Uhr sehen.

»Es geht los, als Erstes werden wir hier auf dem Grundstück einen Hang hinauflaufen, oben erwartet uns eine Überraschung. Dann gibt es Mittag und dann verbringen wir den restlichen Tag im Museum und beenden ihn mit Schneegrillen, also zieht euch dick an, es geht in zehn Minuten los.« Mira ist schon fertiggemacht, sie muss sich nur noch ihre Schneesachen überziehen, deswegen lässt sie sich mit Violet am längsten Zeit.

»Gestern Nacht habe ich ihn das erste Mal abgewiesen.« Mira legt ihren Kaffeebecher auf das Tablett. Sie stehen auf und bringen ihre Tabletts nach vorne. »Was meinst du, kam er nachts noch vorbei?« Sie nickt. »Ja, er hat mich auf dem Flur abgefangen, als ich den Film abgebrochen habe. Als er mit auf mein Zimmer wollte, habe ich ihm gesagt, dass er zu seiner Ms. Anderson gehen soll. Es reicht, da wird eh nie etwas Ernstes draus und je mehr ich ihn hier beobachte, desto mehr geht er mir auf die Nerven.«

Sie gehen langsam die Treppen zu den Zimmern nach oben. »Das hat nichts mit dem sexy Professor zu tun, er hat ernsthaft seine eigene Bettwäsche dabei, weil sie aus … irgendwelchen Plantagen hergestellt ist, wo die …. frag mich nicht, ich bin schon nach zwei Wörtern eingeschlafen und wenn du Ms. Anderson beobachtest, sie schmachtet ihn an. Die beiden passen garantiert perfekt zusammen, ich bin durch damit.«

Sie halten vor Violets Raum. »Es ist die richtige Entscheidung …« Parker kommt aus seinem Zimmer, er ist dick eingepackt, trägt eine Sonnenbrille und grinst sie frech an. »Und wer weiß, vielleicht gebe ich ja dem Football doch noch eine Chance, ich meine, dein Strahlen ist ganz schon ansteckend.« Mira zwinkert ihrer Freundin zu, bevor sie ihre Zimmertür öffnet. »Ich kann es nur empfehlen.«

Nun muss sie sich doch etwas beeilen, sie zieht sich ihre Schneehose, eine dicke wasserabweisende Jacke, eine weiße Wollmütze und den passenden Schal dazu an. Da sie sonst nichts weiter braucht, packt sie nur ihr Handy und die Zimmerkarte in die Jackentasche und nimmt ihre Handschuhe mit. Als sie unten vor dem Hotel ankommt, ist sie die Letzte. Mr. Drawn erzählt gerade etwas und sie stellt sich zu Violet und Reign, die mit Parker etwas abseits stehen. Reign gibt Mira einen Kuss und legt den Arm um sie. »Bist du bereit für deine zweite Schneewanderung? Es hat in der Nacht noch einmal geschneit. Das bedeutet, es wird noch schwieriger, im Schnee zu laufen.«

Violet zieht sich ihre Handschuhe an. »Weil ihr alle keine Ahnung davon habt, in der Wildnis zu überleben. Ich habe mehrere Monate im Winter in einer Hütte im Wald überlebt, haltet euch an mich.« Reign und Parker lachen auf, die Gruppe setzt sich in Bewegung, doch Violet deutet ihnen zu warten. »Die wichtigste Regel: mitdenken und Geduld haben.«

Sie warten einige Minuten, die anderen sind schon ein ganzes Stück vor ihnen und erst dann gehen auch sie los, und dadurch, dass sie als Letzte laufen, ist natürlich der Weg für sie freigeräumt und sie haben keine Schwierigkeiten mehr, durch den Schnee zu kommen. »Und so etwas hast du in der Wildnis gelernt, ja?« Parker lacht und als Mira Reigns Hand nimmt, hakt sich Violet bei Parker unter und sie laufen langsam den anderen hinterher.

Sie halten sich rechts vom Haus und laufen eine ganze Weile, dann auch durch den Wald hindurch, bis sie zu einem kleinen Berg kommen. Was heißt klein, er ist nicht steil, aber es ist trotzdem nicht so einfach, da hochzukommen. Parker erzählt ihnen von einem Skiurlaub, wo sie von Bären angegriffen wurden und nur mit viel Glück entkommen sind. Sie brauchen knapp zwanzig Minuten den Berg hinauf. Als sie dann oben sind, ist ihnen warm und sie sind außer Puste, doch sie sehen, warum sie hierher sollten.

Vor ihnen tut sich ein Bild wie gemalt auf.

Eine kleine weiße Kapelle steht zwischen mehreren Tannenbäumen, mitten auf diesem kleinen Berg und sonst nichts, dahinter

110

scheint es wieder hinunterzugehen. Die Tür steht offen und die anderen scheinen schon hineingegangen zu sein. »Hier möchte ich heiraten, sieh mal.« Violet deutet zu einer weißen Bank vor der Kapelle, es passt wirklich jedes Detail perfekt zusammen, die Kapelle, der Schnee, die Tannen.

Drinnen ist alles mit hellem Holz ausgelegt, die Kapelle scheint noch nicht sehr alt zu sein. Vorne gibt es einen kleinen Altar und insgesamt drei Reihen Sitzbänke auf beiden Seiten. Vor jeder Sitzbank stehen angezündete Kerzen und auch an den hinteren Wänden befinden sich Kerzen. Es ist einfach nur romantisch.

Die Frau, die sich schon seit gestern um sie kümmert, steht vorn am Altar und begrüßt sie. Sie erzählt, dass sie eigentlich Pastorin ist und ursprünglich eingestellt wurde, um hier in der Kapelle für die Regierungsfamilien Gottesdienste, Taufen und auch Hochzeiten zu begleiten. Als das Grundstück dann verkauft und zum Hotel und Museum umgebaut wurde, wollte sie nicht aufhören und leitet jetzt das Hotel, ist aber auch weiter hier für die Gottesdienste zuständig.

Die ältere Frau hat eine beruhigende Stimme und füllt damit den kleinen Raum der Kapelle, sie hält einen kleinen Gottesdienst. Sie ziehen ihre Jacken aus und Mira kuschelt sich an Reign. Mit Parker und Violet sitzen sie ganz hinten und als die Pastorin ihren kurzen Gottesdienst beendet, dreht sich Lincon um und schießt ein Bild von ihnen. »Wie süß, das werde ich der Presse schicken.«

Sie alle bleiben noch etwas in der warmen Kapelle sitzen. Die Pastorin erzählt von einigen Hochzeiten und Taufen und erst als sie auf eine Menge schwarzer Tellerschlitten an der Wand zeigt, stehen sie langsam wieder auf.

»Das Mittagessen wartet und so geht es schneller hinab.«

»Wir sind keine drei mehr!« Violet sieht genervt auf den schwarzen großen Teller, auf den sie sich setzen und den Berg hinabgleiten sollen. Keiner ist so wirklich begeistert, bis Ms. Anderson und Lincon als Erste losfahren und blitzschnell den Berg hinunterkommen und dabei laut lachen. Weitere folgen ihnen und Reign und Parker setzen sich auch hin. »Na los, hab dich nicht so.« Parker sieht zu Violet und auch sie setzt sich darauf, während Reign und Parker schon losfahren. Nolan rast ihnen hinterher und auch Mira setzt sich auf den schwarzen Teller. »Ich sollte niemandem sagen, dass es erst das zweite Mal ist, dass ich auf einem Schlitten fahre, falls man das hier einen Schlitten nennen kann.« Violet lacht und hält ihr ihre Hand hin, mit der anderen halten sie eine Schlaufe am Teller fest, um etwas lenken zu können. »Runter kommen wir auf jeden Fall, die Frage ist nur wie.« Mira gibt ihr die Hand und zusammen stoßen sie sich ab.

Beide schreien auf, es geht sehr schnell, natürlich müssen sie sich loslassen und Mira lacht auf. Es ist unheimlich, doch es macht unglaublich Spaß und keine zwei Minuten später landen sie beide wohlauf unten, auch wenn sie sich einige Male dabei gedreht haben. Reign lacht und hilft ihr auf. Nolan reibt sich Schnee von seiner Kleidung, als Einziger scheint er umgefallen zu sein und Violet sieht begeistert zu Mr. Drawn. »Bevor wir morgen zurückfahren, machen wir das nochmal!«

Sie gehen direkt in den Salon zum Mittagessen; der Spaziergang, der Gottesdienst und der Rückweg haben sie hungrig gemacht. Es gibt Nudeln und eine Auswahl an Soßen dazu. Mira hat wirklich nicht damit gerechnet, dass dieser Wochenendausflug so schön werden würde. Der ganze Kurs sitzt zusammen und genießt das Mittagessen, sie lachen viel und bleiben noch lange sitzen, bevor sie zusammen ins Museum gehen, was in einem separaten Haus auf dem Grundstück steht.

Aber auch das ist alles andere als langweilig. Sie hören gespannt die vielen Geschichten der Leute, die regiert und hier ihre Ferien verbracht haben und welche berühmten Leute aus der ganzen Welt hier schon zu Besuch waren. Sie machen sich alle viele Notizen und hören zu, und als sie das Museum wieder verlassen, gehen sie direkt zu einem Grillplatz neben dem Haus. Mehrere Bänke sind um ein großes Feuer aufgestellt und sobald sie sich dort setzen, wird ihnen warm. Sie bekommen Decken und Reign zieht Mira zwischen seine Beine, hüllt sie in die Decke ein und sie lehnt ihren Kopf an seine Brust, während Violet und sie mit Lincon darüber diskutieren, wie viele der früheren Amtsmitglieder sexuelle Neigungen hatten, die sie sich nie getraut haben auszuleben.

Sie bekommen Würstchen im Brötchen und Kartoffeln aus der Asche mit Sour Creme, es gibt heißen Kakao und sie halten Marshmallows an Stöcken ins Feuer, während die Pastorin ihnen allen die Geschichte von Mary erzählt, einer Haushälterin, die jahrelang in dem Haus als Küchenhilfe gearbeitet hat. Eines Tages waren der Ministerpräsident und einige Gäste zu Thanksgiving hier, auch ein arabischer Scheich war als Gast eingeladen. Normalerweise kam Mary, wenn gegessen wird, nicht aus der Küche, doch da dem Küchenchef etwas fehlte und das im Keller gelagert wurde, musste sie schnell hinunter. Dabei lief sie fast in den Scheich hinein. Es heißt, die beiden haben sich im ersten Augenblick ineinander verliebt. Der Scheich war fasziniert von Marys Schönheit und hat sie am späten Abend, als sich alle zurückgezogen haben, in der Küche besucht, wo sie noch mit den Unmengen am Abwasch beschäftigt war. Er hat sich einfach dazugestellt und ihr geholfen. Was sich heute gar nicht mehr so merkwürdig anhört, war für die damalige Zeit unglaublich und dazu war das noch ein arabischer Scheich, der Hunderte von Bediensteten hatte.

Er war zwei Tage in dem Haus und in diesen zwei Tagen hat er immer wieder Marys Nähe gesucht, mit ihr gesprochen und versucht sie kennenzulernen. Der Scheich bot Mary an, sie in seine Heimat zu begleiten, er würde ihr ein gutes Leben bieten und schwor, sie auf Händen zu tragen. Das war genau an dem Ort, an dem sie nun saßen, auch an einem Feuer. Doch Mary lehnte ab, ihre Mutter war krank und sie musste hierbleiben und sich um sie kümmern. Auch wenn der Scheich das verstand, war er gekränkt und flog ab. Mary arbeitete noch drei weitere Monate in dem

Haus, dann starb ihre Mutter und sie ging weg. Keiner wusste wohin, doch nur zwei Wochen später stand der Scheich wieder vor der Tür und fragte nach Mary. Er soll sie überall in Kanada gesucht haben und bis heute weiß niemand, ob die beiden sich jemals wiedergefunden haben. Sie alle lauschen dieser schönen Geschichte, auch wenn Violet und Mira sicher mit mehr Begeisterung dabei sind als Reign, Parker und die anderen.

Als es schon fast Mitternacht ist, helfen sie, die Decken und Teller ins Haus zu bringen, es war ein wunderschöner Tag. Die vielen Eindrücke und faszinierenden Geschichten, die sie heute gehört hat, lässt Mira mit klopfendem Herzen durch das Haus gehen. Als sie die Teller in die Küche stellen, sieht sie einen Moment zur Spüle und sieht die hübsche Mary und den Scheich zusammen dort stehen, lachen und das Geschirr abwaschen.

Auch Violet sieht dahin und seufzt leise, bevor sie den Arm um Mira legt und sie zusammen zu ihren Zimmern hochgehen. »Ob irgendwann auch jemand solch eine besondere Liebesgeschichte über uns erzählen wird?« Mira lacht leise auf und gibt Violet noch einen Kuss auf die Wange, bevor sie in ihr Zimmer geht. »Ich schätze eher nicht, aber wir werden unsere eigene Geschichte immer in unserem Herzen tragen.« Violet schüttelt schmunzelnd den Kopf. »Okay, das war ganz offensichtlich zu viel Liebe heute, bis morgen, mein Schatz.« Mira wirft ihr einen Luftkuss zu und schließt dann die Tür hinter sich. Sie weiß gar nicht, wo Reign abgeblieben ist, er hat noch geholfen, die Grills wegzustellen.

Der Tag war lang und sie waren viel draußen; auch wenn sie gut angezogen war, sitzt diese Kälte in Miras Knochen und sie lässt warmes Wasser in die Badewanne ein. Sie sieht erst auf dem Weg zum Bad auf ihr Handy und dass Reign ein Bild auf Instagram gepostet hat und sie darauf markiert ist. Es zeigt sie in der Kirche heute. Mira hat ihren Kopf auf Reigns Schulter und er seinen Arm um sie gelegt, genau wie Parker den Arm um Violet hat. Sie strahlen alle vier in die Kamera, die Kerzen hinter ihnen tauchen alles in

114

ein wunderschönes Licht. Es ist das einzige Bild in seinem Profil, was nicht professionell aussieht, doch ist es das schönste. Mira muss lächeln, er hat offenbar die Kommentarfunktion unter dem Bild ausgeschaltet, wofür sie dankbar ist. Es ist eine wunderschöne Geste. Mira postet das Bild auch mit einem Herzen, dann legt sie ihr Handy weg und geht ins Bad.

Dort liegen einige Badebomben und sie wählt eine cremige, milchige mit Honig, zieht sich aus und den Bademantel über, bevor sie sich die Haare zu einem Dutt bindet und die dicken Vorhänge vor den Fenstern öffnet. Es hat zu schneien begonnen. Mira geht zum Kamin und bemerkt, dass es ein elektrischer ist, der nur wie ein alter Kamin aussieht, doch als sie ihn anschaltet, sieht es aus, als würde ein Feuer brennen und es knackt und sie spürt sogar Wärme, deswegen lässt sie ihn an.

Gerade als sie zur Badewanne gehen will, klopft es leise. Sie öffnet die Tür und Reign kommt herein, er sieht auch durchgefroren aus. Seine dunklen Augen fahren ihren Bademantel entlang und zur Badewanne. »Ich wollte mich gerade aufwärmen.« Mira geht zur Badewanne, streift den Mantel ab und gleitet in das warme duftende Wasser. »Ich hoffe, du hast noch Platz für mich.« Reign grinst frech zu ihr, streift sich seine Sachen ab und kommt ebenfalls zur Badewanne.

Sie waren sich schon oft nah, doch nun sind einige Wochen vergangen, trotzdem scheint das Reign nicht weiter zu stören. Mira lehnt sich vor und Reign rutscht hinter sie in die Badewanne. Sobald sie ihren Kopf an seine Brust lehnt, atmet sie tief ein. »Es ist wunderschön hier. Als Mr. Drawn von der Reise gesprochen hat, wollte ich nicht mit, doch ich bin dankbar, dass wir die Möglichkeit haben, hier zu sein.« Reign streicht mit seinen Fingern sanft über ihren Arm.

»Nachdem du auf der Hochzeit aufgetaucht bist, habe ich einen ständigen Kampf geführt. Ich wollte dir hinterher und dir alles erklären; was ich damals gesagt habe, meine ich absolut ernst,

Mira. Du bist das Ehrlichste, was mir jemals passiert ist, indem meine Gefühle absolut ehrlich sind.« Mira lächelt und lehnt ihren Kopf zur Seite, sie gibt einen Kuss auf seine Brust und hört weiter auf seine raue Stimme und spürt dabei das Vibrieren in seiner Brust. »Ich wollte nicht mit herkommen, weil ich dir nicht noch einmal wehtun wollte ...« Mira wendet sich zu ihm um und sieht ihm in die Augen. »Und bereust du es, jetzt hier zu sein?« Er streicht ihr eine Strähne, die sich aus ihrem Knoten gelöst hat, hinter ihr Ohr. »Niemals, wenn nicht jetzt, wäre es nur eine Frage der Zeit gewesen, ich könnte mich nicht von dir fernhalten, niemals.« Mira lächelt und streicht mit ihren Fingerkuppen über seine Brust. »Ich denke, wir wissen beide, dass das hier uns eines Tages wehtun wird, doch vielleicht sollten wir es deswegen noch mehr genießen ... und nicht bereuen.«

Reign setzt sich auf und seine Lippen küssen ihre Wange und ihr Kinn entlang. »Ich schwöre dir, dass ich das zwischen uns niemals in meinem Leben bereuen werde, egal was kommt.« Mira schließt die Augen, als er sie enger an sich zieht. »Ich werde es auch niemals bereuen.«

Reign verschließt ihre Lippen miteinander und endlich haben sie die Gelegenheit, ihre Sehnsucht aufeinander zu stillen. In der Badewanne wird es schnell zu eng und Reign hebt sie heraus, wickelt ein Handtuch um sie beide und legt sie auf dem Bett ab, nachdem er ihren Knoten gelöst hat und ihre Haare ihr um ihr Gesicht fallen.

Mira stöhnt auf, als sie ihn überall spürt. Sie öffnet sich komplett und es gibt nichts Schöneres als hier, nackt auf diesem riesigen Bett, im Licht des Kamins und mit dem Schneesturm draußen Reign zu lieben und nichts anderes tun sie. Sie genießen sich, lassen sich Zeit und zeigen dem anderen, wie sehr sie sich vermisst haben.

Als Reign sich über sie legt und ihr in die Augen sieht, während er sie dann endlich vereint, hebt Mira ihre Hand und streicht ihm

116

über die Wange. »Ich liebe dich.« Reign küsst ihre Fingerspitzen und dann ihre Stirn, bevor er sich in ihr zu bewegen beginnt. »Du bist alles für mich, Mira.« Sie weiß genau, dass sich dieser Moment für immer in ihr Herz brennen wird. Reign berührt ihr Herz wie noch niemals ein Mann vor ihm und sie weiß, dass ihm immer ein Teil davon gehören wird.

Kapitel 14

Noch ein letzter Blick in den Spiegel. Sie ist spät dran, das Wochenende war wirklich wunderschön, doch sie hat nicht sehr viel Schlaf bekommen und ist gestern, nachdem sie in den Laden gekommen und ihrer Mutter, Grace und Jonathan alles erzählt hat, gleich schlafen gegangen. Natürlich hat sie den Wecker an ihrem Handy einfach wieder ausgeschaltet und nun muss sie sich beeilen.

Sie hat sich ein schwarzes Winterkleid mit einer schwarzen Leggins, braunen Boots, dem passenden braunen Schal und einer längeren Daunenjacke im selben Braunton übergezogen. Geschminkt hat sie sich nur leicht, ihre Haare sind lang geworden, sie gehen ihr mittlerweile wieder bis zur Mitte des Rückens und wenn sie mehr Zeit hätte, würde sie sich gerne mal wieder Wellen oder Locken machen, doch gerade lässt sie sie einfach offen, hat Wimperntusche aufgetragen, einen Lidstrich gezogen, schnappt sich ihre Tasche und eilt zu ihrer Mutter in die Küche. Seit dem Wochenende hat der November begonnen und so langsam beginnt die richtige Winterstimmung. Ihre Mutter will sich diese Woche an die ersten Plätzchen wagen und für Mira liegen sogar schon welche neben ihrem Becher Kaffee, bereit.

»Was würde ich bloß ohne dich tun? Wow, die schmecken so lecker nach Zimt. Wollen wir am Wochenende zu diesen Lagerhallen, wo es Winter- und Weihnachtsdekoration gibt?« Ihre Mutter nickt. »Ja gerne, Grace wollte auch mitkommen. Jonathan ist beim Eisangeln mit seinen Freunden.« Mira schüttelt den Kopf. »Wie kann man so etwas freiwillig machen?« Sie nimmt sich noch ein paar weitere Kekse und ihren Kaffee und geht zur Tür. »Wer weiß, vielleicht kann er uns auch noch dafür gewinnen.« Mira liebt das Wetter hier in Kanada, aber es gibt auch Grenzen. Sie ist schon halb aus der Tür draußen.

119

»Eher nicht. Ich übernehme heute Nachmittag den Laden, Tifi hat frei und du kannst dir einen schönen Nachmittag machen.« Ihre Mutter ruft ihr noch hinterher, dass sie sich freut, doch Mira muss sich wirklich beeilen. Sie vergisst jedes Mal mit einzukalkulieren, dass die Straßen verschneit sind und sie nur langsam vorankommt, doch zu ihrem Glück ist genau vor ihr das Schneeräumfahrzeug durchgefahren und sie kommt relativ zügig zum Campus.

Sie sucht erst gar nicht nach einem Parkplatz, sondern nimmt den ersten, den sie auf der Straße findet und da merkt sie, dass sie mit ihrem Auto so nicht den ganzen Winter überstehen werden. Das hat ihnen Jonathan schon prophezeit, es ist zu klein und zu alt, es wird diesen Schneemassen nicht Herr werden können. Die meisten hier fahren Jeeps oder Vans, Geländewagen eben, auch Reign hat seinen silbernen BMW gegen einen schwarzen Jeep eingetauscht, als er das letzte Mal bei sich zu Hause war. Sie wird sich diesbezüglich mit ihrer Mutter umsehen müssen.

Der Campus ist schon sehr voll; als sie gerade am Haus der Eagles vorbeikommt, kommen Nolan, Parker und Reign heraus. Parker und Nolan geben Mira einen Kuss auf die Wange und begrüßen sie, Reign hat sein unwiderstehliches Schmunzeln auf den Wangen und gibt ihr einen langen Kuss auf den Mund. »Guten Morgen, Engel. Bist du neu hier? Ich hoffe, du hast keinen Freund und ich kann dich kennenlernen. Zwischen all den Leuten hier strahlst du am hellsten.«

Mira muss lachen, als Reign den Arm um sie legt und sie zusammen zum Eingang gehen. »Schade, aber ich muss dich enttäuschen. Ich habe einen Freund, er ist der Quarterback der Footballmanschaft und hat sich sogar schon für mich geprügelt, also solltest du lieber auf Abstand gehen.« Reign lacht auf und küsst ihre Wange. »Das hört sich ja ganz so an, als würde dein Freund dich sehr lieben.« Mira reicht ihm einige der Kekse. »Ich denke, das tut er, was denkst du?«

120

Reign nimmt seinen Arm von ihr und verschränkt stattdessen ihre Finger miteinander, da sie nun das College betreten und es voller wird. »Das tut er.« Er gibt Mira noch einen Kuss auf den Mund und sie gehen zusammen zu ihrem Mathekurs. Alle begrüßen Reign, auch ihr sagt hin und wieder jemand 'Hallo', doch Reign wird von allen Seiten begrüßt und man klopft ihm auf die Schulter. Mira muss sich nicht nur daran gewöhnen, dass sie jetzt so richtig vor allen zusammen sind, sondern auch, dass sie nun mit einem Footballstar aus Vancouver zusammen ist, über den alle zur Zeit sprechen. Sie hatte noch nicht einmal richtig Zeit, darüber nachzudenken, was das so wirklich bedeutet, doch schon am Morgen wird ihr klar, dass sie das nun erfahren wird.

Erst einmal haben sie Mathe zusammen, dann wechseln sie die Kurse und auch die Pause verbringen sie getrennt bei ihren Freunden, doch danach gehen sie zusammen zu Geschichte, wo sie noch einmal über das tolle Wochenende sprechen und ihnen ihre Aufgaben richtig erklärt werden. Mira wird sich heue Abend schon daran setzen.

Nach ihren Kunstkursen geht Mira mit Lincon laufen. Auch die Footballer trainieren und natürlich auch die Cheerleader. Reign wird langsam wieder fit gemacht, sie laufen sogar zwei sehr langsame Runden zusammen, doch er sagt, es tut kaum noch weh, seinen Fuß zu belasten. Er geht danach einige Bahnen schwimmen, während Mira sich umziehen geht.

»Das hast du ja gut hinbekommen. Denkst du, dass dein Plan aufgehen wird?« Mira schreckt zusammen, als Mercedes in der Garderobe neben ihr auftaucht und sehr eng an sie herantritt. »Ich weiß nicht, von welchem Plan du sprichst und ich glaube auch nicht, dass dich all das überhaupt etwas angeht.« Mercedes schlägt Miras Spind zu.

»Doch, das geht es. Ava ist meine Freundin und ich ...«

121

Nun reicht es Mira, sie reißt ihre Spindtür wieder auf, dabei tut sie Mercedes am Arm weh, doch das ist ihr egal. Nun ist sie es, die noch näher an sie herangeht.

»Mercedes, hör mir genau zu. Du machst mir keine Angst und es ist mir auch völlig egal, was du denkst, was du hier für eine Macht hast. Droh mir nicht! Ava liebt Reign nicht, ihr ist nur ein lukratives Geschäft aus den Händen geglitten, das ist wahrscheinlich alles, was sie interessiert. Und auch wenn es nicht so ist, Reign liebt sie nicht und er ist alt genug, seine Entscheidungen selbst zu treffen. Er hat sich von ihr getrennt, als wir nicht zusammen waren, was wir beide jetzt tun, geht niemanden etwas an und wenn dir all das nicht passt, dann rede mit Reign oder mit Ava, aber bei mir bist du an der falschen Adresse, merk dir das!«

Nun knallt sie ihre Spindtür zu, nimmt ihre Tasche und verlässt die Umkleidekabine, wobei sie fast in die Trainerin der Cheerleaderinnen hineinläuft, die offenbar nachsehen will, ob noch jemand in den Umkleiden ist. »Wissen Sie, ich dachte, jeder dürfte die Umkleiden benutzen, aber dann müssen Sie auch dafür sorgen, dass man durch Ihre Cheerleader nicht bedroht wird.« Die Trainerin sieht sie überrascht an. »Natürlich, ich werde gleich mal nachsehen, was da los ist. Entschuldige bitte, das ist nicht, wofür wir stehen.«

Lincon wartet auf sie und hebt die Augenbrauen hoch, während sie beide hören, dass die Trainerin mit Mercedes spricht. »Du kannst ja auch ganz schön deine Krallen ausfahren.«

Mira lächelt und hakt sich bei ihm ein. »Eigentlich mache ich das nicht gerne, doch irgendwann reicht es. Ich muss mich nicht vor ihr rechtfertigen und ich habe auch keine Angst vor ihr, ich komme aus Berlin, da bin ich ganz andere Sachen gewöhnt.« Lincon lacht laut auf und sie gehen zusammen zu Miras Auto. »Okay, da muss ich ja richtig aufpassen. Bekomme ich trotzdem noch einen heißen Kakao und Käsekuchen bei dir?« Mira atmet zufrieden aus und hat das Gefühl, dass nun wirklich alles besser wird.

122

»Aber immer doch, dafür musst du mir aber etwas Gesellschaft leisten.«

So verfliegt der Nachmittag förmlich. Lincon ist bei ihr im Laden, während Mira sich um alles kümmert und später kommt auch Noel dazu. Sie erzählen ihr vom Wochenende und sie sagt, dass sie jede Nacht mehrere Stunden mit Nolan telefoniert hat. Er hat sie angerufen und hat sich nicht abwimmeln lassen. Auch während sie zusammensitzen, bekommt sie ständig Nachrichten und als sie dann losmuss, ist Mira klar, dass sie sicherlich Nolan treffen wird. Wenigstens konnte Mira ihr davon berichten, wie sie sich mit Mercedes angelegt hat, was Noel natürlich gefreut hat. Ihre Mutter und sie machen dann am Abend zusammen zu. Sie fährt zu Jonathan, der sich erkältet hat und sagt Mira, dass sie erst morgen früh wieder zurück ist.

Mira geht nach oben und setzt sich schon einmal an die Hausarbeit in Geschichte. Sie recherchiert zwei Stunden und fügt einiges zusammen, bis sie von unten lautes Klopfen hört. Sie hat sich schon umgezogen und trägt nur noch eine bequeme Jogginghose und ein Top, es ist kurz nach zehn und sie ist alleine, deswegen geht sie vorsichtig nachsehen, wer da ist. Reign steht mit einem Strauß Rosen vor der Tür. »Ich habe dich angerufen.« Mira lässt ihn herein und er reicht ihr die Blumen. »Dankeschön, ich habe gearbeitet und war völlig konzentriert, entschuldige. Habt ihr so lange trainiert?«

Mira riecht an den Blumen und geht zu dem kleinen Flur, der zu den Toiletten führt. Hinten haben sie eine Abstellkammer, wo sie Vasen und ähnliches aufbewahren. Reign begleitet sie, nachdem er seine Tasche abgelegt hat. »Der Trainer hat uns noch einmal alle zusammengerufen. Er ist ziemlich aufgeregt wegen dem Spiel nächstes Wochenende gegen die Amerikaner. Ist deine Mutter da?«

Mira greift nach einer Vase, die groß genug für all diese Rosen ist. »Nein, die ist bei Jonathan. Ich kann die Blumen kaum halten, du

123

bist verrückt.« Sie wendet sich um und sieht ihm in die Augen. Reign steht direkt hinter ihr.

»Weil ich dich liebe und ich heute nur schwer meine Hände von dir lassen konnte. Weißt du eigentlich, wie sexy du in deinen engen Sportoutfits bist?«

Mira muss lachen, als er sie gegen die Wand drängt und ihren Hals entlang küsst. »Ich bitte dich, als würde dir das neben all den sexy kurzen Röcken der Cheerleader auffallen.« Reign trifft genau die Stelle, die Mira die Augen schließen lässt und das weiß er auch genau und schmunzelt an ihren Hals.

»Keine kommt gegen dich an, Engel, das solltest du spüren.« Er schiebt sich zwischen ihre Beine und sie spürt es genau. »Weißt du, woran mich das erinnert? Weißt du noch, wo du mich in diese Kunstausstellung geschleppt hast? Du weißt gar nicht, wie sehr ich dich an dem Abend wollte, ich hatte das Gefühl, gleich zu platzen.«

Mira wird warm; seine Lippen, seine Finger, Reign weiß genau, wie er sie aus der Fassung bringt. »Da waren zu viele Leute.« Reigns Hand fährt unter ihr Top und öffnet den BH, den er achtlos hinter sie wirft, genau wie das Top. Zufrieden sieht er auf ihre Brüste. »Zum Glück ist hier niemand.« Mira versucht, einen klaren Kopf zu behalten, als sich Reign sein Shirt auszieht, ihr die Vase abnimmt und sie auf den Boden legt und sich ihren Brüsten widmet.

»Aber hier ... mitten auf dem Flur, wo ...« Sie kann kaum mehr einen Satz sprechen, auch sie will ihn spüren und die Lust vernebelt ihre Sinne. »Du musst Sex an ungewöhnlichen Orten haben, um das niemals zu vergessen, lass dich fallen, Mira. Du kannst mir voll und ganz vertrauen, das weißt du doch, oder?« Reign knöpft sich die Hose auf und hält mit seinen Fingern ihr Kinn, damit sie ihm in die Augen sieht. Sie nickt und er lächelt, bevor er sich hinkniet und sie sich fallen lässt.

124

Sie lässt die Blumen fallen und sie verteilen sich über den ganzen Boden um sie herum, doch sie kann auf nichts mehr achten, sie krallt sich an der Wand und Reigns Haaren fest und stöhnt laut auf, bis er hochkommt, ihren Po anhebt und sie beide vereint. In diesem Moment gibt es nur sie beide, es passt nichts mehr zwischen sie. Mira hält sich an ihm fest, sie beide geben alles von sich und Mira weiß, dass sie auch das, niemals vergessen wird.

Kapitel 15

»Und das ist wirklich lebenserhaltend? Wichtig? Existenziell?«

Lincon sieht von ihrer Mutter zu Mira und Noel. Grace lädt gerade den zweiten Einkaufswageninhalt in ihren Wagen. Sie legt den Arm um das große Paket und sieht Lincon ernst an. »Es ist Rudolph und der Weihnachtsschlitten, es ist mehr als das.« Noel kuschelt sich an die große Zuckerstange. »Und Rudolph muss zur großen Zuckerstange gelangen, natürlich ist das existenziell.« Miras Mutter lacht und lädt noch zwei Tüten ein. Ihr Auto ist vollgepackt, genau wie das von Grace, die auch einiges für ihr Motel geholt hat, deswegen mussten sie Lincon anrufen und ihn bitten herzukommen. »Ich habe im Laden die Zimtschnecken, die du so liebst, wie klingt das?« Lincon legt den Kopf schief. »Ich habe meine Serie Haus des Geldes unterbrochen, da muss mindestens noch ein Brownie obendrauf.« Ihre Mutter lacht und sie helfen Lincon, die Kisten in sein Auto zu laden.

»Im übrigen liegt das Autogeschäft meines Onkels auf halber Strecke, wir können da halten.« Mira reibt sich die kalten Hände. »Super, dann haben wir gleich alles auf einmal erledigt. Wir fahren dir hinterher.« Sie steigt mit Noel und ihrer Mutter in ihr kleines rotes Auto. Sie mussten alle großen Kartons in Lincons Auto packen, sie hätten das niemals unterbekommen. Mira hat sich nach hinten gesetzt und Noel und ihre Mutter unterhalten sich über den frühen Wintereinbruch und wie hoch der Schnee hier werden kann, passend dazu setzt ein neuer Schneefall ein.

Mira hatte seit gestern kaum Zeit, auf ihr Handy zu sehen. Sie hat eine Nachricht von Reign erhalten. 'Ich vermisse dich, Engel.' Sie lächelt und hört, wie im Radio von dem Spiel gesprochen wird, was in zwei Stunden beginnen soll. Es ist ein Auswärtsspiel. Reign muss für das wichtige Spiel gegen die amerikanische College-mannschaft nächste Woche fit werden, deswegen spielt er nicht, doch er ist natürlich trotzdem mitgefahren. Sie sind gestern früh los, wieder ein Tag, den sie wegen dem Football verpassen, Mira fragt sich, wie der Coach das bloß jedes Mal durchbekommt. Sie ist gestern mit Noel zusammen während eines Serienmarathons eingeschlafen und heute Morgen sind sie gleich losgefahren, deswegen hatte sie noch gar nicht Zeit nachzusehen, was los war. Reign hat nur ein Bild von Parker und Nolan schlafend im Bus in seiner Story gepostet und ein Bild von einem Hotelzimmer.

Nolan allerdings ist mitteilungsfreudiger. Er ist ein absoluter Chaot. Mittlerweile mag Mira Parker und ihn sehr, doch beide sind chaotisch; im Gegensatz zu Reigns öffentlichem Profil gibt Nolan nicht viel darauf, was die Leute sagen und postet alles Mögliche, er hat viele Storys hochgeladen: Von ihrem Hotel, wie er mit Reign auf dessen Bett liegt und Videogames zockt und dann, wie sie sich alle fertig machen und als Mannschaft essen gehen. Es ist offenbar eine Mischung aus Restaurant und Club. Es gibt eine Tanzfläche, während die ersten Bilder nur den vollgestellten Tisch zeigen, zeigen andere Bilder die Mannschaft beim Tanzen, natürlich sind auch die Cheerleader dabei.

Mira bekommt sofort ein komisches Gefühl im Bauch, doch wenn man Reign sieht, sitzt er und unterhält sich mit jemandem. Parker tanzt irgendwann sehr eng mit einer Cheerleaderin, und dann stockt Miras Herz, als Nolans Kamera umherfährt und Mercedes auf der Tanzfläche einen heißen Tanz aufführt und vor ihr Ava noch sexyere Bewegungen vollführt.

Als hätte sie sich verbrannt, fällt Mira das Handy aus der Hand. Sie flucht leise auf und nimmt das Handy wieder an sich. Das war gestern Abend. Ava ist da, sie war die Nacht über da. Was ... wird sie Ava niemals los? Es ist eine Qual, diese hübsche Latina dort so tanzen zu sehen und genau zu wissen, dass Reign an diesem Abend noch viel mehr zu sehen bekommen hat. Sie wusste, dass da noch nicht das letzte Wort gesprochen ist, doch sie hatte auf

128

etwas Ruhe gehofft. Noch einmal geht sie alle Storys durch, auch die von Parker, doch mehr sieht sie nicht. Auch wenn sie es nicht will, geht sie auf Avas Profil, sie sieht, dass sie keine Story hochgeladen hat, doch ein Bild, was sie vor zwei Stunden gepostet hat, offenbar auch in einem Hotelzimmer. Es zeigt sie in einem viel zu großen Footballshirt. Es ist ein Shirt von Reign, mit seiner Nummer, und sonst trägt sie nichts. Man sieht ihre schlanken gebräunten Beine und die langen Haarwellen, die an ihr herabfallen und auf ihr hübsches Gesicht. Dazu hat sie geschrieben: 'Weil das immer bleiben wird. Los geht's B.C. Eagles.'

Mira wird schlecht und Wut kocht in ihr hoch, sie geht zurück auf die Nachricht von Reign, von heute früh. 'Ava ist bei euch? Ist das dein Ernst? Ich dachte, das wäre vorbei'. Sie schickt diese Nachricht wütend ab. Sie weiß, dass die Spieler die Handys jetzt schon gar nicht mehr bei sich haben, um vor dem Spiel völlig in Ruhe gelassen zu werden, sie sieht noch einmal auf das Bild und wirft wütend ihr Handy zurück in ihre Handtasche.

»Ist alles in Ordnung?« Sie hat gar nicht mitbekommen, dass sie schon gehalten haben und ihre Mutter bereits ausgestiegen ist, während Noel sie unsicher ansieht. Mira zieht noch einmal das Handy hervor und zeigt ihr die Story von Nolan und das Bild von Ava. »Ich hasse das. Das wird nie enden. Noel, wie soll ein Mann dem auf Dauer widerstehen? Sieh doch, wie sie aussieht und ich schätze, das ist erst der Anfang ihres Kampfes.« Noel schaltet Miras Handy aus und legt es in das Handschuhfach.

»So darfst du gar nicht denken. Ich verstehe dich komplett. Nolan hält mich auch lange im Arm und sagt mir, wie viel ich ihm bedeute und vielleicht, wenn ich es darauf anlegen würde, würde er Mercedes auch verlassen, doch genau das möchte ich nicht. Ich habe keine Nerven für solch einen Kampf, deswegen verstehe ich dich und ich denke, du weißt, wieso ich immer wieder auf Abstand zu Nolan gehe. Doch Reign hat Ava von alleine verlassen und ich glaube ihm, dass er dich wirklich liebt, das sieht man. Das alles

129

wird trotzdem nicht leicht, Mira, und Ava ist nur eines der Probleme, was noch auf euch zukommen wird, doch ich bin mir sicher, ihr werdet das schaffen. Lass dich von so etwas nicht provozieren, genau deswegen ist Ava dort. Rede mit Reign, aber in Ruhe, und versuche das zu ignorieren, auch wenn ich verstehe, wie schwer das ist.«

Sie lächelt. »Ich weiß, dass du denkst, Ava wäre eine Traumfrau, aber glaube mir, du bist wunderschön und viel sexyer als sie, auf eine ganz andere Art und Reign liebt dich. Du siehst den Blick nicht, mit dem er dich betrachtet, ich schon, also vertrau mir und jetzt lächle wieder und lass uns ein Auto für euch aussuchen.«

Mira liebt Noel und ihre positive Art. Sie schafft es auch wirklich, das etwas zur Seite zu schieben und sie sehen sich einige Autos an. Nach knapp einer Stunde stehen sie vor einem schwarzen Jeep mit einer großen freien Ladefläche. Auf Dauer wird das wahrscheinlich die beste Lösung sein. Sie würden dann das kleine rote Auto behalten, doch der Jeep wird bei solch einem Wetter unumgänglich sein. Lincons Onkel macht ihnen einen sehr guten Preis, ihre Mutter will noch einmal mit Jonathan kommen und seine Meinung hören, doch Mira ahnt schon, dass sie ihr neues Auto gefunden haben.

Tifi kümmert sich um das Café und als sie hereinkommen, läuft der Fernseher, weil natürlich fast alle Gäste das Spiel sehen wollen, was gleich beginnt. Sie bringen die Pakete nach hinten. Morgen werden sie das Schaufenster dekorieren. Als Miras Blick auf die kleine Vorratskammer fällt und die Wand daneben und sie die Bilder vor Augen hat, was Reign und sie dort hatten, steigt Bitterkeit in ihr auf. Sie kennt sich so gar nicht. Mira war nie ein eifersüchtige Mensch, doch unter diesen Umständen würden wahrscheinlich die wenigsten ruhig bleiben können.

Sie bereitet für Noel, Lincon und alle anderen heißen Kakao zu, als die Moderatoren ein Interview mit Reign zeigen, was ihn vor den Kabinen zeigt und welches vor einer halben Stunde aufgenommen wurde. Die Reporterin fragt ihn, wie es ihm geht und ob

130

es so aussieht, dass er nächste Woche spielen kann. Reign wirkt sehr ruhig, er hat sein sexy Grinsen im Gesicht und wirkt, als hätte er nie etwas anderes getan als Interviews zu geben, als wäre er für solch ein Leben gemacht. Wenn sie ihn so sieht, fällt es ihr schwer, den Bezug zu dem Mann herzustellen, der sie vorgestern noch die Nacht über in seinen Armen gehalten hat.

Er sagt, dass es ihm gut geht und er auf jeden Fall zum Spiel antreten wird. Als sie ihn fragt, wie schwer es für ihn ist, jetzt nur daneben sitzen zu können, lacht er und umarmt Nolan, der neben ihm erscheint. Er ist sich sicher, dass sein Team es auch ohne ihn schafft.

Die Leute lieben Reign, hier und überall, wo man ihn kennenlernt, und es verwundert Mira nicht. Es ist kein Wunder, dass Ava ihn nicht gehen lassen will und sie ahnt, dass Noel recht hat und Ava nicht ihr letztes Problem sein wird. Mit einem angehenden Footballprofi zusammen zu sein, wird alles andere als normal sein.

Mira setzt sich mit Noel und Lincon zusammen und tatsächlich gelingt es ihnen, alles andere auszuschalten. Sie bekommen mit, dass es ein spannendes Spiel ist und dann auch, dass die B.C. Eagles erst führen und dann durch ein Missgeschick zurückliegen. Nolan wird vom Platz genommen und dann kommt tatsächlich Reign zur zweiten Hälfte umgezogen auf den Platz. Er war die ganze Zeit wohl auf der Ersatzbank, doch als er dann, nachdem die Mannschaft es nicht schafft, die zweite Hälfte zu dominieren, eingewechselt wird, weiß Mira, dass das nicht gut gehen kann. Es ist zu früh, er braucht noch Schonung, doch sie sieht, wie der Coach Reign Anweisungen gibt und Reign ernst aufs Spielfeld blickt.

Nun sind alle angespannt, auch ihre Mutter sieht besorgt zum Fernseher und Mira steht auf. Das können sie doch nicht machen. Bei den ersten Spielzügen merkt man, dass Reign nicht so schnell kann wie er will, doch dann schafft er es, sich an den anderen vorbeizudrängen und kurz vor Ende schafft er den Ausgleich. Das

Café jubelt, Mira sieht besorgt, wie Reign langsam zurückgeht. Wie kann man seine Gesundheit so aufs Spiel setzen?

Reign geht zu Parker und redet mit ihm. Dann kommt der letzte Spielzug. Alle Spieler sind auf Reign konzentriert, er fängt den Ball und alle Gegenspieler rasen auf ihn zu, um ihn zu stoppen, doch statt wie sonst immer an allen vorbeizurennen, wartet er und kurz bevor die Spieler ihn erreichen, wirft er den Ball zu Parker, auf den niemand geachtet hat, der frei steht und der den Ball fängt, durchläuft und der B.C. zum Sieg verhilft.

Mira kann nur den Kopf schütteln, alle jubeln, auch hier im Café. Sie sieht durch den Bildschirm, wie die Spieler und Trainer jubeln. Es ist nachmittags und ganz B.C. Vancouver scheint sich zu freuen, man hört sogar draußen Autos hupen.

Es ist eigenartig, es fällt Mira unglaublich schwer, Reign aus dem Fernseher mit ihrem Reign zusammenzubringen und dann auch noch die Sache mit Ava. Sie ist froh, dass ihr Handy im Auto liegt und sie nicht weiter nach neuen Storys oder Nachrichten sucht. Sie hat es dort vergessen und wird es auch dort lassen.

Als ihre Freunde und auch die letzten Gäste gegangen sind, beginnt Mira schon, das Schaufenster zu schmücken. Eigentlich wollten sie das erst morgen machen, doch sie kann jede Ablenkung gebrauchen.

Ihre Mutter fährt mit Grace ins Kino und Mira bleibt im Schaufenster sitzen, stellt die Figuren auf, verteilt Kunstschnee und richtet Lichterketten, während draußen ein Schneesturm tobt. Sie schreckt auf, als es plötzlich gegen die Scheibe klopft und sie in Reigns dunkle Augen blickt. Er zeichnet ein Herz an die beschlagene Scheibe und lächelt, doch Mira schafft es nicht, zurück zu lächeln.

Sie geht zur Tür und öffnet sie. Reign hat seine Tasche um die Schulter gehängt und ist dick eingepackt. Er sieht ihr in die Augen und schließt die Tür wieder, nachdem er den Laden betreten hat.

132

»Ich dachte, ihr seid erst morgen wieder hier?« Mira weiß, dass sie sich sauer anhört. »Da du beschlossen hast, nicht ans Handy zu gehen, bin ich direkt hergekommen, unser Arzt hat mich mitgenommen. Ich habe dir gesagt, dass mir das hier wichtig ist und das meine ich auch so. Deswegen bin ich hier.« Nun sieht sie doch auf und ihn genauer an. Er humpelt leicht und kommt näher zu ihr. »Du bist noch verletzt und du hättest gar nicht spielen dürfen.« Reign schmunzelt über ihren nicht mehr ganz so wütenden aber doch tadelnden Ton. »Es geht, ich werde das bis nächste Woche wieder hinbekommen, aber das ist egal, sieh mich an, Mira.«

Er hebt ihr Kinn hoch, sodass sie ihm in die Augen blickt. »Ich verstehe, dass dich das mit Ava verrückt macht. Wirklich, das tue ich, doch ich kann das nicht verhindern. Sie stand plötzlich da und hat Mercedes besucht, ich kann ihr so etwas nicht verbieten, doch sie weiß, dass mich das nervt. Ich habe sie ignoriert und ich ignoriere auch alles andere. Alles, was mich zur Zeit interessiert, steht gerade wütend vor mir. Ich liebe dich, mehr kann ich dir gerade nicht als Garantie geben. Wenn ich Ava gewollt hätte, wäre ich bei ihr geblieben, doch ich will sie nicht. Ich will dich und auch wenn es nicht immer leicht ist, hoffe ich, dass du mir ab jetzt da drin etwas Vertrauen schenkst, Engel. Ich verstehe, dass du wütend bist, das wäre ich auch … aber ich bin hier, bei dir, nicht weil ich es muss, sondern weil ich es will, und es gibt nichts, was ich hiergegen eintauschen würde …« Er vereint ihre Lippen und bringt Mira so das erste Mal zum Lächeln heute.

»Man hat mich davor gewarnt, mein Herz an einen Footballspieler zu verlieren, doch ich wollte nicht hören.« Reign lächelt und zieht sie noch enger an sich, er küsst ihre Stirn und blickt ihr liebevoll in die Augen. »Zum Glück nicht.«

Kapitel 16

»Bist du aufgeregt?«

Jonathan legt den Arm um Mira, während sie zu ihrem neuen schwarzen Truck gehen. Am Dienstag haben Jonathan und ihre Mutter sich den Truck angesehen und ihn gleich mitgenommen. Seitdem üben sie das Fahren mit diesem riesigen Wagen, was nicht so leicht ist. Reign war gestern mit ihr auf einem abgelegenen Parkplatz und sie haben zwei Stunden geübt, langsam kann Mira relativ gut damit fahren, das Einparken ist noch eine Herausforderung.

»Nicht wirklich. Reign schafft das schon, er war auch sehr entspannt. Seinem Fuß geht es wieder gut und er fühlt sich fit.« Reign hat fast die ganzen letzten Nächte bei ihr geschlafen. Einmal hat sie auch bei ihm im Eagles-Haus geschlafen, doch als sie dann Parker auf der Toilette angetroffen hat, der das äußerst witzig fand und nicht daran denkt, abzuschließen, war sie froh, dass sie bei ihr ihre Ruhe haben. Gestern hat er allerdings im Haus geschlafen, da der Coach abends bei ihnen war.

Alle sind nervös wegen heute. Hier in Kanada ist Football wirklich ein großes Ding. Die League aber auch der College Football, doch Amerika toppt das Ganze noch einmal. Die gesamte letzte Woche wurde ihr Stadion für das Spiel heute umgebaut und umarrangiert. Es werden fast doppelt so viele Zuschauer erwartet, sodass Tickets nur im Vorverkauf zu erwerben waren. Die Studenten dürfen hinter den Absperrungen um das Spielfeld herum stehen, damit die zahlenden Gäste auf den Tribünen Platz haben.

Reign hat ihrer Mutter und Jonathan Karten besorgt, Mira wird mit Violet und Noel bei den anderen Studenten stehen. Sie ist nicht wirklich aufgeregt, sie hofft einfach nur, dass Reign es hinbekommt. Er hat ihr die letzten Tage immer wieder erzählt, dass es,

135

seit er Football spielt, sein Traum ist, in der amerikanischen Liga mitzuspielen. Er verfolgt alle Spiele, und dass heute Scouter der besten Teams und College-Mannschaften aus Amerika und Kanada da sein werden, bedeutet ihm viel. Sie spürt, dass er, wenn er mit den anderen Jungs aus der Mannschaft zusammen ist, viel darüber spricht, sie aufgeregt und angespannt wirken und sie merkt, wie er bei ihr immer wieder Ruhe findet. Mira lässt ihn damit in Ruhe.

Vorgestern ist er vom Training gekommen, sie haben zusammen gegessen und während Mira sich noch eine Serie angesehen hat, ist Reign entspannt auf der Couch eingeschlafen. Davor hatte er ihr gesagt, dass er wegen des Spiels nicht mehr so gut schlafen kann, doch in dem Moment hat er Ruhe gefunden und Mira hat ihn die ganze Nacht bei sich gehalten und ihn den Schlaf bekommen lassen, den sein Körper gebraucht hat.

Tifi stand im Stau, weil die Stadt wegen des Spiels voll ist und deswegen sind sie nun auch spät dran. Jonathan fährt. Reign hat ihnen seinen Parkplatz freigehalten, er hat sein Auto gestern woanders abgestellt, deswegen haben sie keine Probleme und laufen schnell zum Stadion. Mira trägt Reigns Trikot. Darüber hat sie aber eine dicke Daunenjacke, weil es heute wieder sehr kalt ist. Reign hat ihr geschrieben, dass ununterbrochen Schneeräumfahrzeuge den Rasen freihalten. Seit heute Morgen schneit es auch nicht mehr, deswegen müsste das gehen.

Okay, wenn Mira gedacht hat, sie ist nicht aufgeregt, hat sie sich getäuscht, ihr Herz schlägt wie wild in der Brust und sie hofft von ganzem Herzen, dass alles so läuft, wie es sich Reign gewünscht hat. »Er schafft das schon, wir sehen uns später. Kommt Reign dann zu uns?« Ihre Mutter und Jonathan müssen durch den Tribüneneingang, sie sieht zum Studenteneingang, ob sie Violet und Noel schon entdeckt. »Nein, es ist ein großes Essen mit der anderen Mannschaft geplant. Wir treffen uns nachher hier draußen und kauft euch gegrillten Mais. Ihr müsst den probieren.« Auch Jona-

136

than trägt ein B.C.-Trikot und nickt. »Du denkst doch nicht, dass wir uns das entgehen lassen? Ich werde deine Mutter jetzt mal richtig einweisen, was Football bedeutet.«

Mira lacht und hebt die Hand. Sie geht an einem Abschnitt vorbei, wo unzählige Kameras und Fotografen stehen, von diesen Abschnitten gibt es einige. Buttons von den PCD wird laut gespielt und Mira muss sich durch die vielen Leute drängen, bis sie irgendwann ganz vorne Noels Lockenkopf entdeckt.

»Hier seid ihr, wie habt ihr es bis ganz nach vorne geschafft?« Violet gibt Mira einen Kuss auf die Wange und hält ihr Popcorn hin. Sie stehen ganz vorne an der Absperrung, es ist zwar voll, doch niemand drängelt und sie stehen bei einem Heizpilz. »Na, wir haben gesagt, dass wir dir einen Platz freihalten müssen, du bist immerhin die Freundin des Captains.« Mira muss lachen und will sagen, dass sie das nicht ist, doch dann kneift sie die Augen zu: Doch natürlich, das ist sie ja. Sie begrüßt auch Noel und probiert dann vom Popcorn.

Da sie echt spät dran ist, beginnen die Cheerleader schon ihre Aufführung. Sie tanzen und dann kommen die anderen Cheerleader. Wow, also ihre Cheerleader sind gut, doch diese Frauen lassen Mercedes und die anderen blass aussehen. Mit ihren sexy Bewegungen und einem mitreißenden Remix verzaubern sie alle, selbst die B.C.-Fans. Mira beobachtet das zufrieden, solange die Mannschaft nicht besser als die B.C. Eagles ist, ist ihr das egal.

»Und das lässt sich Lincon wirklich entgehen?« Mira sieht aufgeregt, wie die Spieler einlaufen. Reign kommt als Erster auf den Platz und alle jubeln. »Ja, er hat ein Date und versprochen, uns alle Details zu berichten, er wird das Ganze auf dem Liveticker verfolgen.«

Als beide Mannschaften stehen, wird es ruhig. Reigns Blick geht durch die Bahnen an der Seite und trifft ihren. Sie lächelt und hofft, er spürt ihre Umarmung, die sie ihm gedanklich schickt, auch auf seine Lippen legt sich ein Lächeln, doch sie sieht ihm an, dass er sehr angespannt ist. Es werden beide Nationalhymnen gespielt. Mira liebt Kanada, aber die amerikanische Hymne ist wirklich wunderschön. Es werden noch Ansprachen gehalten und auf die Freundschaft zwischen den Teams verwiesen und dann geht es los.

Wenn Mira geglaubt hat, nicht aufgeregt zu sein, spürt sie es spätestens jetzt. Sie sieht ganz genau hin. Das Spiel beginnt und Violet nimmt Miras Hand. »Hampel nicht so herum, es wird alles gut.« Violet drückt Miras Hand, doch Mira kann nicht aufhören, auf das Spielfeld zu sehen. Sie bemerkt die vielen sportlich gekleideten Männer auf der anderen Seite, die genau hinsehen und kann nur erahnen, was in Reigns Kopf vor sich geht.

Das Spiel verläuft schleppend. Beide Mannschaften geben alles und jeder bekommt seine Punkte, man merkt schnell, dass sie kräftemäßig und technisch gleichauf sind. In der ersten Halbzeit passiert nichts Aufregendes. Die Mannschaft aus den USA hat sich auf Nolan und Reign eingeschossen, sie werden sehr schnell und sehr hart gestoppt. Mira sieht, dass Reign auch einmal unter dem Auge blutet und ihr Herz rast, es tut ihr weh, so etwas zu sehen. Sie ist so aufgeregt, dass sie sich sogar die Jacke auszieht, da es ihr zu warm wird neben dem Heizpilz.

In der Halbzeit kommen wieder die Cheerleader heraus und gleich danach geht es weiter. Die Amerikaner haben die Nase nur um ein paar Punkte vorn, man kann es gar nicht sehen, doch die Klasse solch eines Spieles macht dann manchmal nur ein paar Szenen aus.

Und dann passiert das, wofür Reign steht, was ihm nachgesagt wird, woraus sich seine Klasse zeigt. Keiner rechnet damit, die Gegner sind Sekunden nicht aufmerksam und er bekommt den Ball. Alle halten den Atem an, Mira geht weiter nach vorn. Nolan blockt einen Spieler ab, der Reign stoppen will und Reign läuft los.

Es ist wie immer, egal was sich jetzt in seinen Weg stellt, es hält ihn nichts auf. Alle schreien auf und Reign rennt vor den Augen

138

aller zu einem seiner wichtigsten Touchdowns. Er wirft den Ball auf den Boden und jubelt, das Stadion tobt, Violet und Noel schreien und springen auf und ab, die Spieler wollen zu Reign, doch der nimmt seinen Helm ab und kommt zu Mira gelaufen.

Sie strahlt, als er sie hochhebt und ihr einen Kuss gibt. »Du hast es geschafft.« Mira blendet alles aus. Sie hört das Jubeln, das Klicken der Kameras und streicht einen Moment über die Platzwunde unter seinem Auge und sieht ihm in die Augen. »Ich liebe dich.« Reign strahlt, er küsst sie noch einmal. Man sieht, was für ein Stein ihm vom Herzen fällt. Nolan hat ihn eingeholt und wirft sich auf ihn, genau wie die anderen, und einen Moment feiern sie mit ihrer Fankurve, bis sie zurück auf den Platz müssen.

»Das war so süß, ich wette, das Bild geht in die Geschichte ein.« Violet legt den Arm um Mira. Das ganze Stadion muss das mitbekommen haben. Mira atmet erleichtert aus, auch sie fühlt sich jetzt besser und mit diesem Touchdown ist das Spiel auch entschieden. Auch wenn die andere Mannschaft noch alles gibt, sie schaffen es nicht, die B.C. Eagles einzuholen, und als der Schiedsrichter abpfeift, feiern alle den Sieg, dem sie so lange entgegengefiebert haben.

Auch die Cheerleader kommen wieder heraus. Mira weiß, dass Reign jetzt feiert und dann mit der anderen Mannschaft essen geht, sie sieht, wie alle ihn umarmen und an sich drücken, vor allem die Cheerleader, doch es hat sich etwas geändert. Reign hat es geändert und sich ihr Vertrauen verdient, deswegen stört es sie nicht und sie blickt auf ihr Handy, als es piepst.

'Das sind die besten Neuigkeiten, die ich seit Langem gesehen habe, das geht überall durch die Presse und schmückt das Titelbild aller Zeitungen Vancouvers morgen.'

Noel sieht mit ihr auf Lincons Nachricht und als Mira dann das Bild öffnet, treten ihr Tränen in die Augen.

'B.C. Eagles-Star läuft den Amerikanern davon und bringt seiner Mannschaft erneut den Sieg.'

139

Dazu ist riesengroß ein Foto, was ihr die Tränen in die Augen treibt. Es zeigt ihren Kuss. Reign hebt sie hoch und küsst sie, man sieht, wie glücklich sie beide sind, man sieht die jubelnden Leute um sie herum, Reigns Nummer auf Miras Shirt. Es ist perfekt, dieses Bild ist perfekt und sie weiß, dass Reign und sie es geschafft haben. Auch wenn vielleicht keiner daran geglaubt hat, sie haben es geschafft.

Kapitel 17

Wenige Wochen später

»Vermisst du mich schon?«

Mira stellt das Gespräch auf Lautsprecher und kämmt sich ihre nassen Haare durch. »Ich habe die erste Nacht ohne dich geschlafen, also Reign ist doppelt so breit wie du und ich habe trotzdem mehr Platz. Du bist ein ganz schönes Klammeräffchen.« Violet lacht und auch Mira muss lachen, als sie an ihre letzten Tage denkt.

Es ist alles anders gekommen als geplant. Der November ist durch die vielen Prüfungen nur so an ihnen vorbeigerast und plötzlich standen die Feiertage vor der Tür. Es war geplant, dass ihre Brüder zu ihnen kommen und Mira konnte es gar nicht erwarten, ihr erstes Weihnachten in Kanada zu verbringen; der einzige Wermutstropfen war, dass Reign zu seiner Familie fahren musste. Sie feiern Weihnachten immer ganz groß, mit Oma, Opa, allen Tanten und Onkel, und so war schnell klar, dass sie sich leider an diesen Tagen nicht sehen werden. Es war geplant, dass Reign am zweiten Weihnachtstag vorbeikommt und auch endlich ihre Brüder kennenlernt, mit denen er hin und wieder über Videoanrufe Kontakt hatte, aber natürlich noch nicht richtig.

Mira hat von seiner Familie noch nichts gehört oder überhaupt mitbekommen, dass sie sie irgendwie registrieren, was komisch ist, wenn man bedenkt, dass Reign und sie jede oder mindestens jede zweite Nacht zusammen verbracht haben und das zu 90 Prozent bei Mira. Mittlerweile liebt ihre Mutter Reign schon richtig und die beiden haben sogar ein B.C. Eagles-Sandwich für den Laden zusammen erstellt.

141

Mira sieht in den Spiegel, während Violet ihr erzählt, was sich im Wohnheim zugetragen hat, in den Tagen, als sie weg waren. Sie hat Reign nicht nach seiner Familie gefragt, nicht danach, ob sie sie vielleicht mal kennenlernen wollen, oder was sie über ihre Beziehung denken. Die Beziehung ist, seitdem sie mehrere Tage in der Presse waren mit dem süßesten Liebesbekenntnis des Kanadischen Collegefootballs, wie es in einer Zeitung genannt wurde, nicht geheim. Sie wissen davon, doch Mira weiß, dass das Verhältnis von Reign und seinen Eltern noch nicht das beste ist, nachdem er alles, was sie für ihn geplant hatten, aufgegeben hat: den Platz in der Firma und die Verlobung. Sie ist sich sicher, dass sich das wieder einrenken wird, doch die Familie braucht nun erst einmal Zeit.

Trotzdem hat Mira sich auf Weihachten gefreut, sie haben schon angefangen, alles zu planen, da kam der Anruf, dass Luca sich bei einem Einsatz verletzt hat. Er ist bei einer Verfolgungsjagd abgestürzt und hat sich ein Bein gebrochen, er musste operiert werden und würde es nicht schaffen, nach Kanada zu kommen. Natürlich haben sie nicht gezögert und sind zwei Tage vor Weihnachten nach Berlin geflogen, und da Violet das schon immer wollte, haben sie sie mitgenommen.

So haben sie die Feiertage in Berlin verbracht, ohne Schnee, mit viel Regen und doch war es schön. Mira liebt Kanada, es ist großartig, doch als sie mit Violet durch die vollen, lauten Straßen Berlins gelaufen ist, in den bunten Restaurants gegessen hat und sie über die vielen Weihnachtsmärkte geschlendert sind, hat sie gemerkt, dass Berlin ihr fehlt.

Sie haben ihre gesamte Zeit mit Laura verbracht. Mira hat die ganzen Wochen viel Kontakt zu Laura gehabt. Es tut ihr gut, dass Laura es schafft, eine neutrale Sicht zu allem, was Mira in Kanada passiert ist, zu behalten. Sie weiß alles, Mira erzählt ihr alles, sie hat auch Reign schon kennengelernt über einen Videoanruf, doch sie ist weit weg und wenn Mira ein Problem hat, weiß sie, dass Laura

142

immer eine klarere Sicht auf alles hat, einfach weil sie selbst nicht involviert ist.

Laura hat leider viel zu tun und hat es noch nicht geschafft, sie zu besuchen, doch sie will das unbedingt nachholen. Erst einmal war Mira nur froh, sie wiederzusehen. Violet und Laura verstehen sich gut und sie hatten viel Spaß.

Luca geht es relativ gut. Sie haben alle ein anderes Weihnachtsfest geplant, deswegen mussten sie improvisieren, schnell einen Baum kaufen, ein Essen zusammenstellen und ein wenig schmücken. Sie haben alle bei Luca in der Wohnung geschlafen. Seine Wohnung ist groß und Violet und sie haben auf der ausklappbaren Couch geschlafen. Sie wollten sich sogar mit ihrem Vater treffen, so langsam ist Mira bereit zu einem Gespräch, doch der ist spontan mit einer Kellnerin, die er neu kennengelernt hat, nach Mallorca geflogen. Mira kann das nur noch mit einem Kopfschütteln abtun.

Aber trotzdem war es schön, sie waren sechs Tage in Berlin und sind gestern Abend zurückgekommen. In vier Tagen ist Silvester. Auch wenn Mira Berlin vermisst hat, war es gestern richtig schön, wieder durch die verschneiten Straßen zu fahren, in den Laden zu kommen und in ihrem Bett zu schlafen.

Reign und sie haben ständig Kontakt, er war auch nicht begeistert, dass sie sich nun gar nicht gesehen haben, doch er hat es natürlich verstanden. Er hat ihr Bilder von ihrer Weihnachtsfeier geschickt und auch auf Instagram gepostet, das ist natürlich alles noch einmal … mächtiger. Der imposante Baum, die Größe der Familie … alles. Sie kennt seine Eltern und seinen jüngeren Bruder Riam nur von Fotos und da hat sie auch viele seiner Cousins und Cousinen gesehen.

Die letzten zwei Tage hatten sie weniger Kontakt, sie war auf dem Rückflug und hatte in Berlin noch einiges zu tun und Reign hatte Probleme mit seinem Handy. Sie weiß nicht, ob sie sich jetzt sehen, doch sie geht davon aus. Sie vermisst ihn, es ist merkwürdig, wie schnell man sich an die Anwesenheit eines Menschen in seinem Leben gewöhnt und wie schwer einem dann doch die Abwesenheit fällt. Sie hatte Violet jede Nacht neben sich, doch sie will gerade einfach nur wieder Reign sehen. Nachdem sie heute aufgewacht ist, hat sie ihm gleich geschrieben, aber bis jetzt noch keine Antwort bekommen.

»Also, was ist für Silvester geplant? Kommst du mit zu der großen Party auf dem Campus?« Mira räuspert sich und konzentriert sich wieder auf das Gespräch. »Ich weiß es noch nicht. Ich muss noch mit Reign klären, ob wir uns sehen. Hast du Noel schon getroffen?« Violet scheint gerade etwas abzuwaschen. »Ja, und unsere Freundin hat sich, sobald sie wieder hier war, mit Nolan getroffen, der auch seit zwei Tagen wieder auf dem Campus ist. Sie wollte nicht ins Detail gehen, doch die beiden können immer noch nicht die Hände voneinander lassen.«

Mira trägt sich Wimperntusche auf und eine Lippenpflege. »Oh Mann, am Anfang wollte sie sich nur rächen und nun kommt sie davon nicht mehr los. Wir müssen noch einmal mit ihr sprechen. Vielleicht komme ich nachher noch vorbei, ich gehe erst einmal frühstücken.« Violet seufzt leise auf. »Okay, ich werde es überleben, aber melde dich bald wieder.« Mira lacht und beendet das Gespräch, dann geht sie hinunter. Sie hatten den Laden die Tage geschlossen und öffnen morgen wieder. Es wäre zu viel Arbeit für Tifi allein gewesen, ihrer Mutter ist es nicht leichtgefallen, doch es musste sein. Nun stehen schon zwei Kuchen auf der Theke.

»Kommt Reign nicht vorbei?« Mira schüttet sich eine Schüssel voll Müsli und kippt dann den Rest der Milch dazu. »Ich weiß es nicht. Ich erreiche ihn gerade nicht.« Es klopft an ihrer Eingangstür, doch bevor Mira zur Tür kann, ist ihre Mutter schon aus der Küche heraus. Sie isst ihr Müsli und sieht noch einmal nach, ob Reign ihre Nachricht gelesen hat, aber das hat er noch nicht.

»Die wurden für dich abgegeben.« Ihre Mutter hat einen großen Strauß mit vielen bunten Blumen in der Hand. Verwundert zieht

144

Mira eine Karte aus dem Strauß. 'Geh in dein Zimmer und pack deinen Koffer, hier ist eine Liste, was rein sollte. Du hast zehn Minuten Zeit.'

Reign hat ihr den Blumenstrauß geschickt, sie erkennt seine Schrift sofort.

Auch ihre Mutter liest den Text. »Ich würde mich beeilen.« Mira sieht verwundert von der Karte zu ihrer Mutter. »Weißt du etwas davon?« Sie schüttelt den Kopf. »Nein, aber wer weiß, was in zehn Minuten ist, beeil dich.« Mira geht nach oben in ihr Zimmer. Sie ruft Reign an, doch er nimmt nicht an. Sie ... Soll sie jetzt ernsthaft einen Koffer packen? Vielleicht will er sie zu einem kleinen Ausflug mitnehmen? Mira holt ihren kleinen Reisekoffer heraus, den sie gestern Abend erst ausgepackt hatte und sieht auf die Liste. Shorts, Tops, Kleider, Bikini. Reign hat die Liste ernsthaft aus einem Frauenmagazin ausgeschnitten, wahrscheinlich aus einer Sommerausgabe, die er irgendwo gefunden hat, das ist so typisch Reign. Sie muss lachen und will ihn noch einmal anrufen, doch wieder vergeblich.

Dann muss sie den Spaß mitmachen, sie packt wirklich einige Sommersachen ein, nur um ihn zu ärgern und dann so zu tun, als habe sie nichts anderes, darunter legt sie aber zwei dicke Pullover und Hosen, einen Bikini und ihre Kosmetiksachen. Ladekabel und ein Buch kommen auch mit, in ihrer Handtasche ist noch ihr Reisepass, wie auf der veralteten Liste gefordert. Wer weiß, was passiert?

Mit dem Koffer geht sie hinunter, sie hat ihre Winterboots angezogen und ihre Winterjacke dabei, doch bevor sie wieder in die Küche kommt, klopft es eneut an der Tür und Jonathan grinst sie frech an. Mira öffnet die Tür. »Bereit?« Sie sieht ihn verblüfft an. »Was ist los? Hast du das geplant, aber ...?« Ihre Mutter kommt nun aus der Küche zu ihnen und begrüßt Jonathan mit einem Kuss. Auch die beiden haben sich die Tage nicht gesehen. »Steckst du mit Reign unter einer Decke? Was hat er vor?« Jonathan bekommt das Grinsen nicht mehr aus seinem Gesicht. »Ich wurde nur gebeten, etwas zu tun, sonst habe ich damit nichts zu tun und ich verrate auch nichts. Wir müssen los, gib mir den Koffer.« Er wendet sich zu ihrer Mutter um. »Ich bin gleich wieder da.«

Mira folgt Jonathan zu seinem Truck und winkt ihrer Mutter noch einmal zu. Sie weiß noch nicht einmal, ob sie das alles so gut findet, doch sie ist natürlich viel zu neugierig, um jetzt nicht herauszufinden, was das alles soll. »Okay, jetzt musst du mir einfach vertrauen.« Jonathan startet den Motor und hält Mira eine dunkle Augenbinde hin. »Das ist doch nicht dein Ernst? Ich weiß nicht, ob ich eine Autofahrt im Dunklen überstehe.« Mira muss lachen, als sie sich die Augenbinde aufsetzt. »Lehn dich einfach zurück und schließ die Augen. Ich wette, ihr habt in Berlin nicht viel Schlaf abbekommen.«

Mira versucht, auf ihn zu hören, doch natürlich schläft sie nicht. Sie löchert ihn unterwegs mit Fragen, ob es warm oder kalt wird, ob sie Reign gleich sieht, ob es ein bestimmter Ort ist, wo er sie hinbringt, egal was, Jonathan verrät nichts. Sie fahren eine ganze Weile, dann hält er und hilft Mira aus dem Wagen.

Natürlich mag Mira Jonathan mittlerweile sehr und sie vertraut ihm auch, doch ihm blind zu folgen ist schwer, auch wenn er sie ganz geduldig führt und sehr vorsichtig ist. Mira muss immer wieder lachen, und als sie dann in eine laute Halle treten, horcht Mira auf. »Wo sind wir, ist das ein Laden?« Sie hört eine Ansage, versteht aber nicht genau, was gesagt wird. »Ein Bahnhof? Ein Flughafen?«

Jonathan lacht nur leise und bittet sie, sich hinzusetzen und kurz zu warten. Es dauert, Mira ist kurz davor, ihre Augenbinde abzunehmen, da ist Jonathan wieder da und bringt sie weiter. Irgendwann hört sie eine Frauenstimme. »Oh, ich weiß Bescheid. Ich übernehme ab hier.« Jonathan nimmt Mira die Augenbinde ab und lächelt. Sie sind in einem Gang zu einem Flugzeug, was hat Reign vor? Eine Stewardess steht neben Mira und bittet sie, sie zu begleiten.

»Genieße es, melde dich später.« Jonathan hält ihr eine Tüte hin. »Erst im Flugzeug hineinsehen.« Er gibt ihr einen Kuss auf die Wange und die Stewardess lächelt. Hier im Gang steht nirgendwo, wo es hingeht. Sie besteigen das Flugzeug und die Stewardess bringt Mira ganz nach vorn in die erste Klasse. Wow, sie ist noch nie erste Klasse geflogen. Sie setzt sich, neben ihr der Platz ist frei, die erste Klasse ist eh sehr leer, noch immer findet Mira keinen Hinweis, wohin es geht.

Sie sieht sich um, Reign muss doch auch hier sein, sie müssen doch zusammen fliegen, doch offenbar war Mira einer der letzten Passagiere, denn die Türen werden geschlossen. Mira lehnt sich zurück und sieht in die Tüte. Sie versteht gar nichts mehr, im selben Moment kommt die Durchsage vom Kapitän, genau in dem Moment, als Mira in der Tüte ein wunderschönes weißes Sommerkleid mit Spitze und Flipflops entdeckt und einen Zettel dazu. Der Kapitän begrüßt die Passagiere.

»Ich heiße sie willkommen auf dem Flug 510 von Vancouver nach Mexiko - Veracruz ...« Mira sieht ungläubig auf den Zettel von Reign. 'Frohe Weihnachten, Engel'.

Kapitel 18

Mira hat sich schon auf dem Flug nach Berlin etwas umgezogen, da es in Berlin nicht ganz so kalt wie in Kanada war und sie nicht schwitzen wollte. Nun geht sie tatsächlich im Flugzeug zum Ende der Flugzeit auf die Toilette und zieht sich das Kleid über, was in der Tüte lag. Die meisten anderen Passagiere waren ja darauf eingestellt, dass sie eine krasse Temperaturveränderung erleben und haben sich passend angezogen, sodass sie nur einen Pullover ausziehen und im Top dasitzen, Mira aber muss alles ausziehen und sich das Kleid überziehen. Sie hatte eine Strickjacke übergezogen und lässt diese auch über dem Kleid an. Sie hat es tatsächlich geschafft, die Hälfte des Fluges zu schlafen und sich dann einen Film angesehen.

Mira ist aufgeregt. Mexiko. Reign hat ihr nicht einmal gesagt, dass er dort ist, er hat gesagt, dass sie bei sich feiern und er über Silvester wieder auf dem Campus ist. Sie ist gespannt, was er vorhat und kann sich nicht daran erinnern, wann sie das letzte Mal so aufgeregt war. Abgesehen davon, dass sie nicht weiß, was sie erwartet, hat sie Reign einfach sehr vermisst und freut sich, ihn endlich wiederzusehen.

Nachdem sie es geschafft hat, sich in dem engen Bad umzuziehen, sieht sie sich im Spiegel an. Das Bad in der ersten Klasse ist etwas größer und besser ausgestattet als in der normalen Abteilung, aber auch hier ist es schwer, sich zu bewegen, doch Mira schafft es, sich die Haare zu einem Zopf zu binden und sich etwas aufzufrischen. Sie trägt nur Wimperntusche, die Röte auf den Wangen kommt von der Aufregung.

Es klopft an der Toilettentür. »Sie müssen sich setzen, wir landen jetzt.« Fasziniert blickt Mira aus dem Fenster auf die wunderschöne Hafenstadt Veracruz. Es sind 26 Grad draußen und es ist

149

bereits nachmittags. Sie ist froh, dass sie fast immer eine Sonnenbrille dabei hat, da auch der Schnee sie oft zu sehr blendet, braucht sie sie öfter, und als sie aus dem Flieger steigt, setzt sie sich diese gleich auf. Die Strickjacke zieht sie bereits im Shuttlebus aus. Die Koffer sind schon da und Mira kann sofort in die große Wartehalle treten, wo sie direkt in Reigns dunkle Augen blickt, der angelehnt an einer Säule steht und auf sie wartet.

Mira muss erleichtert auflachen, als er sie in seine Arme nimmt und sie an seiner Brust die Augen schließt. »Was hast du vor und warum bist du hier? In Mexiko?« Sie löst sich aus seiner Umarmung und er gibt ihr einen Kuss auf die Lippen. Reign trägt ihr Weihnachtsgeschenk. Sie hat ihm das zukommen lassen, als sie wusste, dass sie nicht in Kanada sein wird. Sie hat ihm einen Korb mit seinem Lieblingsparfüm und einigen Kleinigkeiten zusammengestellt, aber das Wichtigste war ein unterschriebenes Trikot seines Lieblingsbasketballers der LA Lakers.

Mira hat Reign oft von ihm und seinem Spiel schwärmen gehört. Neben dem Football liebt Reign auch das Basketballspielen. Ihr Bruder arbeitet in der Fitnessbranche und hat wirklich viele Kontakte. Er kennt einen deutschen Basketballer, der in der Mannschaft der LA Lakers spielt. Er hat seine Kindheit in Berlin verbracht und ist dann in die Heimat seines Vaters gezogen, um zu spielen, doch mehrmals im Jahr ist er in Berlin, gibt Autogrammstunden und Kurse und daher kennt ihr Bruder ihn. Es war nicht leicht, aber sie haben es geschafft, für Reign ein Trikot zu bekommen, unterschrieben mit 'To Reign ... Go B.C. Eagles' und seiner Unterschrift. Dazu gab es ein Bild, wie der Basketballer das Shirt unterschreibt.

Reign hat sich wahnsinnig gefreut und sie hat einige Bilder gesehen, wo er da Trikot trägt und auch jetzt hat er das Trikot wieder an. »Das ist eine Überraschung, es ist Zeit für dein Weihnachtsgeschenk. Ich habe dich vermisst, Engel.« Mira beugt sich zu ihm hoch und küsst ihn noch einmal. »Ich dich auch, sehr sogar. Also,

150

was machen wir?« Reign lacht, nimmt ihr den Koffer ab und greift nach ihrer Hand, während er sie aus dem Flughafengebäude bringt. Er trägt nur eine Shorts und das Trikot, natürlich ist es ärmellos und zeigt seine muskulösen Arme. Er scheint dunkler geworden zu sein. »Wie lange seid ihr schon hier?« Reign geht zu einem schwarzen Mercedes. »Seit zwei Tagen, meine Oma wollte unbedingt wieder nach Hause, sie mag es nicht, zu lange weg zu sein und da haben wir spontan beschlossen herzufliegen und ich dachte, es ist für dich an der Zeit, mal meine Heimat und meine Familie kennenzulernen.«

Mira stoppt und hebt die Augenbrauen. »Deine Familie? Jetzt? Alle?« Reign schmunzelt und lässt mit einem Piepen den Koffer- raum des Mercedes aufgehen. »Ja, doch nicht alle. Meine Mutter und meine Oma sind hier und mein Bruder, einige Cousins und Cousinen sind auch gerade da, wohnen aber nicht bei uns im Haus.« Miras Magen beginnt zu rumoren. Damit hat sie nicht gerechnet, obwohl sie sich das hätte denken können. »Mein Vater musste wegen der Geschäfte in Vancouver bleiben, er kommt zu Silvester her, da sind wir allerdings schon weg. Meine Mutter will dich unbedingt kennenlernen und ich wollte dich schon früher sehen, doch meine eigentliche Überraschung beginnt erst morgen Nachmittag.«

Er hält ihr die Beifahrertür auf und sieht, dass sie etwas überfor- dert ist. »Hey, sieh mich an. Mach dir keine Gedanken, alle hier wissen, wie sehr ich dich liebe und das nichts das ändern kann. Meine Mutter und meine Oma sind die besten Menschen der Welt, du siehst aus wie ein Engel und ich bin sehr stolz, dich ihnen end- lich vorstellen zu können, okay?« Mira atmet laut aus und nickt, dann steigt sie ein und sieht sich erst jetzt richtig um.

Er hat recht, sie kann das jetzt eh nicht mehr ändern und nur weil all das nicht gut gestartet ist, bedeutet das ja nicht, dass es nicht besser werden kann. Reign fährt los und zeigt ihr einige bedeutende Gebäude, sie fahren an einem weiteren Bürokomplex seiner Familie vorbei und allein der Mercedes erinnert sie noch einmal daran, wie viel Geld Reigns Familie haben muss. Ihm merkt man das nie an. Reign trägt immer die neuesten Sneakers und sie kennt seine riesige Sammlung, doch sonst kleidet er sich eher sportlich und hat oft die Sachen seiner Mannschaft an. Er trägt keinen teuren Schmuck, nur eine goldene Kreuzkette, am Auto erkennt man es noch, aber sonst lässt er das niemals raushängen. Er ist sehr spendabel, wenn sie essen gehen, bezahlt er immer alles, und er macht Mira immer wieder Geschenke, doch sie vergisst trotzdem jedes Mal, wie reich seine Familie ist.

Veracruz ist wunderschön, eine richtig moderne Hafenstadt, und Reign verspricht ihr, am Abend noch alles genauer anzusehen. Sie fahren in eine vornehme Gegend, irgendwann müssen sie an einem Sicherheitsmann vorbei und fahren nur noch an Villen vorbei, bis sie durch ein großes elektrisches Schiebeschloss hinter große Mauern fahren.

Das Grundstück, worauf sie fahren, ist beeindruckend. Die Frontansicht ist mit teuren Steinen ausgelegt. Reign hält vor einem großen mediterranen Haus, welches in beige gehalten ist und deutet zu einem kleineren daneben. »Dort schlafen wir heute Nacht.« Mira nickt, Reign schmunzelt und beugt sich noch einmal zu ihr und gibt ihr einen Kuss auf den Mund. »Vertrau mir, es wird alles gut.«

Sie kommt gar nicht zum Antworten, da geht die Tür auf und zwei junge Männer, die um die achtzehn sein müssen, kommen heraus. »Da bist du ja wieder, hast du … oh, Mira ist schon da?«

Die beiden kommen zu ihnen und jetzt erkennt Mira Riam, Reigns jüngeren Bruder. Er hat dasselbe freche Grinsen wie sein älterer Bruder, ist allerdings etwas heller, sowohl von der Haarfarbe als auch auch von der Augenfarbe her. Er kommt als Erster zu ihnen und reicht Mira die Hand. »Du bist also die erste Frau, die meinen Bruder zur Verzweiflung gebracht hat?«

152

Mira muss lachen und reicht ihm die Hand. »Habe ich das? Gut zu wissen.« Reign grinst frech und deutet auf den anderen jungen Mann. Er trägt ein Bandana, und auffällig grüne Augen funkeln ihr neugierig entgegen. »Das ist mein Cousin Churro. Wo wollt ihr beide hin?« Auch sein Cousin reicht ihr die Hand und lächelt. »Wir gehen zu Javier rüber, ein paar Körbe werfen, gegen 21 Uhr kommen wir alle und holen euch ab.« Reign nickt und die beiden gehen weiter, dabei heben sie noch einmal die Hand zu Mira. »Wohin gehen wir später?« Reign legt den Arm um sie. »Wir zeigen dir Veracruz, es wird dir gefallen.«

Gemeinsam betreten sie das Haus und Mira sieht sich begeistert um. Durch den ersten Eindruck hatte sie etwas Steriles, Kaltes, sehr teuer Aussehendes erwartet und das ist die Einrichtung auch sicherlich, doch das Haus strahlt eine ungaubliche Wärme und Gemütlichkeit aus. Es ist im typisch mexikanischen Stil gehalten, in Erd- und Terrakottatönen, mit vielen Säulen und einer gemütlichen Einrichtung. Es ist sehr ruhig. Reign bringt sie durch eine große, helle Landhausküche und einen gemütlichen Wohnbereich mit einer großen Sitzlandschaft und vielen Bildern auf einen kleinen Innenhof.

Es ist wie auf einer mexikanischen Finca: mittendrin ein Brunnen und von allen Seiten gehen Türen ab, so wie Mira das schon aus einigen Filmen, die in mexikanischen Fincas spielen, kennt. Alles ist in weißen Fliesen mit blauen Mustern gehalten, es ist angenehm kühl hier. »Wow, es ist wunderschön.« Reign hat noch immer den Arm um sie gelegt und führt sie vom Innenhof zu einer mit Gras ausgelegten Fläche.

Hier beginnt ein moderner Garten, es gibt einen Pool, gemütliche Loungemöbel und unter einem großen Baum sitzen zwei Frauen an einem Tisch und arbeiten an etwas. Reign sagt etwas auf spanisch zu ihnen und beide stehen auf und sehen zu ihnen. Mira hat Reign bisher selten spanisch sprechen gehört. Manchmal, wenn er telefoniert oder mit einigen aus der Mannschaft spricht, das ist aber selten der Fall.

Die beiden Frauen lächeln sie freundlich an. »Mama, Abuelita, das ist meine Mira.« Man sieht eine gewisse Ähnlichkeit zwischen den Frauen. Die Oma von Reign hat lange graue Haare, die sie zu einem dicken Zopf gebunden hat. Sie trägt ein buntes Sommerkleid und ihre dunklen Augen strahlen Mira freundlich an. Mira tritt näher, und die ältere Frau zögert nicht und drückt sie liebevoll an sich. Mira muss lächeln, sie duftet nach frisch gekochtem Essen und Orangen.

Als sie Mira loslässt, nimmt sie Miras Hand in ihre. »Du bist also Mira. Weißt du, egal was ich Reign gefragt habe, seit er ganz klein war, was er machen möchte, war seine Antwort immer 'Abuelita, mir ist alles andere egal, ich will nur Football spielen. Immer'. Ich wusste, dass wenn sich das mal ändert, es etwas Besonderes zu bedeuten hat, und dann vor ein paar Wochen war ich zu Besuch in Vancouver und habe Reign traurig wie noch niemals zuvor gesehen. Als ich ihn gefragt habe, was los sei und was er möchte, war seine Antwort, 'alles was ich möchte ist, dass Mira mir verzeiht, ich will nichts anderes, als sie zurückhaben'. Da wusste ich, dass das etwas Besonderes ist und ich freue mich, dich jetzt kennenzulernen.

Mira lächelt Reigns Oma an und sieht, wie Reign etwas verlegen schmunzelt. Er hat wohl nicht damit gerechnet, dass sie hier seine Geheimnisse herumerzählt. »Jetzt lass mich sie doch mal ansehen, Mama.« Reigns Mutter tritt vor und umarmt Mira ebenfalls. »Es freut mich, dich endlich kennenzulernen, willkommen in Mexiko. Du hast bestimmt schon großen Hunger, Reign hat erzählt, dass er dich überrascht hat, wann wusstest du denn, dass du herkommst?«

Durch ihre offene und herzliche Art gibt es überhaupt keine Startschwierigkeiten. Mira fühlt sich sofort aufgenommen und wohl, die Mutter und die Oma verwickeln sie in ein Gespräch und bitten sie, sich zu ihnen zu setzen. Reign will sich auch setzen,

154

doch er bekommt einen Anruf von seinem Coach und entschuldigt sich für einen Moment.

Mira sieht zu, wie die beiden weitermachen, eine Masse aus Hackfleisch, Nüssen und einiges mehr in kleine Teigtaschen zu füllen. »Ehrlich gesagt habe ich es erst im Flugzeug erfahren, Reign hat mit eine Tüte mit einem Kleid mitgegeben, sonst wäre ich in meinen Wintersachen hier angekommen.« Reigns Mutter lacht, sie ist eine hübsche Frau, Mira kennt einige Bilder von ihr durch Reign. Meistens ist sie fein angezogen und sieht aus wie eine hübsche Geschäftsfrau. Sie ist Mitte vierzig und man sieht ihr an, dass sie sich fit hält. Mira hatte Bedenken, sie zu treffen, auf den Bildern wirkt sie sehr taff und unnahbar, doch jetzt hier sitzt sie entspannt in einer schwarzen Stoffhose, einem weißen T-Shirt und Flipflops. Sie hat ihre Haare zu einem Knoten nach oben gebunden und ist ungeschminkt, durch die Bilder kommen ihre strahlenden Augen gar nicht so zur Geltung wie jetzt, wo sie vor ihr sitzt.

»Wenn man das hört ... ich habe mir nie vorstellen können, dass Reign sich jemals für eine Frau solche Mühe gibt. Er war bisher eher ein Macho, für den die Frauen alles gemacht haben, aber siehe da, es muss nur die richtige Frau kommen und alles ändert sich. Wir sind vor ein paar Tagen an eurem Café vorbeigefahren. Ihr wart leider nicht da, sondern in Berlin. Es sieht sehr gemütlich aus und das hat deine Mutter alleine aufgebaut? Wieso habt ihr Berlin verlassen?«

Das Eis ist sehr schnell gebrochen, falls es jemals vorhanden war. Mira erzählt ihre Geschichte, irgendwann kommt Reign wieder zu ihnen und setzt sich dazu, dann decken sie gemeinsam den Tisch und essen eine leckere Reispfanne zusammen. Reigns Mutter und seine Oma wollen alles über Mira wissen und sie hören nicht eine Minute auf zu sprechen. Reign hält sich zurück, drückt aber hin und wieder Miras Hand und scheint zufrieden darüber zu sein, dass sie drei sich so gut verstehen. Zum Schluss essen sie noch Eis zum Nachtisch und sitzen zusammen, bis es draußen zu dämmern beginnt. Sie erwähnen Ava nicht einmal und auch wenn sie wirklich nett und herzlich sind, fragt sich Mira doch, was sie darüber denken, dass es die Verlobung nun nicht mehr gibt, und die Pläne, die bisher bestanden, alle über den Haufen geworfen wurden, das scheint die beiden überhaupt nicht zu stören.

Sie sprechen von Berlin und wie unterschiedlich das Leben dort und in Vancouver ist. Reigns Mutter erzählt Mira, wie gerne sie hier bei ihrer Mutter in Mexiko ist und dass Reigns Oma immer nur für ein paar Tage zu Besuch kommt und dann wieder in ihre Heimat fliegt. Reigns Mutter erklärt, dass selbst nach all den Jahren, selbst nach den Geburten ihrer Söhne, Mexiko ihre Heimat ist und sie jedes Mal, wenn sie aus dem Flieger tritt, spürt, dass sie wieder zu Hause ist.

Es ist sehr gemütlich und sehr familiär. Erst als Reign einen Anruf bekommt, steht er auf und erklärt den beiden Frauen etwas auf spanisch. »Lass uns rübergehen. Meine Cousins und Cousinen kommen uns bald abholen.« Mira umarmt die beiden Frauen noch einmal und sie sagen, dass sie sich morgen zum Frühstück sehen.

Reign hält ihre Hand, als sie das Haus verlassen und hinübergehen. Er hat ihren Koffer in der anderen Hand und Mira sieht sich um, es ist ganz ruhig und friedlich. Sie ist froh, dass sie in Ruhe seine Familie kennenlernen konnte.

»Deine Mutter hat gar nichts wegen Ava und der Verlobung gesagt.« Sie gehen zusammen zu dem kleinen Haus neben dem Haupthaus. Es steht offen und es ist genauso eingerichtet wie das Haupthaus, im typisch mexikanischen Stil, nur kleiner. Es gibt einen kleinen Flur, ein Bad und ein Schlafzimmer, ein kleines Gästehaus eben. Reigns Kleidung liegt hier schon herum, er schließt die Tür und bringt den Koffer vor einen Kleiderschrank. »Es hat sie nie interessiert. Sie mögen Ava und ihre Familie, doch sie wusste, dass ich sie nicht liebe und waren nie dafür, eine Ehe nur wegen einer Geschäftsbeziehung einzugehen. Meine Mutter

156

hält sich aus so etwas heraus, mein Vater ist derjenige, der daran zu knabbern hat. Meine Mutter unterstützt mich in allem, was ich will, sei es bei der Karriere oder der Liebe. Als ich ihr gesagt habe, dass ich Ava nicht liebe und mich trenne, hat sie das unterstützt und als ich ihr gesagt habe, dass ich jemanden getroffen habe, den ich liebe, wollte sie dich kennenlernen. Die Geschäfte und alles andere ist ihr dabei egal.« Mira lächelt und sieht sich um, es ist hier einfach nur gemütlich. Am liebsten würde sie sich direkt schlafen legen, die Überraschung und alle neuen Eindrücke machen sie müde, doch es gibt andere Pläne.

Mira zieht ihre Flipflops aus und Reign tritt zu ihr und legt seine Hände an ihre Hüften. »Es ist richtig schön, dich mit meiner Familie zu sehen, ich bin überrascht, wie gut mir das gefällt.« Mira legt ihre Arme um seinen Hals. »Und ich habe nicht geahnt, wie sexy es ist, wenn du spanisch sprichst.« Reign beugt sich zu ihr hinunter. »Sexy ja, weißt du, was sexy ist, wenn …?« Man hört mehrere Autos halten und Reign blickt auf.

»Dazu kommen wir später. Ich schätze, wir werden abgeholt.«

Kapitel 19

Mira sieht an sich herunter. Das Kleid, welches Reign für sie ausgesucht hat, ist wunderschön, es geht ihr bis zu den Knien und passt perfekt. Sie kann es anbehalten, doch sie schnappt sich ihre Kosmetiktasche und geht schnell ins Bad. »Ich mache mich noch schnell frisch.«

Während sie sich mit kaltem Wasser auf den Nacken abkühlt, Deo benutzt, sich einen Lidstrich zieht und neue Wimperntusche auflegt, hört sie viele verschiedene Stimmen. Sie sprechen spanisch und Mira hört auch mindestens zwei Frauenstimmen, sie wird immer nervöser. Das mit der Mutter und der Oma hat wirklich sehr gut geklappt, was nicht bedeutet, dass auch der Rest der Familie Mira so herzlich empfangen wird.

Sie schminkt sich extra nicht zu stark, bindet sich einen hohen strengen Zopf nach hinten, um etwas eleganter auszusehen und atmet tief ein, bevor sie nach draußen tritt.

Das Bild, was sich ihr dann bietet, verschreckt sie doch ein wenig. Neben Riam und dem Cousin Churro stehen noch drei weitere Männer bei Reign, sie alle trinken etwas und sehen Mira entgegen. Auf der Couch sitzen zwei junge Frauen und sehen sich gerade etwas auf einem Handy an, bis Mira aus dem Bad tritt und alle sich zu ihr umwenden. Wie unangenehm.

Reign reagiert sofort, kommt zu ihr und legt den Arm um sie. Dann deutet er der Reihe nach zu allen Anwesenden. »Mira, darf ich dir den verrückten Teil meiner Familie vorstellen. Meinen Bruder und Churro kennst du ja schon, das sind meine Cousins Pablo, Raphael und Cruz und meine Cousinen Eva und Penelope.

»Leute … das ist Mira.« Die Männer kommen zu Mira, um ihr die Hand zu geben, während die beiden Cousinen aufstehen und Mira umarmen. »Mira …. es ist merkwürdig, den größten Macho Mexikos die ganze Zeit so von einer Frau schwärmen zu hören. Also, bist du bereit für Veracruz bei Nacht?« Mira atmet noch einmal erleichtert aus, auch sie alle sind sehr herzlich und lassen in Mira erst gar kein befremdliches Gefühl aufkommen. »Ja klar, ich bin bereit.«

Darauf scheinen alle nur gewartet zu haben. Sie verlassen das Haus. Reign hat sich nicht umgezogen. Auch alle anderen sehen nicht zu fein angezogen aus. Sie verteilen sich auf drei Autos. In Reigns Wagen steigen noch Penelope, die sich zu Mira nach hinten setzt und einer der älteren Cousins, der sich neben Reign auf den Beifahrerplatz setzt.

Mira ist überrascht, dass Penelope auf deutsch mit ihr spricht. Sie spricht es sogar recht gut und erklärt, dass sie in Toronto Medizin studiert und ein halbes Jahr an der LMU München war, für ein Austauschsemester. Sie überlegt sogar, noch einmal für ein Jahr nach München zu gehen und erzählt Mira, wie sehr sie sich in München verliebt hat.

Reign und sein Cousin unterhalten sich auch, hin und wieder belächeln sie es, wie Mira und Penelope sich auf deutsch unterhalten. Sie halten an einem Café, was von außen gar nicht so spektakulär aussieht, doch als sie es betreten, entpuppt es sich als ein Club, in dem eine gut gefüllte Tanzfläche und mehrere Bars sind. Sie durchqueren den Laden und werden von einer Kellnerin auf einen großen Außenbereich geführt, von dem man auf den gesamten Hafen blicken kann.

Ein weiteres Mal heute ist Mira sprachlos, als sie auf die unzähligen Lichter am Hafen blickt, auf die Schiffe und das Meer und sie sich unter gemütlichen Lampions und neben Fackeln auf mehrere Loungemöbel setzen und so den kompletten Hafen überblicken können.

160

Sie setzt sich zu Reign, der sofort wieder den Arm um sie legt. »Es ist wunderschön hier.« Reign nickt und sie sehen auf den Hafen hinab. »Das ist es, hier fühle ich mich wirklich frei. Willst du noch etwas essen?« Mira hat keinen Hunger mehr, dafür haben Reigns Mutter und seine Oma gesorgt. Sie bestellen Getränke, kleine Snacks und einige der Cousins rauchen Wasserpfeife. Mit der Musik aus dem Club und dem beruhigenden Anblick des Hafens wird es ein wirklich schöner Abend.

Auch Reigns Cousins und Cousinen sind sehr lieb zu ihr. Sie sprechen alle Englisch miteinander. Mira ist sich sicher, dass wenn sie nicht da wäre, sie das nicht tun würden. Es ist immer jemand da, der sie in ein Gespräch verwickelt. Reign und sie wechseln kaum ein Wort miteinander, sie unterhält sich mit Peneleope, mit Reigns Cousin Cruz, der gerade die B.C. abgeschlossen hat und nun in Atlanta weiterstudiert. Sie alle leben verteilt, die wenigsten hier in Mexiko, doch zu solchen Feiertagen treffen sich alle wieder. Es ist eine wirklich gemütliche Familienatmosphäre, und sie lassen Mira daran teilhaben und schließen sie in keiner Minute aus.

Erst gegen zwei Uhr morgens verlassen sie den Club und laufen noch durch die Altstadt, um sich Crêpes zu holen. Viele Geschäfte am Hafen haben die ganze Nacht über geöffnet und sie verbringen auch hier noch eine Weile.

Als sie endlich in das Gästehaus kommen, kann Mira ihre Augen kaum noch aufhalten. Es dämmert bereits und es waren zu viele wunderschöne Eindrücke heute. Sie hat Violet und ihrer Mutter immer wieder Bilder geschickt, doch alles, was sie jetzt will, ist Schlaf.

Sie geht als Erste ins Bad, schminkt sich ab, zieht sich das Kleid aus und ein Top über und legt sich gleich ins Bett, während Reign ins Bad geht. Sie hat ihn sehr vermisst und ist froh, wieder bei ihm zu sein, doch die Müdigkeit ist zu groß, sie spürt irgendwann seine Arme um sich, doch wirklich wach wird sie erst am nächsten Tag, als Reigns Wecker unerbittlich klingelt. »Unser Flug geht gleich, wir müssen aufstehen.« Sie setzt sich müde auf und sieht auf ihr Handy, sie haben bis zum Mittag geschlafen. »Wie viel Zeit haben wir noch?« Reign ist schon aufgestanden. Er trägt nur eine Boxershorts und zieht sich ein Shirt über. »Ich sage drüben Bescheid, dass wir noch schnell etwas essen kommen, dann müssen wir los.«

Mira ist nur zum Nicken in der Lage, sie ist noch nicht wach. Als er das Gästehaus verlässt, steht sie auf, ordnet das Bett und geht dann schnell unter die Dusche. Der Abend gestern war wunderschön, der ganze Tag war traumhaft. Als sie gehört hat, dass sie seine Familie trifft, hatte sie schon die schlimmsten Vorstellungen, doch es war wirklich schön, nun ist sie noch gespannter, was er noch vorhat.

Sie trocknet sich schnell ab und zieht sich eine Jeansshorts und ein weites schwarzes T-Shirt über, dazu die schwarzen Flipflops. Sie lässt ihre Haare offen und packt ihre Strickjacke über ihre Handtasche, bevor sie ihren Koffer schließt. Auf Flügen wird ihr immer kalt. Sie hat sich nur leicht geschminkt und räumt alles auf, was herumliegt, da kommt Reign wieder, gibt ihr einen Kuss und geht auch schnell duschen.

Ihre Mutter ruft kurz per Videoanruf an und Mira zeigt ihr das Gästehaus, Reign zieht sich eine graue Shorts und ein weißes Shirt über, packt alles in seinen Koffer und holt ein Päckchen heraus. »Ich habe gestern gar nicht mehr daran gedacht, dir dein eines Weihnachtsgeschenk zu geben.« Mira steckt ihr Handy weg und geht zu ihm. »Das alles ist doch schon viel zu viel.« Er bezahlt ihr den kompletten Urlaub hier, Mira weiß nicht, ob sie sonst jemals Mexiko gesehen hätte. Reign reicht ihr die Schachtel. »Mach auf, Engel.« Als Mira den Namen auf der Schachtel liest, hebt sie die Augenbrauen. »Das ist viel zu teuer und ...« Mira holt das zarte goldene Armband aus der Verpackung. Es wird von zwei Seiten zusammengehalten, von der einen durch ein goldenes feines Kreuz mit winzigen, hell funkelnden Steinen darauf, auf der anderen Seite von einem kleinen runden Amulett, auf dem ein Adler eingraviert

162

ist, nicht irgendein Adler, der Adler der B.C. Eagles, und auf der Rückseite steht 'ich liebe dich'. Es ist das bezauberndste Armband, was sie jemals gesehen hat und es ist bis ins kleinste Detail durchdacht.

»Es ist so schön ...« Mira streicht über das Kreuz und das goldene Amulett. Reign nimmt es ihr aus der Hand und befestigt es an ihrem rechten Arm. Er hält ihren Arm weiter in seiner Hand und gibt einen liebevollen Kuss auf ihr Handgelenk. »Es soll dir Glück bringen.« Mira sieht ihm in die Augen. »Das wird es bestimmt, aber es ist viel zu viel ...« Reign küsst ihre Wange und lacht auf. »Das ist nichts, Mira. Ich glaube, du weißt noch gar nicht, was ich alles für dich tun würde. Was mir die letzten Wochen mit dir bedeutet haben, was du in mir verändert hast ...«

Nun treten Tränen in Miras Augen. Sie ist niemand, der schnell zu weinen beginnt, doch das berührt sie. Als sie damals ihre Koffer für Kanada gepackt hat, hatte sie so viele Pläne, so viel vor, doch nicht in ihren wildesten Träumen hätte sie sich vorgestellt, dass sie das findet. Dass sie Reign trifft und Gefühle entwickelt, die sie vorher gar nicht kannte.

»Hey, das sollte dich zum Strahlen bringen, nicht zum Weinen.« Reign hebt ihr Kinn an, als er ihre Tränen bemerkt und Mira sieht ihm in die Augen. »Ich bin glücklich, ich habe nicht damit gerechnet, dass mich jemand so glücklich machen kann.« Sie lächelt und küsst ihn. Sie hat keine Worte mehr für all das. Um zu beschreiben, was ihr das hier bedeutet, also zeigt sie es ihm. Reign erwidert den Kuss sofort, seine Hand gleitet unter ihr Shirt und Mira schmiegt sich ihm entgegen, doch da hören sie seine Mutter nach ihm rufen. Er lacht leise und küsst noch einmal ihre Wange. »In ein paar Stunden haben wir alle Zeit der Welt.« Er deutet zum Armband. »Das hier war nur der Anfang.« Sie verlassen das Haus zusammen. »Ich glaube nicht, dass all das hier noch zu übertreffen ist.« Während sie zum Haupthaus gehen, zwinkert Reign ihr zu. »Darauf würde ich nicht wetten.«

163

»Und was war nun dein schönstes Weihnachtsgeschenk?«

Zwei Tage später weiß Mira, wovon Reign in Veracruz gesprochen hat. Mira liebt Veracruz. Auf dem Weg zum Flughafen hat sie noch mehr gesehen von dieser schönen Hafenstadt und auch das Frühstück bei Reigns Mutter war noch einmal sehr gemütlich. Riam war dabei, der auch gerade erst aufgestanden war. Sie haben das Armband bestaunt und sich über den Abend gestern unterhalten, bevor Reign und Mira sich verabschiedet haben und Churro sie zum Flughafen gebracht hat.

Sie hat erst dort erfahren, wo sie hinfliegen, Reign ist auf dem Zweistundenflug wieder eingeschlafen, doch sie war viel zu aufgeregt, nachdem sie erfahren hat, dass sie nach Cancun fliegen. Sie hat sich früher immer vorgestellt, dass diese vielen Bilder von den paradiesischen Stränden gar nicht der Realität entsprechen und all das nur bearbeitet ist. Diese Farben, diese Natur, all das kann es gar nicht geben, doch in den letzten zwei Tagen wurde sie eines Besseren belehrt.

Reigns Familie hat ein kleines Strandhaus in Cancun. Sie sind vom Flughafen mit einem Taxi hingefahren und schon auf diesem Weg hat sie dieses atemberaubende Stück Erde verliebt betrachtet. Es ist genau wie auf den Bildern. Kleine Häuser, weißer Sand und das schönste türkisfarbene Meer, was man sich vorstellen kann.

Das Strandhaus wurde extra für sie hergerichtet und gleich nach ihrer Ankunft, haben Reign und Mira erst einmal die Zeit alleine genossen. Sie haben den gesamten restlichen Tag am Strand und im Meer verbracht und sich genossen. Es ist das Paradies. Gestern hat Reign sie mit einer Schnorcheltour in einem Unterwassermuseum überrascht, weil er weiß, wie sehr sie Museen und die Kunst liebt und dass sie so etwas noch nie gesehen hat. Es waren Statuen und Gefäße, die sie unter Wasser betrachten konnten. Beeindruckend, und sie hatten sehr viel Spaß. Sie können die Finger nicht voneinander lassen und genießen sich, die Sonne und das Meer. Mira hat sofort eine schöne Bräune bekommen und bekommt ihr

164

Strahlen nicht mehr aus dem Gesicht und es erreicht jeden Winkel ihres Körpers.

Das erste Mal sind Reign und Mira komplett frei, frei vom Stress des Colleges, frei von irgendwelchen Spielen und sonstigem Druck, nur sie beide und das war das Allerschönste. Nach dem Museum waren sie essen und heute den ganzen Vormittag in einer Shopping-Stadt am Strand. Statt allerdings Erinnerungen zu kaufen, haben sie beide spontan beschlossen, sich etwas stechen zu lassen, was sie immer an diese Zeit erinnern wird. Diese Tage waren so schön, egal was kommen wird, egal was das neue Jahr ihnen bringt, diese Tage werden sie beide niemals vergessen. Sie sind in einen Tattoo-Laden gegangen und Mira hat sich ihr erstes Tattoo stechen lassen, ganz zart an ihrem Unterarm, abgehend vom rechten Handgelenk, an dem auch ihr Armband hängt.

Promise

Reign hat sich das Wort auf seine Brust stechen lassen, genau an die Stelle, auf der Mira fast jede Nacht schläft. Sie haben sich das Versprechen gegeben, das hier niemals zu vergessen und das werden sie auch niemals.

Nun liegen sie auf einer Liege am leeren Strand. Die Sterne über ihnen funkeln und sie haben Champagnergläser in der Hand.

»Ich kann es nicht sagen, ich weiß nicht, wie lange ich brauche, um zu begreifen, dass ich das alles nicht geträumt habe.« Ihre Stimme ist leise, sie sind glücklich und erschöpft von den letzten Stunden. Sie streicht über das Armband und sieht auf ihren Unterarm mit dem süßen Schwur.

»Na, ich hoffe doch, dass wir noch viel schönere Sachen erleben werden, die das hier noch in den Schatten stellen werden.« Reign spricht auch leise. Auch ihm hat diese Auszeit sehr gut getan; außer dass sie hin und wieder ihren Familien Bilder geschickt haben oder mal ein Bild geteilt haben, hatten sie keinen Kontakt, zu niemandem, es gab nur sie.

In dem Moment gehen hunderte Raketen in die Luft, der Himmel über ihnen erstrahlt in den schönsten Farben und Reign wendet sich lächelnd zu ihr. »Auf das nächste Jahr, Engel, und dass es uns noch hunderte dieser schönen Erinnerungen schenken wird.« Mira stößt mit ihm an und gibt ihm einen zarten Kuss auf seine Lippen.

»Und dass wir das, was wir hier gerade haben, niemals vergessen werden!«

Er nickt und sieht ihr in die Augen. »Versprochen!«

Sie lächelt. »Versprochen!«

Kapitel 20

»Hallo Mira, wie schön, Sie wiederzusehen. Setzen Sie sich doch.«

Mira setzt sich der Studentenbetreuerin an der B.C. Universität gegenüber. Sie war in den letzten Monaten und Wochen immer wieder hier. Die Betreuerin sieht auf ihre Unterlagen und lächelt sie dann an. »Was hat sich seit dem letzten Mal getan?« Mira zuckt etwas resigniert die Schultern. Sie zeigt das sonst niemandem, hier ist der einzige Ort, wo sie ihre Hoffnungslosigkeit zeigen kann.

»Ich weiß auch nicht mehr, was ich noch machen kann. Es ist jetzt bereits März, ich habe noch einmal mit dem Dekan gesprochen, doch auch er kann mir nicht weiterhelfen, so gern er es tun würde. Mein Austauschjahr endet im Mai nach den letzten Prüfungen, und mein Visum läuft auch kurz danach ab. Für die nächsten zwei Jahre sind die Plätze bereits vergeben am College und an den Universitäten sowieso. Da bin ich viel zu spät, ich müsste auf jeden Fall ein Jahr warten, aber dann bekomme ich auch nur etwas, wenn ich ganz viel Glück habe, und gleichzeitig verliere ich meinen Studienplatz in Deutschland und auch da muss man mittlerweile lange auf einen neuen warten. Ich war überall, ich habe alle Hebel in Bewegung gesetzt, doch es sieht nicht so aus, als könnte ich in Kanada bleiben.«

Die Studienberaterin lehnt sich zurück und nickt. »Ja, das habe ich mir auch schon gedacht. Ich habe auch noch einmal versucht, etwas zu erreichen und an anderen Universitäten nachgefragt, ich habe wirklich alle Fühler ausgestreckt, wie ich es Reign und ihnen beim letzten Mal versprochen hatte, doch es hat nichts gebracht, Mira. Es tut mir leid. Die Austauschsemester und Studienplätze sind alle voll. Es ist schon schwer, die eigenen Studenten unterzubekommen und die Listen für die Auslandssemester werden auch immer länger.«

167

Sie sieht Mira in die Augen. »Sie sind ja nicht die erste Studentin, die nach einem Austauschjahr im Land bleiben möchte, doch leider funktioniert das nicht so leicht, wie man es gerne hätte. Natürlich können Sie ein paar Wochen hierbleiben ohne Visum, um Ihre Mutter zu besuchen, doch momentan muss man nach einigen Wochen ein Visum beantragen. Sie bekommen kein Studentenvisum, somit brauchen Sie ein Arbeitsvisum und müssten sich hier Arbeit suchen. Ihre Mutter zum Beispiel kann Ihnen das aber nicht besorgen, da sie selbst solch ein Visum hat und das erst nach zwei Jahren in Kanada geht. Sie haben ihr erstes Semester in Deutschland hinter sich, das Semester hier wird Ihnen angerechnet. In einem Jahr können Sie Ihren Bachelor in Kunstgeschichte abschließen und dann sehen, ob Sie noch weiter studieren oder sogar schon anfangen zu arbeiten. Alle verlassen nach dem Sommer das College hier, die meisten schaffen ihren Bachelor und gehen entweder noch für ein oder zwei Jahre zur Universität oder fangen auch an zu arbeiten. Ich rate Studentinnen in Ihrem Fall immer dazu, zurückzugehen, das Studium abzuschließen und dann hält Sie niemand auf, dass Sie danach in Kanada arbeiten können, doch jetzt zu pausieren und alles aufzuschieben, kann ich niemals empfehlen, aus Erfahrung weiß ich, dass viele, die das tun, das Studium nicht wieder aufnehmen und das wäre schade, sehr schade.«

Mira weiß das, es gibt kaum etwas, was sie in den letzten Wochen mehr beschäftigt hat. Sie hat einige Nächte wachgelegen und darüber nachgedacht, was sie noch tun kann, doch sie merkt immer mehr, dass es nichts gibt, was sie noch nicht versucht hat. »Geben Sie Ihr Studium nicht auf. Kanada rennt Ihnen nicht weg, Sie können danach immer noch hier arbeiten.« Mira nickt, sie braucht keinen weiteren Termin zu vereinbaren, da es einfach nichts mehr bringt.

»Ich werde darüber nachdenken, danke für Ihre Mühe.« Mira steht auf und die Studienberaterin sieht ihr noch einmal in die Augen, sie wird ihr ihre Enttäuschung ansehen. Es ist nicht so, als hätte Mira sich viele Hoffnungen gemacht, doch sie hatte gedacht,

168

dass es vielleicht noch eine andere Option gibt, doch die gibt es nicht.

Auf dem Weg nach draußen sieht sie sich die langen Flure der Universität an. Sie ist gerne hier, es ist die ruhigere Version des Colleges und Mira war über den Wechsel, den sie zwischen beiden Gebäuden hatte, immer froh. Sie hat in diesem Jahr viel gelernt, in allen Bereichen, und auch wenn ihr im Sommer letzen Jahres klar war, dass sie Ende Mai zurückfliegen wird, hat sie es sehr gut geschafft, das zu verdrängen. Sie alle haben das.

Mira verlässt das Gebäude. Heute scheint die Sonne vom Himmel und sie trägt eine hellblaue Jeans, ein weißes enges Sweatshirt, braune Stiefel und eine dicke Strickjacke im gleichen Braunton. Einen Moment bleibt sie stehen und hält ihre Nase in den Himmel. Sie wusste, dass Kanada vieles verändern wird, doch sie hat nicht geahnt, dass es alles ändert.

Beim Footballfeld ist es heute auffallend ruhig. Mira sieht auf ihrem Handy nach. Reign hat ein Bild gepostet, zusammen mit Nolan in der Kabine. Beide deuten eine zwei an. Noch zwei Siege und sie haben die Meisterschaft frühzeitig gewonnen, heute das Spiel und das nächste Spiel, was als großes Finale in zwei Wochen gesehen wird. Die Zeit rennt; je mehr Mira versucht, etwas zu tun und sich wünschte, die Zeit anhalten zu können, umso mehr entgleitet sie ihr.

Sie sieht auf das Bild, welches Reign ihr gestern Abend geschickt hat. Er hat es gestern Morgen geschossen. Mira liegt fest in seinen Armen und schläft. Wie immer liegt sie an seiner Brust, sie streicht über sein Tattoo *Promise* auf dem Bild und muss an ihr gemeinsames Silvester denken. Da waren diese Gedanken noch weit weg. Den gesamten Januar über waren sie so gut wie unzertrennlich, es war eine schöne ruhige Zeit.

Reign hat sein Football, sie haben sich beide um ihre Kurse gekümmert, Zeit mit den Freunden verbracht und sich genossen. Die Nächte, die sie nicht zusammen verbracht haben, kann man an den Fingern einer Hand abzählen. Einen Nachmittag ist sogar Reigns Mutter bei ihnen im Laden gewesen und hat ihre Mutter kennengelernt. Es läuft perfekt, es gibt nichts, was Mira beklagen könnte. Mit Violet, Noel und Lincon hat sie wirklich gute Freunde gefunden, sie liebt ihre Kurse und sie hat Reign an ihrer Seite. Sie hatte keine Zweifel mehr, nicht einmal, als er zur Verlobung von Avas Schwester gefahren ist und sie noch ein Bild von ihnen beiden gepostet hat. Mira weiß, dass Reign sie liebt, er lässt nicht den kleinsten Zweifel daran in ihr aufkommen.

Er wird immer berühmter. Er muss teilweise nach den Spielen schon Autogramme auf Trikots geben, und einige Male wurden Mira und er auch auf der Straße angehalten und er um ein Foto oder eine Unterschrift gebeten, doch selbst die schwärmenden Blicke aller anderen Frauen berühren Mira nicht mehr so sehr. Reign hat es geschafft, ihr diese Zweifel zu nehmen, doch das hier wird auch er nicht ändern können und das lässt sie seit Wochen mit einem Stein im Magen leben.

Bis in den Februar hinein haben sie nicht darüber gesprochen und das alles ignoriert, als würde es ihr auslaufendes Studentenvisum ungeschehen machen.

Der Schlüsselpunkt war, als Lincon und Violet während eines Burgerabends im Joeys mit Reign, Nolan und Parker gehört haben, dass sie eine Zusage für ein weiterführendes Studium in Toronto bekommen haben. Sie haben gesagt, dass sie spät dran waren und haben sich wahnsinnig gefreut, danach haben Mira und Reign sich das erste Mal darüber unterhalten.

Für Reign und Nolan ist noch alles offen. Sie haben von verschiedenen Universitäten in Kanada Studienplätze angeboten bekommen und haben die freie Wahl. Zudem haben ihm auch schon zwei Profivereine aus Kanada ein Angebot gemacht, er ist sich nicht einmal sicher, ob er überhaupt noch weiter auf eine Uni gehen wird, da er aufgrund seiner guten Noten schon einen Bache-

170

lor in Betriebswirtschaft bekommen wird. Natürlich kann er den noch ausbauen, aber da er spielen wird, ist ihm das nicht wichtig.

Reign hat nicht eine Sekunde gezögert, er hat sofort gesagt, dass er es davon abhängig machen wird, was mit Mira ist. Sie haben beschlossen, dass sie versuchen wird, in Kanada zu bleiben, dass sie hier weiterstudiert und sie beide hierbleiben werden. Am naheliegendsten war es, auf der British Columbia zu studieren und Reign hätte hier ins Profiteam gehen können, doch das haben sie schnell ausgeschlossen, da die Plätze für die nächsten zwei Jahre voll sind.

Erst da hat Mira so langsam Panik bekommen. Sie haben beide alles versucht. Reign hat sogar seinen Coach eingeschaltet, doch man kann gegen gewisse Regeln nicht viel machen, sie können ja niemand anderem den Platz wegnehmen.

Seit zwei, drei Wochen spürt Mira, dass all ihre Bemühungen auf nichts hinauslaufen werden, doch Reign will davon nichts wissen. Er selbst gibt niemandem eine Zusage, weil er glaubt, dass sie eine Lösung finden werden, doch spätestens nach dem Termin heute ist Mira klar: Sie müssen begreifen, dass alles nicht so laufen wird, wie sie es gerne hätten.

Sie schließt ihre Strickjacke mit dem dazugehörigen Gürtel und läuft weiter, wobei sie Liam eine Nachricht schickt.

Auch wenn Reign von alldem nichts wissen will, haben Mira und ihre Mutter schon früher begonnen, es realistischer zu sehen. Laura hat natürlich mittlerweile eine neue Mitbewohnerin, und auch wenn Mira immer bei ihren Brüdern unterkommen würde, hat Liam begonnen, sich umzuhören und ihr vor zwei Tagen gesagt, dass eine Wohnung frei ist in der Nähe ihrer Universität, etwas abseits, im Grünen und nicht zu hoch vom Preis.

Mira hat ihn hingehalten mit einem Termin zur Besichtigung, die er für sie machen würde, doch jetzt schickt sie ihm die Nachricht, dass er sich die Wohnung ansehen kann, dabei treten ihr Tränen in die Augen. Sie hatte so sehr gehofft, dass sie einen anderen Weg finden würden.

Beim Footballfeld erkennt sie einen bekannten Lockenkopf und geht zu Noel, die auf der Tribüne sitzt und Lincon beim Laufen zusieht.

»Mira, du wolltest heute mitmachen.« Mira winkt Lincon zu. »Morgen wieder, renn für mich mit.« Lincon schüttelt den Kopf und läuft weiter, während Mira sich zu Noel setzt und den Arm um ihre hübsche Freundin legt. Sie ist dankbar, dass sie in der Gegenwart ihrer Freundinnen oft vergessen kann, was sie gerade so sehr belastet.

»Wie lange läuft er schon?« Noel sieht auf ihr Handy.

»Er muss gleich aufhören, alles in Ordnung? Du bist so blass und siehst müde aus.« Mira muss leise auflachen und zeigt auf Noel. »Genau das Gleiche wollte ich dich auch fragen, du siehst auch nicht viel besser aus. Ich denke, die Zukunftsangst macht uns allen zu schaffen. Hast du dich jetzt zwischen Toronto und Alaska entschieden?«

Noel hat auch die Möglichkeit, nach Toronto zu gehen, sie hat aber auch eine Zusage aus Alaska, wo ihre Familie lebt. »Nein, noch nicht, ich schiebe das alles vor mir her. Weißt du, was du machen wirst?«

Mira wendet ihren Blick ab und versucht sich zusammenzunehmen, um nicht den Kampf gegen die Tränen zu verlieren.

»Es sieht so aus, als müsste ich zurück nach Berlin. Zumindest erst einmal.« Noel nickt. »Das wird Reign nicht gefallen.« Lincon bricht ab und atmet durch, auch Mira holt tief Luft. »Das gefällt mir auch nicht, doch ich kann es einfach nicht ändern. Wir wussten, dass es darauf hinausläuft, doch jetzt fühlt es sich so an, als würde mir der Boden unter den Füßen weggezogen werden.«

Sie blickt zu Noel und erkennt eine genauso tiefe Traurigkeit in ihren Augen, wie auch sie sie verspürt. »Das tut mir leid für euch beide. Ihr passt wirklich gut zusammen, doch ich denke, dass ihr auch das schaffen werdet. Kaum einer hat gedacht, dass das Band zwischen euch mal so fest werden würde.«

Mira lächelt matt und nimmt Noels Hand in ihre. »Was ist mit Jakup, habt ihr euch noch einmal ausgesprochen?« Noel hatte nach dem ewigen geheimen Hin und Her einige Wochen eine Beziehung zu einem anderen Studenten: Jakup. Er war ganz verrückt nach Noel, sie waren einmal zu viert essen mit Reign und haben sich alle gut verstanden, doch wenn man Noel besser kennt, hat man schnell gemerkt, dass sie das nett findet, ihre Blicke aber immer wieder zu Nolan gewandert sind. Und er hat regelmäßig Jakub angerempelt und hat Noel ständig versucht zu provozieren. Ihm hat diese Beziehung gar nicht gepasst und er hat Noel nie in Ruhe gelassen und ist sogar zu Mercedes auf Distanz gegangen, wie Reign Mira erzählt hat.

Vor einem Monat hat sich Noel dann von Jakup getrennt und seitdem ist sie noch unzufriedener als vorher, doch weder Violet noch sie wissen so richtig, wie sie ihr helfen können. »Nein, das bringt nichts. Man kann Gefühle nicht erzwingen. Es ist einfach ...« Lincon kommt zu ihnen. »Eine beschissene Zeit gerade.« Da können Mira und Noel nur zustimmen und Mira steht auf.

»Na los, heißer Kakao, Schokolade und Waffeln mit Vanilleeis sollten uns allen helfen.«

Und das tut es auch, zumindest eine Weile.

Violet schließt sich ihnen an und sie machen es sich im Laden gemütlich, während Jonathan und ihre Mutter ins Kino gehen und Mira nebenbei den Laden schmeißt. Es ist nicht viel los, da die meisten die Übertragung des Spiels sehen, auch bei ihnen läuft es und kurz bevor es beginnt, bekommt Mira noch eine Nachricht von Reign, der fragt, was die Studienberaterin gesagt hat und ob sie eine Lösung gefunden hat.

Die Nachricht wird Mira auf dem Display angezeigt, sie öffnet sie gar nicht erst, um nicht antworten zu müssen und ihn nicht von seinem Spiel abzulenken. Es reicht, wenn sie mit diesem Gefühl im Magen klarkommen muss, er soll sein Spiel genießen.

Mira kennt Reign mittlerweile sehr gut, auch im Footballspiel, und sie sieht, dass er sich besonders viel Mühe gibt. Er hat erwähnt, dass Scouter da sind und offenbar will er Eindruck hinterlassen, was er garantiert auch schafft.

Als Nolan und er einige Punkte herausholen, ziehen sich beide die Helme vom Kopf und jubeln mit den anderen. Sie werden in Großaufnahme gezeigt und Miras Stein im Magen beginnt zu wachsen. Sie kann sich nicht vorstellen, ohne ihn leben zu müssen und das schon sehr bald.

Mira legt das Handy weg, falls er doch noch auf die Idee kommt sie anzurufen, sie weiß, dass sie um dieses Gespräch nicht herumkommen, doch das ist jetzt nicht der richtige Zeitpunkt dafür.

Als sie gerade die letzten Kunden freundlich verabschiedet hat, kommen die Mannschaften wieder aus der Kabine und der Applaus und der Jubel sind noch größer, als Bilder eingeblendet werden. Die Moderatoren lachen.

»Offenbar haben die B.C. Eagles die Halbzeitpause genutzt und ihren Spielern einen Grund mehr gegeben, ein gutes Spiel zu zeigen. Die Leaderin der Cheerleader und langjährige Freundin von Nolan Cote, dem Running Back der B.C Eagles, hat ihm in der Kabine vor versammelter Mannschaft und dem gesamten Team einen Antrag gemacht und nun haben wir nicht nur einen baldigen Saisonsieg zu feiern, sondern auch eine Verlobung. Ungewöhnlich, dass sie ihn gefragt hat, aber so ist die heutige Zeit und …«

Mira traut ihren Ohren nicht, in dem Moment kommen die Mannschaften zurück und Mercedes und Nolan laufen gemeinsam aufs Feld und die Menge tobt. Sie heben ihre Hände hoch und werden bejubelt.

174

Miras Blick geht zu Noel, genau wie der von Violet und Lincon. Noel sieht starr zum Bildschirm, man sieht ihr den Schock an und auch Mira kann nur den Kopf schütteln.

Das kann doch alles nicht wahr sein.

Kapitel 21

Den gesamten nächsten Tag versuchen Mira und Violet, Noel auf andere Gedanken zu bringen.

Man kann es kaum übersehen, alle posten das Video vom Antrag, Mercedes und die anderen Cheerleader kommen mitten in der Teambesprechung in die Umkleide. Sie haben eine Box dabei, auf der laut Marry You von Bruno Mars gespielt wird, die anderen Cheerleader tanzen, während Mercedes Nolans Hand in ihre nimmt und ihm in die Augen sieht. Man hört wegen der Musik nicht alles, was sie sagt, doch offenbar muss Nolan ihr vor einiger Zeit schon mal einen Antrag gemacht haben und sie hat gesagt, sie sind noch zu jung. Sie sagt, dass es nun so weit ist und fragt ihn, ob er sie noch immer heiraten will.

Mira hat sich das Video ganz genau angesehen, man sieht Nolans Gesichtsausdruck nicht, aber man hört sein Zögern. Doch die Mannschaft klatscht und grölt schon und alle sind da. Sie kann sich nicht vorstellen, dass jemand da wirklich nein gesagt hätte, selbst zwei Kameras vom Fernsehen waren dabei. Der Sieg und alles andere sind zur Nebensache geworden und trotz all ihrer Bemühungen, sich den Schmerz nicht anmerken zu lassen, steht Noel völlig neben sich.

Sie wissen, dass Noel ihnen nicht mehr alles erzählt. Sie weiß, dass Violet und Mira nicht gut finden, was Nolan mit Noel und Mercedes macht. Er soll sich entscheiden und nicht dieses ewige Hin und Her fortführen. Sie haben Noel immer gesagt, dass sie das beenden soll. Natürlich ist ihnen klar, dass Noel für Nolan auch nicht einfach nur eine Affäre ist, das so zu sehen, wäre zu einfach, doch Nolan geht den bequemeren Weg und hört nicht auf sein Herz und mit dieser Verlobung hat er eine Entscheidung getroffen.

In der Pause findet Mira Noel blass auf der Toilette vor. Seine Entscheidung hat ihr das Herz gebrochen. Auch wenn sie versucht hat, es nicht zuzulassen, konnte sie nicht verhindern, viel mehr zu empfinden, als es gut für sie ist.

»Hier bist du, brauchst du Hilfe?« Noel schüttelt nur den Kopf. »Ich denke, ich lege mich hin. Mir geht es nicht gut.« Mira begleitet Noel zu ihrem Wohnheim. »Ich weiß, dass es wehtut, doch vielleicht ist es besser so, als wenn sich das noch ewig hingezogen hätte, das war doch auch nicht gesund.« Noel nickt und sieht weiterhin nur auf den Boden. »Ja, wahrscheinlich ist es so am besten, doch es tut weh. Ich meine, es ist nicht so, dass mir das nicht bewusst war, doch trotzdem tut es weh. Du weißt, wovon ich spreche. Wie du es gestern gesagt hast. Es war klar, dass du irgendwann gehen musst, doch obwohl dir das immer bewusst war, tut es weh, oder?«

Noel ist immer taff, Mira hat sie schon in einigen schweren Situationen erlebt und auch schon wegen Nolan ziemlich enttäuscht gesehen, doch immer konnte sie das noch weglächeln. Nun kullern ihr dicke Tränen aus ihren dunklen Mandelaugen. Mira nimmt Noel in die Arme und drückt ihre Freundin an sich. »Hör zu, er hatte mehr als genug Zeit, sich zu entscheiden und es ist an der Zeit, weiterzugehen. Es wird wieder ein Mann kommen, der dich zum Strahlen bringen wird, wenn es nicht Jakup war, dann ein anderer, doch ich bin mir ganz sicher, dich bald wieder strahlen zu sehen.« Noel lächelt matt. »Dein Wort in Gottes Ohr. Ich melde mich später.«

Besorgt sieht Mira noch zu, wie Noel nach oben geht. Als sie dann zurück zur Cafeteria gehen will, entdeckt sie den Mannschaftsbus. Reign und die anderen müssen zurück sein. Sie dachte, sie kommen erst am Nachmittag an. Mira sieht sich um. Auf dem Hof zur Cafeteria steht eine größere Versammlung. Die anderen Studenten beglückwünschen die Spieler und besonders Nolan. Als Mira kommt, muss sie sich durch die Menge drängen.

178

»Die Helden sind wieder da.« Parker ist ihr am nächsten und legt gleich den Arm um sie. »Oh, da ist ja unser Lieblingsfan, hast du auch schön unser Trikot getragen?« Er küsst Miras Wange und sie schlägt ihm lachend auf die Brust, als er sie an sich drückt. »Ich glaube, du bist die Einzige, die uns vermisst hat. Violet hat uns gesehen und ihr Blick war tödlich, ich schwöre, ich habe die Klinge in meinem Herzen gespürt.« Reign lacht auf und sieht zu ihnen. Seine dunklen Augen streifen über ihr Gesicht und noch immer beschert ihr alleine diese Kleinigkeit eine Gänsehaut. »Würdest du meine Freundin loslassen, Parker? Such dir eine eigene.«

Reign kommt zu ihr und gibt ihr einen Kuss auf die Lippen. »Hey, ich dachte, ihr kommt erst später wieder.« Langsam löst sich die Versammlung auf, Nolan geht an ihnen vorbei und sieht sich auf dem Hof um. »Nolan, herzlichen Glückwunsch zur Verlobung.« Er lächelt, doch es erreicht nicht seine Wangen und er sieht sehr müde aus. »Danke, wissen es ... alle?« Am liebsten würde sie ihm einiges an den Kopf werfen, doch am Ende ist das eine Sache zwischen den dreien und sie hebt nur die Augenbrauen. »Ich denke, es gibt niemanden, der das nicht gesehen hat.« Nolan nickt nur und geht weiter.

Reign und sie sehen ihm hinterher. »Da hattet ihr aber einen spannenden Tag gestern. Herzlichen Glückwunsch zum Sieg.« Mira wendet sich zu ihm und legt ihre Arme um seinen Hals. »Dankeschön. Es war ... sehr interessant.« Mira sieht ihm in die Augen und sofort kommt ihr der Gedanke, dass sie das bald nicht mehr machen kann, nicht mehr ständig um ihn herum ist und sie räuspert sich leise. »Es ist schön, dass wir uns noch kurz sehen, bevor ich wegfahre. Ich habe Hunger, hast du ...?« Reign zieht die Augenbrauen zusammen. »Wegfährst?« Mira nimmt ihre Arme herunter und sieht zur Tafel der Cafeteria. Sie hat Hunger. »Ja, du weißt doch, dass ich heute nach dem nächsten Kurs mit meinem Kunstkurs zu der Galerie auf Gambier Island fahre. Wir sind Sonntagabend zurück. Es ist diese Naturausstellung ...«

179

Sie haben darüber gesprochen. »Das hatte ich ganz vergessen, es ... ich fliege Sonntag nach Amerika. Es waren Scouter da... was hast du die letzte Stunde? Lass uns etwas zu essen holen und zum Stadion gehen.« Mira sieht auf die Uhr, sie haben eh kaum mehr Zeit und sie wird nichts verpassen, die Klausuren sind schon geschrieben. »Okay, was für Scouter waren da, es sind doch immer welche da, oder? Und wieso fliegst du nach Amerika?« Reign nimmt ihre Hand in seine, Parker bleibt auf der Bank sitzen und Reign bittet ihn, seine Tasche nachher mit ins Haus zu nehmen. Dann gehen sie erst einmal zusammen zur Theke und holen sich Essen. Mira nimmt Nudeln mit Geschnetzeltem und Reign Lasagne.

Als sie mit dem Tablett und den Getränken zu ihrem alten Platz gehen, muss Mira lächeln. Sie ziehen sich immer wieder hierher zurück. Reign zieht sich seine Jacke aus und legt sie auf den Boden, damit Mira sich darauf setzen kann. Es sind diese vielen kleinen Gesten, die Reign nicht einmal bewusst wahrnimmt, aber ihr Herz zum Schmelzen bringt.

»Also jetzt noch einmal von vorne. Wer war da und wieso musst du so plötzlich weg?«

Reign lächelt. »Du hast den Scouter schon öfter gesehen. Ein älterer Mann mit rotem Cap ...« Mira nickt. Reign hat ihn ihr jedes Mal gezeigt. »Er war gestern wieder da und hat vor dem Aufwärmtraining mit Nolan, mir und dem Coach gesprochen. Es haben einige amerikanische Mannschaften aus der NFL Interesse an uns gezeigt. Er ist dafür zuständig, uns mit der NFL vertraut zu machen und will uns ein paar Tage zu den Mannschaften bringen, die Interesse haben. Zum Abschlussspiel sind wir wieder zurück.«

Mira legt den Kopf schief, sie muss lächeln. »Du strahlst ja richtig, das ist es, wovon du immer geträumt hast, oder?« Reign muss lachen und probiert von ihren Nudeln. »Das ist die NFL, das ist ... du hast keine Ahnung, was das bedeutet?« Mira hebt ihre Arme entschuldigend hoch. »Na, ich weiß zumindest, dass es dir viel

180

bedeutet.« Sie weiß, dass Reign es eher niedlich findet, dass sie keine Ahnung vom Football hat, als dass es ihn stören würde. »Das ist das Allergrößte, hier in Kanada bekomme ich einige Tausend pro Jahr angeboten, da reden wir von Millionenverträgen. Es ist ... ich glaube nicht daran, dass das klappen könnte, doch wenn ... Der Scout sagt, dass wir in den vier Mannschaften an Testspielen teilnehmen und die Trainer uns in Aktion sehen wollen.«

Das bedeutet, sie sehen sich erst zum entscheidenen Spiel wieder. Mira hat das Gefühl, die Zeit entgleitet ihnen immer mehr. »Du hast das verdient, welche Mannschaften sind das denn?« Reign strahlt über das ganze Gesicht, das scheint ihm alles zu bedeuten und sie wünschte, ihr würde das mehr sagen. »Die New Englands, die L.A. Changers, Kansas City und die New Orleans Stars.« Mira ist satt, auch wenn sie Hunger hat, wiegt der Stein im Magen einfach zu viel. »Und welche Mannschaft wäre dein Traum?« Reign hat seinen Teller schon fast aufgegessen. »Alle, ich meine die Patriots sind gerade in Bestform, doch sie haben so viele Stars, dass wir nicht so viele Chancen bekommen würden, ich denke, die Changers sind gut und in L.A. zu leben ... ich meine, ich kann mir das immer noch nicht vorstellen, doch wir fliegen Sonntag los und dann sehen wir weiter. Ich will mir nicht zu große Hoffnungen machen.« Reign lehnt an der Wand und Mira setzt sich auf seinen Schoß, sodass sie ihn ansehen kann. »Doch, die kannst du dir machen. Du bist der Beste und das hat sich schon so weit herumgesprochen.« Reign lächelt. »Das war für Nolan ja dann ein Tag, den er nie vergessen wird und dann noch so ein Antrag ...«

Reigns Hände umfassen ihre Hüfte. »Mercedes hat das Gespräch mitbekommen zwischen dem Coach, dem Scouter und uns. Du darfst sie nie für dumm halten. Sie weiß, dass wenn Nolan dort ist und unter Vertrag genommen wird, es ganz schnell gehen kann und sie wollte sich absichern. Das war nicht geplant, das war sehr spontan und schlau gemacht, er hatte keine Chance, etwas anderes als ja zu sagen.« Mira muss an Noel denken. »Man hat immer eine Chance.«

Reign streicht ihre Haare nach hinten, mittlerweile fallen sie ihr bis tief in den Rücken, sie vermisst die kurzen Haare manchmal, vielleicht schneidet sie sie wieder ab.

»Okay Engel, und jetzt sag, was die Studienberaterin gesagt hat. Denkst du, ich merke es nicht, wenn du mir ausweichst?« Mira bricht sofort den Augenkontakt ab und atmet tief aus. »Es ist das, was ich die ganze Zeit gesagt habe, Reign. Ich kann nicht hierbleiben.« Sofort verändert sich Reigns Gesichtsausdruck. »Was redest du da, Mira? Hat sie das so gesagt? Wir können doch noch ...« Mira weiß, dass sie sich endlich der Realität stellen müssen. »Reign, es geht nicht. Nicht sofort. Ich muss erst einmal zurück nach Berlin. So war es immer geplant. Ich habe nur ein Jahr Aufenthalt in Kanada und mein Studium geht in Berlin weiter. Ich verliere sonst meinen Studienplatz und ich habe hier nicht einmal ein Visum. Diese Plätze sind rar an allen Universitäten, ich hatte bei meiner Anmeldung für Kanada nur Glück, weil kurz vorher jemand abgesprungen war, sonst wartet man bis zu drei Jahre auf solch einen Platz. Sie hat alles versucht, wir haben alles versucht ...«

Reign flucht leise auf und steht auf, was bedeutet, dass auch Mira aufstehen muss. »Und das war es dann? Ich verstehe gar nicht, wieso du so schnell aufgibst und ...« Reign wird lauter und das macht Mira auch wütend. »So schnell? Ich habe die ganzen letzten Wochen nach Lösungen gesucht, Reign, ich schlafe kaum noch und es bricht mir das Herz, wenn ich daran denke, dass ich hier wegmuss, doch es bringt auch nichts, sich da weiter etwas vorzumachen und nach Lösungen zu suchen, wo es keine gibt, wir sollten die Zeit ...«

Reign sieht sie ungläubig an. »Ist das wirklich dein Ernst, Mira? Ich kann nicht glauben, dass du das gerade tatsächlich sagst, dass du überhaupt daran denkst, all das hier aufzugeben.« Es laufen andere Studenten vorbei und sehen verwundert zu ihnen. Die letz-

182

ten Wochen waren Mira und Reign kaum voneinander zu trennen und jetzt stehen sie hier und schreien sich an. Mit Ausnahme ihrer Trennung wegen Ava haben sie sich noch nie gestritten, es gab keinen Grund, doch das hier bricht ihnen beiden das Herz und sie wissen einfach nicht besser damit umzugehen.

»Reign, es ist nicht fair, jetzt so zu tun, als wäre das meine Entscheidung. Ich bin kein Profisportler und habe tausend Optionen, ich habe keine andere Wahl und das bedeutet doch nicht, dass wir uns trennen müssen.« Reign lacht bitter auf. »Du weißt genau, dass ich nichts von Fernbeziehungen halte. Was denkst du dir? Dass wir uns alle drei Monate mal für zwei Stunden sehen und …?« Nun wird Mira wirklich lauter. »Also alles ist besser, als unsere Beziehung einfach so wegzuschmeißen und es heißt ja auch nicht, dass ich nie wieder herkomme.«

Reign nimmt seine Jacke hoch, er ist wütend, sehr wütend. Das letzte Mal hat sie ihn so wütend gesehen, als es um Oliver ging, Reign bringt selten etwas aus der Ruhe. »Ich kann nicht glauben, dass du sogar schon so weit bist. Du hast mit alldem offenbar schon abgeschlossen. Denkst du, dass dieses Problem nicht meine Gedanken beherrscht? Ich habe immer wieder über alles nachgedacht, Mira. Lass uns abwarten, was aus Amerika wird, ich rede noch einmal mit einigen Leuten … alles, aber nicht eine Sekunde habe ich an aufgeben gedacht. Du bist es, die unsere Beziehung wegschmeißt, komm nicht auf die Idee, mir das zuzuschieben.«

Reign dreht sich um und geht und nun kann Mira ihre Tränen nicht mehr zurückhalten. »Es ist nicht fair, mir das zuzuschieben!« Sie weiß, dass er sie noch hört.

Der Stein in ihrem Magen bohrt sich immer tiefer, all der Druck der letzten Wochen, die Enttäuschung und die Angst vor genau dem setzen sich frei.

Reign wendet sich noch einmal um und hebt die Hände hoch. »Du bist doch offensichtlich schon mit einem Bein zurück in Berlin, wieso sich noch irgendwelche Mühe geben?«

Mira wendet sich um. Sie sieht auf das Footballfeld, das vor lauter Tränen vor ihren Augen verschwimmt. Das ist nicht fair. Sie hat geahnt, dass es so kommen wird, aber trotzdem trifft es sie mit solch einer Wucht, dass sie das Gefühl hat, keine Luft mehr zu bekommen.

Kapitel 22

»Du musst uns sagen, was los ist!«

Violet schließt Noels Koffer wieder, während Mira hilft, Noels Kleider ordentlich zu falten und Violet einen mahnenden Blick zuwirft. Auch sie macht sich Sorgen um Noel, doch es bringt sie jetzt nicht weiter, sie unter Druck zu setzen.

Nachdem Mira sie ins Wohnheim gebracht ist, ist Noel noch am gleichen Tag zurück nach Alaska zu ihrer Familie geflogen und hat sich nicht mehr gemeldet. Keiner von ihnen konnte sie erreichen. Erst heute, knapp zehn Tage später, stand sie plötzlich auf dem Hof und hat sich verabschiedet. Sie sagt, sie muss zurück zu ihrer Familie, es ist etwas passiert. Noel sieht nicht gut aus und sie ist völlig neben der Spur, deswegen sind Mira und Violet ihr auch sofort in das Wohnheim gefolgt, wo sie sofort begonnen hat, ihre Sachen zusammenzupacken. Violet versucht sie davon abzuhalten, Mira hilft ihr und beide versuchen zu erfahren, was los ist.

»Es ist kompliziert. Ich muss nach Hause, es ist wahrscheinlich besser, wenn das alles ist, was ihr wisst.« Mira hört auf, Noels Shirts auf einen Haufen zu legen und sieht zu Noel. »Du kannst uns alles sagen und niemand erfährt es. Ist wirklich etwas mit deiner Familie, oder liegt es an Nolan? Nachdem du von der Verlobung erfahren hast … ich verstehe, dass du dir mehr erhofft hattest, ich muss zugeben, dass auch ich dachte, es ist nur eine Frage der Zeit, bis die beiden sich trennen, aber das ist doch auch kein Grund, alles hinzuschmeißen. Es sind nur noch ein paar Wochen und dann wolltest du eh woanders hin, denk doch noch einmal darüber nach.«

Noel öffnet ihren Koffer wieder und lacht bitter auf. »Glaub mir, ich habe nichts anderes die letzten Wochen getan. Ich habe nur nachgedacht und so ist es am besten. Nolan ist doch nicht hier, oder?«

Mira senkt den Blick und reicht ihr die Shirts. »Nein, Reign und er sind in den USA. Sie kommen heute Nacht wieder, so viel ich weiß. Morgen ist das finale Spiel.« Noel nickt nur leicht. »Natürlich.« Mira greift nach Noels Arm und hält ihn fest. »Du kannst es uns sagen, wir sagen nichts. Reign und ich sprechen eh nicht miteinander und auch wenn, sagen wir ihnen nichts. Weder ihm noch Nolan, du weißt doch, dass du uns vertrauen kannst. Bist du wegen ihm weg? Schaffst du es nicht, ihm noch ein paar Wochen aus dem Weg zu gehen? Du kannst dir doch nicht wegen ihm die Zukunft kaputt machen.«

Noel atmet tief aus und Tränen verlassen ihre Augen. Nun setzt sich auch Violet zu ihnen auf den Boden und sieht zwischen Mira und Noel hin und her. »Ihr beiden, wie oft habe ich euch gesagt, haltet euch von diesen Männern fern? Ich wusste schon, was ich tue, dass ich mir Parker immer auf Abstand gehalten habe.« Mira deutet Violet aufzuhören, sie weiß, dass sie ja irgendwie recht hat, wobei man bei Reign auch nichts sagen kann, er hat sie sehr gut behandelt, bei ihnen stimmen einfach die Umstände nicht. Allein beim Gedanken daran zieht sich alles in Mira zusammen und sie sieht wieder zu Noel, die sich entschlossen die Haare hinter die Ohren schiebt.

»Du hast recht, ich wollte nicht hören. Ich ... am Anfang war das für mich einfach nur ein Spaß. Ich wollte Mercedes eins auswischen und ich weiß noch, wie sie zu mir meinte, am Ende werde ich lachen, und seht uns jetzt an. Ich schätze, sie hat recht. Sie ist seine Verlobte und ich sitze hier wie ein Häufchen Elend mit seinem Baby im Bauch.«

Mira und Violet sehen sich schockiert an. »Mit was?« Noel lehnt sich müde gegen den Schrank. »Während ich mit Jakup zusammen war, hat Nolan mich nicht in Ruhe gelassen. Ich habe ihm gesagt, dass er das sein lassen soll, dass er mehr als genug Chancen hatte,

186

sich für mich zu entscheiden, doch er sagt immer das Gleiche. Er will diesen Stress umgehen, seine Eltern, all der Ärger, der auf sie zukommen würde und dass das doch aber nichts an seinen Gefühlen ändert. Am Ende wusste ich ja, dass ich nichts für Jakup empfinde und als wir uns getrennt haben, hat Nolan mich nach einem Kurs abgefangen und ist mit mir weggefahren. Erinnert ihr euch an das Wochenende, wo ich gesagt habe, ich bin spontan eine Freundin besuchen? Wir sind zu einer Hütte gefahren, in der Nähe, dort, wo ihr mit dem Kurs wart. Es war schön, es war … wir haben über alles gesprochen, wir waren zwei Tage in dieser einsamen Hütte am Kamin und haben uns alles von der Seele geredet. Nolan hat mir gesagt, dass er mich liebt, dass ihm das erst durch Jakup richtig klar geworden ist und dass ich ihm Zeit lassen soll, um alles zu klären.« Noel schüttelt enttäuscht den Kopf.

»Ich weiß nicht, ob ich es tatsächlich geglaubt habe oder einfach nur glauben wollte, doch es war wunderschön, ich werde diese zwei Tage auch niemals bereuen. Als wir dann zurück waren, habe ich gesehen, dass er Mercedes aus dem Weg gegangen ist, doch auch, wie hartnäckig sie ist. Wir haben jeden Tag miteinander gesprochen und Nolan hat mich gebeten, ihm die Zeit zu geben und mit seinen Eltern zu sprechen und das in Ruhe mit Mercedes zu klären. Es war immer etwas, Prüfungen, wichtige Spiele, eigentlich war mir im Unterbewusstsein klar, dass er dieses Gespräch nie führen wird, doch ich wollte dieses Mal wirklich daran glauben. Vor ungefähr drei Wochen sind dann meine Tage ausgeblieben. Ich habe immer aufgepasst, doch in der Hütte war es wahrscheinlich zu viel und dann waren wir doch zu unvorsichtig. Zuerst wusste ich gar nicht, was ich tun soll. Ich habe einen Schwangerschaftstest gemacht und er war positiv.

Ich habe das einige Tage nur für mich behalten, ich wusste nicht, wem ich es sagen sollte, oder was ich jetzt tun soll. Als ich dann endlich den Mut hatte, es Nolan zu sagen, kamen die Nachrichten von der Verlobung. Es war … könnt ihr euch das vorstellen? Ich bin noch immer davon ausgegangen, dass er sich trennen wird, stattdessen nimmt er ihren Antrag an. Mag sein, dass er in dem Moment unter Druck stand, doch er hätte es abwenden können oder ihr im Nachhinein sagen können, dass er eigentlich vorhatte, sich zu trennen. Ich saß da, so vor den Kopf gestoßen und schwanger. Deswegen bin ich zurück zu meiner Mutter und konnte das erste Mal über alles sprechen. Meine Mutter hat mich allein großgezogen. Mein Vater hat sich immer nur hin und wieder gemeldet, ich kenne ihn kaum.«

Noel atmet tief aus und streicht über ihren Bauch. »Wir haben zwei Tage lang über alles gesprochen. Sie sagt, dass ich diese Entscheidung treffen soll, Nolan hat nicht vor, an meinem Leben teilzuhaben und dieses Kind wird ihm nur im Weg sein. Er wird es ablehnen, weil es seiner Verlobung und auch seiner Karriere im Weg stehen wird. Wir alle wissen, dass Nolan nicht bereit ist für eine Verantwortung wie ein Kind. Wenn ich mich dazu entschließe, dieses Baby zu bekommen, dann ist es mein Kind. Nolan hat damit nichts zu tun, das muss mir von Anfang an klar sein. Wenn er davon erfährt, zerstöre ich ihm alles und er wird mich und das Baby wahrscheinlich immer hassen. Doch dieses Baby ist auch nicht ... wir haben uns geliebt in diesem Moment, wo es gezeugt wurde. Ich ... kann es nicht töten. Ich weiß, dass man es noch nicht als Baby sehen sollte, doch es hat jetzt schon die Kraft, mich ständig heulen zu lassen und mich jeden Morgen eine Stunde auf dem Klo wegen Übelkeit sitzen zu lassen, also es ist nicht nichts.«

Violet umarmt Noel. »Natürlich ist es das nicht. Oh, mein Gott, es tut mir so leid, dass du da alleine durchmusstest. Es ist ... ein Baby. Wow, ich meine, Mira, wir werden Tanten.« Mira muss leise lachen, als Violet Noels Bauch streichelt, sie ist schwanger. Sie hat mit allem gerechnet, aber nicht damit. »Willst du das Baby jetzt behalten?« Noel lächelt und nickt. »Ja, ich habe mich dafür entschieden. Deswegen bin ich hier. Ich hole meine Sachen und ziehe nach Alaska zurück. Dort ist der richtige Ort, um ein Kind großzuziehen. Im Haus meiner Mutter ist eine Anliegerwohnung frei, wo ich erst einmal unterkomme. Sie ist gerade in Rente gegangen und wird mir helfen. Ich habe mit der Universität in meiner Nähe gesprochen. Ich kann dort meine restlichen Prüfungen schreiben und den Platz dort habe ich ja schon. Ich werde das erste Semester halb von zu Hause und halb an der Uni machen, meine Mutter hilft mir, dass ich nicht lange pausieren muss und etwas für mich und mein Baby aufbauen kann.«

Nun beugt sich auch Mira vor und umarmt Noel. »Das war vielleicht nicht geplant, doch das bedeutet nicht, dass es etwas Schlechtes sein muss. Ich bin mir sicher, dass du das schaffen wirst und dass du eine tolle Mutter wirst. Oh, mein Gott, ich bin sprachlos. Freust du dich denn jetzt mittlerweile?«

Das erste Mal seit Langem beginnt Noel richtig zu strahlen. Sie wischt sich die Tränen weg. »Ja, also es ist noch unwirklich und ich wache immer noch morgens auf und frage mich, was los ist, doch ja ... ich glaube, ich freue mich darauf. Es wirft alles um, was geplant war ... doch ich frage mich nicht mehr, warum es passiert ist, sondern versuche, es in etwas Postives umzuwandeln. Nolan hat mich seit der Verlobung immer wieder versucht anzurufen, ich habe meine Nummer gewechselt. Ich will mit alldem nichts mehr zu tun haben. Er hat seine Entscheidung getroffen, ich will nicht, dass er das Gefühl hat, ich setze ihm mit dem Baby die Pistole auf die Brust oder sonst irgendetwas. Ich gebe euch meine neue Nummer, doch wenn er fragt, wisst ihr von nichts. Soll er glücklich werden. Ich gebe mein Bestes, das wir es auch werden.«

Einen Moment muss Mira an Nolan denken. Sein Leben ändert sich gerade komplett, doch sie weiß nicht, ob er wirklich so schlimm auf diese Nachricht reagieren würde und ob er nicht ein Recht hat, das zu erfahren. Doch gerade ist sie froh, dass Noel ihnen gesagt hat, was los ist. Sie wird sicherlich nicht jetzt mit ihr darüber sprechen, sondern erst einmal warten, bis Zeit vergangen ist.

Violet setzt sich in ihre Mitte und legt den Arm um sie beide. »Egal was passiert, wie weit unsere Wege sich in ein paar Wochen trennen werden, lasst uns niemals den Kontakt verlieren und das hier durch die Entfernung kaputt machen lassen.« Noel und sie antworten gleichzeitig. »Niemals.«

Kapitel 23

»Möchtest du nicht endlich aus dem Bett kommen und dich fertig machen?« Ihre Mutter sieht nun schon das dritte Mal nach ihr. »Ich denke, ich sollte mich noch mehr darin verkriechen und nicht mehr herauskommen.« Ihre Mutter verschränkt die Arme vor der Brust. »Sei ihm nicht böse, dass er so reagiert hat. Auch du hast damit zu kämpfen und jeder geht damit anders um. Ihr habt wirklich alles getan, um zusammenzubleiben, doch wenn es erst einmal nicht geht, dann ist es so. Es ist doch normal, dass es euch nicht leichtfällt. Heute ist das wichtigste Spiel der Saison, sie holen sich die Meisterschaft. Das willst du doch nicht wirklich aus dem Bett heraus verfolgen?«

Mira hört Jonathan unten und dann Violets Stimme. »Sie soll nicht auf die Idee kommen, im Bett zu bleiben; sobald ich das Sandwich hier gegessen habe, komme ich sie holen.« Mira verdreht die Augen und steht auf. Natürlich ist sie schon eine Weile wach. Sie schläft sehr wenig und kaum ohne Unterbrechungen. Sie wird immer wieder wach und hat das Gefühl, vor einer Mauer zu stehen. Sie versucht sie zu umgehen, doch sie hat keine Chance.

Dazu kommt, dass sie es nicht erträgt, keinen Kontakt zu Reign zu haben. Das ist sie gar nicht mehr gewöhnt, er ist immer da und wenn sie sich nur schreiben, doch er nimmt an ihrem alltäglichen Leben teil, aber seit ihrem Streit ist das komplett weggefallen. Das ist sicherlich ein Zustand, an den sie sich gewöhnen muss, doch es fällt ihr schwer und es tut ihr weh, dass Reign wütend auf etwas ist, bei dem es nicht in ihrer Macht liegt, etwas zu ändern.

Die ersten Tage hat er gar nicht reagiert. Nolan und er haben viele Bilder und Storys geteilt. Sie mit den verschiedenen Mannschaften, mit den Coaches, in den Trikots der Mannschaften. Sie waren in L.A. und in Massachusetts. Die Tage müssen toll gewesen sein, es sind beeindruckende Bilder, auch wenn sie sicherlich einen straffen Zeitplan hatten. Mira würde gerne wissen, wie es lief, wie es ihm geht, was für ein Gefühl er hat, doch um ihm diese Tage nicht zu verderben, hat sie ihm nicht geschrieben, er soll das genießen, sie können immer noch miteinander sprechen, wenn er wieder da ist.

Sie hat alles verfolgt, doch er hat kein Lebenszeichen von sich gegeben, bis er vor drei Tagen auf ihrem Profil war und alle Bilder gelikt hat, die sie von ihrem Besuch auf der Insel gepostet hat, trotzdem hat er sich nicht gemeldet und Mira wird bewusst, dass Reign das nicht nur so gesagt hat. Er ist nicht der Typ für eine Fernbeziehung. Er braucht sie um sich herum, es würde garantiert viel Streit geben und sie würden das, was sie die letzten Monate hatten, zerstören, sie selbst weiß nicht, ob sie das aushalten würde, doch der Gedanke, sich von Reign zu trennen, mit dieser starken Liebe, die sie für ihn empfindet, scheint ihr vollkommen absurd.

Unter der Dusche geht ihr all das erneut durch den Kopf. Das Schlimmste ist, dass sie nicht abschalten kann, sie kann nicht aufhören, über ihre Beziehung nachzudenken, es ist immer in ihrem Hinterkopf und sie hat das Gefühl, dass es sie verrückt macht, wenn sie es nicht weiter von sich schieben kann.

Sie hatte fest damit gerechnet, dass Reign zu ihr kommt, nachdem sie gestern Abend wieder in Vancouver gelandet sind. Sie hat nicht damit gerechnet, dass er immer noch so sauer ist oder vielleicht sogar die Trennung für ihn schon passiert ist, doch als sie dann die Bilder in Nolans Story von der Party gestern im Vereinshaus und Reign mittendrin gesehen hat, wurde ihr klar, dass er das wahrscheinlich wirklich schon hat. Ist für ihn diese Beziehung beendet? Ohne dass sie noch einmal miteinander gesprochen haben? Es gibt keine Lösung, die sie zufriedenstellen wird, aber das bedeutet doch nicht, dass sie ab jetzt getrennte Wege gehen, oder bedeutet es genau das?

Mira weiß es nicht und es macht sie verrückt, die ganze Zeit darüber nachzudenken.

»Die Sonne scheint, es ist richtig warm. Weißt du schon, was du anziehst?« Sie ist Violet dankbar, die sie jedes Mal, wenn sie in ein tiefes Loch fällt, Mira wieder auffängt und ablenkt. »Mir ist es egal, es ist nur ein Footballspiel, wir waren mittlerweile auf gefühlt 1000.«

»Ich lege dir etwas raus.« Mira muss lachen und steigt aus der Dusche. Sie trocknet sich ab und Violet reicht ihr einige Kleidungsstücke ins Bad. »Wenn du dachtest, dass es voll war, als die Amerikaner da waren, dann warte mal ab, was uns heute erwartet. Hat sich Reign gemeldet?«

Mira zieht sich die enge schwarze Jeans und ihr B.C. Eagles-Trikot von Reign über. »Nein, er spricht offenbar nicht mehr mit mir.« Sie hört, wie Violet sich auf die Couch legt. »Das wird er wieder, gib ihm etwas Zeit … diese Footballer. Noel ist übrigens gut angekommen und hat versprochen, uns das erste Ultraschallbild von Baby B.C. zu schicken.«

Mira muss lachen. Sie hatte sich gestern, in der Hoffnung auf Reigns Besuch, Locken mit ihrem Lockenstab gedreht. Die sind schon ausgelegen und nun umrahmen ihre Haare ihr Gesicht in größeren Wellen. Sie kämmt sie durch und knetet sie mit etwas Schaum noch welliger, dann bindet sie sich ihre Lieblingsohrringe, große Creolenkleeblätter um und schminkt sich.

»Baby B.C.? Ich habe die neue Babywhatsapp-Gruppe schon entdeckt.« Auch Violet kommt zu ihr ins Bad und schminkt sich noch einmal nach. »Na klar. B.C. ist doch ein passender Name, was hier so alles passiert ist …« Mira muss lächeln und sieht Violet vom Spiegel aus an.

»Mir wird es wirklich schwerfallen, hier wegzugehen.« Violet nickt zustimmend, dann dreht sie Mira zu sich und bindet in ihr Trikot einen Knoten, sodass sie bauchfrei und sexy aussieht. »Noch bist du da, also los. Helfen wir Reign und den anderen, der anderen Mannschaft in den Hintern zu treten und den Pokal nach Hause zu bringen, und lass uns für Noel Mercedes mit Blicken töten.« Mira und sie schlagen ein und lachen. Sie ist so dankbar, dass es Violet gibt.

Fast eine Stunde später betreten sie das Stadion. Sie haben ewig einen Parkplatz gesucht. Heute ist es anders, die anderen Zuschauer stehen unten und die Studenten dürfen auf die Tribüne, um ihre Mannschaft anzufeuern. Die gegenüberliegende Tribüne mit den Fans der anderen Mannschaft ist auch mit vielen ihrer Studenten gefüllt, weil die andere Mannschaft nicht ganz so viele Fans mitgebracht hat, da für sie dieses Spiel nicht so wichtig ist wie für die B.C. Eagles. Sie stehen im mittleren Bereich und werden da auch bleiben, wogegen die Eagles heute die Meisterschaft gewinnen können.

Es ist voll, doch Mira und Violet schlagen sich wie immer nach vorne durch, was sicherlich auch daran liegt, dass alle hier wissen, dass sie Reigns Freundin ist ... war, sie weiß es nicht. Sie haben sich gegrillten Mais geholt und etwas zu trinken. Violet verdreht die Augen, als sie Mr. Drawn unten an den Eingängen zu den Kabinen bemerkt. Sie ist nicht mehr gut auf ihn zu sprechen und eine ganze Weile hat er sogar wieder versucht, Kontakt zu ihr herzustellen, doch Violets Interesse war da bereits verflogen.

Bei den Spielen der B.C. Eagles ist immer viel los, doch heute sind, ähnlich wie beim Eröffnungsspiel oder dem Spiel gegen die Amerikaner, wirklich alle da. Sie erkennt auch viele Dozenten, es ist der Höhepunkt der Saison und danach wird sicher einiges an Feiern geplant sein, vorausgesetzt, sie gewinnen heute. Ihre Mutter und Jonathan haben sich, weil sie geahnt haben, dass es so voll wird, mit Grace und ihrem neuen Freund bei Jonathan zum Barbecue und Football gucken im Freien verabredet. Gerade wünschte Mira, sie könnte dabei sein, ihr ist nicht nach feiern zumute.

Die Cheerleader betreten den Rasen und beginnen, eine heiße Performance hinzulegen. Mira sieht zu Mercedes, die noch breiter grinst als sonst und muss sofort an Noel denken.

Sie ist schwanger, damit hat keiner gerechnet, nachdem sie einige Tage einfach verschwunden war. Sie haben ihr gestern noch geholfen, alles zu packen, sind noch etwas essen gegangen und waren mit ihr bis zu ihrem Abflug am Flughafen. Natürlich halten sie zu ihrer Freundin und wenn sie sie darum bittet, niemandem etwas zu sagen, werden sie es auch nicht tun, doch die Vorstellung, dass Noel das Baby bekommt und Nolan noch nicht einmal etwas davon weiß, fühlt sich nicht richtig an. Egal was alles zwischen Nolan und Noel war, Violet und Mira hoffen beide und gehen auch davon aus, dass Noel sich das nach dem ersten Schock noch einmal überlegen wird. Sie werden ihr diese Zeit geben und hoffen einfach, dass sich am Ende alles zum Guten wenden wird.

Reigns Mutter wollte eigentlich zu diesem Spiel kommen, zumindest hat sie es beim letzten Mal, als sie sich gesehen haben, erwähnt, doch Mira kann sie nirgendwo entdecken. Wahrscheinlich werden sie dann unten am Spielfeldrand sein. Es ist ein merkwürdiges Gefühl, hier zu stehen und nicht genau zu wissen, wo Reign und sie gerade stehen, oder wie sie zueinander stehen. Mit jedem Mal, als ihr jemand gesagt hat, es klappt nicht, wir finden nichts für Sie und du kannst nicht in Kanada bleiben, ist für Mira ein Stück von dem kaputtgegangen, was sie die ganzen Wochen davor aufgebaut haben.

Nicht die Liebe, nicht ein Millimeter davon, doch das Wissen, dass sie nicht einfach so weitermachen können und das jedes Mal, Stück für Stück. Auch Reign hat das immer wieder gehört; es ist nicht so, dass das jetzt völlig überraschend für ihn kommt, doch er hat es gar nicht erst an sich herangelassen. Einfach weglächeln und sagen, sie finden eine Lösung. Daran wollte auch Mira glauben, doch ihr Instinkt hat sie gewarnt, und deswegen hat sie sich nach und nach, so schwer es ihr fällt, und so sehr es ihr wehtut, an den

Gedanken gewöhnt, versucht zu akzeptieren, dass sie das erst einmal nicht ändern können, doch Reign nicht. Sie versteht, warum er so sauer ist. Das, was sie nach und nach eingesehen hat, scheint ihn jetzt zu erschlagen, weil er auf einmal merkt, dass es nicht so geht, wie er es sich vorstellt, doch ihr deswegen Vorwürfe zu machen, ist falsch, egal wie sehr sie Verständnis dafür hat, dass es ihm wehtut.

Die Spieler kommen auf das Feld und Miras Herz schlägt schneller. Sie war bei jedem Heimspiel und hat es geliebt, ihn spielen zu sehen, jetzt weiß sie nicht einmal, ob es die richtige Entscheidung war, hier zu sein. Als Reign und Nolan einlaufen, tobt die Menge, sie sind schon jetzt Stars in Vancouver. Die Tage in den USA haben die Medien verfolgt und ihre Follower auf den sozialen Medien haben sich verdoppelt.

Sie versucht, sich an die Tage zu erinnern, an denen sie Reign die ersten Male gesehen hat. Er hat ihr sofort gefallen, doch sie hat ihn und seine Footballfreunde kaum beachtet, bis er ihr seine Hilfe angeboten hat. Es ist verrückt, was sich in diesen Monaten alles geändert hat. Sie tragen ihre Helme noch unter dem Arm. Es wird erst eine kleine Zusammenfassung in Bildern der bisherigen Saison geben. Die Spieler stellen sich alle in einer Reihe auf, auch die der anderen Mannschaft.

Mira sieht Reign ins Gesicht. Sie haben sich nur wenige Tage nicht gesehen, das war immer mal wieder so, doch sie hatten gar keinen Kontakt und er fehlt ihr. Sie sieht auf sein ihr mittlerweile schon so vertrautes Gesicht, seine durchtrainierten Arme, die unter dem weißen Shirt noch dunkler wirken, wahrscheinlich hat er in den USA einiges an Sonne abbekommen. Im selben Moment blickt Reign hoch zur Tribüne und entdeckt sie sofort. Als würden sich ihre Blicke suchen und augenblicklich finden, doch es tut zu sehr weh, ihm jetzt plötzlich so gegenüberzustehen, deswegen senkt Mira ihren Blick und bricht den Augenkontakt ab.

196

Der Trainer sagt ein paar Worte, dann werden Bilder und Szenen der Saison eingespielt und durch das ganze Stadion schallt Halo von Beyoncé. Die Bilder sind wirklich gut ausgesucht und selbst Violet zeigt ihr an, dass sie eine Gänsehaut hat. Man sieht die Mannschaft feiern, verzweifeln, jubeln. Bei Ansprachen in der Kabine, beim Feiern im Club und ganz zum Schluss beim Refrain und dem Höhepunkt des Liedes werden auch Bilder von den Spielern mit Fans oder den Familien gezeigt, und bei dem Bild von Reign und ihr beim Kuss, der durch die Medien ging, sehen alle zu ihr und Violet lacht leise. Reign sieht sich alles an und nach ihrem Kuss senkt auch er einen Moment den Kopf. Sie beide wollten das nie, doch manches kann man nicht ändern, so sehr man es auch möchte.

Nach der gefühlsmäßigen Zusammenfassung beginnt das Spiel. Es ist kein schweres Spiel, jedem hier ist klar, dass die Eagles gewinnen werden, trotzdem erkennt man schnell, dass die B.C. Eagles alles in diesem entscheidenden Spiel geben und zur ersten Halbzeit führen sie.

Violet und sie drängen sich in der Halbzeitpause nach hinten, um sich Hotdogs zu besorgen, dabei läuft Mira fast in Ashley hinein, die sich plötzlich in ihren Weg stellt. Sie hat, seit Mira mit Reign zusammen ist, Abstand von ihm genommen, davor war sie jemand, mit der er hin und wieder seinen Spaß hatte. Natürlich war Mira immer gewusst, dass sie nur darauf wartet, wieder eine Chance zu bekommen.

»Mira, du hier? Das gerade mit euch auf der Leinwand war ja so traurig, wenn man bedenkt, wie schnell das nun doch wieder vorbei ist.« Mira dreht sich komplett zu ihr um und vom Hotdog-Stand weg, sie wollte sie eigentlich ignorieren, doch ihr Vorhaben scheitert. »Was genau meinst du?« Ashley lächelt gekünstelt. Sie trainiert gerade nicht mit, da sie wohl verletzt ist, zumindest hat Mira das gehört, als sie letztens mit Lincon laufen war und in der Kabine war, als die Cheerleader auch da waren.

»Reign hat heute vor dem Spiel gesagt, dass ihr nicht mehr zusammen seid.« Wow. Mira ist zu keiner Reaktion mehr fähig. Sind sie das nicht mehr? Offenbar ist das alles für Reign tatsächlich vorbei, sie hat damit gerechnet, dass er sauer ist, dass er überreagiert, doch nicht, dass er die Beziehung ohne ein weiteres Gespräch einfach beendet. Kein Wunder, dass er gestern nicht gekommen ist.

Sie weiß nicht, was sie dazu sagen soll und ist sich sicher, dass Ashley merkt, wie überrascht sie davon ist. Es ist eine Sache, wenn sie beide nicht miteinander sprechen und es zwischen ihnen nicht gut steht, doch schon herumzuerzählen, dass sie getrennt sind, ist noch einmal etwas ganz anderes.

Ashley stört das nicht. Bevor sie etwas sagen kann, zwinkert Ashley ihr zu. »Ich wollte nur nachfragen, ob wir heute den Sieg auch gebührend feiern können. Er wird sich schnell ablenken können, doch es ist schwer, über ihn hinwegzukommen. Ich weiß, wovon ich rede, doch du schaffst das schon.« Sie tätschelt Miras Arm und geht einfach weiter.

»Hör nicht auf sie, das war es doch, worauf sie nur gewartet hat.« Mira kann nicht einmal so tun, als hätte sie das nicht getroffen. »Es geht nicht um sie. Ich mache mir die ganzen letzte Tage Gedanken, wie wir das jetzt alles am besten hinbekommen, was ich mir hätte sparen können, da Reign schon längst mit allem abgeschlossen hat.«

Violet reicht ihr die Hotdogs. »Niemals. Du musst doch nur sehen, wie er dich ansieht. Er weiß nicht mit der Situation umzugehen, genauso wenig wie du.«

Lincon kommt zu ihnen. »Wie steht's, was habe ich verpasst?« Mira hat keinen Appetit mehr. Sie reicht Lincon den Hotdog »Nichts Wichtiges. Ich fahre zu Jonathan, ich hätte gar nicht herkommen sollen. Das macht es nicht besser.« Violet sieht sie bittend an. »Nein Mira, bleib, es gibt danach die Feier und ihr könnt noch einmal miteinander sprechen.« Sie will hier nur noch weg.

»Ich denke, da gibt es nichts mehr zu sagen.« Sie gibt Violet und Lincon einen Kuss auf die Wange. »Seid mir nicht böse, aber ich brauche jetzt etwas Ruhe, und um den Kopf freizubekommen, ist es bei Jonathan in der Natur am besten.«

Violet seufzt leise auf, während Lincon in den Hotdog beißt. Er versteht, was sie meint, und auch ihre Freundin nickt. »Okay, aber dann ruf mich später an, wenn ich noch vorbeikommen soll, und nimm dir das, was Ashley gesagt hat, nicht zu Herzen, du weißt, dass Reign dich liebt. Ich denke, daran hat keiner Zweifel.«

Mira sagt nichts mehr dazu, in ihrem Kopf herrscht das reinste Chaos. Sie hebt noch einmal die Hand und verlässt das Stadion.

Sobald sie einige Schritte gegangen ist, atmet sie tief ein, es wird ruhiger. Sie hätte nicht herkommen …

»Mira!«

Verwundert wendet sie sich um und sieht direkt in die Augen von Reigns Vater.

Kapitel 24

Mira bleibt stehen und wartet, bis der Vater von Reign die letzten Schritte zu ihr überbrückt hat. Also sind seine Eltern auch da, man kann von den Seiten auf die Tribüne gucken und der Vater muss bemerkt haben, dass sie geht. Bisher hat Mira Reigns Vater nur von Weitem gesehen oder auf Bildern. Er hat noch niemals mit ihr gesprochen oder den Kontakt zu ihr gesucht.

Er lächelt nicht, er sieht ihr entgegen, als würde er eine Fremde etwas fragen wollen. »Entschuldige, dass ich dich aufhalte, ich dachte, wir beide könnten uns einen Moment über Reign und dich unterhalten.« Er bleibt stehen und Mira sieht Reigns Vater das erste Mal richtig an.

Auch wenn er schon etwas älter ist, hat Reign seinen Charme auf jeden Fall von ihm geerbt. Er hat ein hübsches Gesicht, ist etwas dunkler als Reign und doch funkeln ihr die gleichen dunklen Augen entgegen. Einige Lachfalten um seine Augen herum verraten, dass er sicherlich ein netter Mann sein kann, doch gerade sieht er nur kalt auf sie herab.

»Ich weiß nicht wirklich, ob es da so viel zu ...« Der Vater deutet in Richtung Parkplatz, zu dem Mira unterwegs war. »Bitte, ich begleite dich ein Stück, ich wollte dich nicht aufhalten. Ich weiß, dass ihr beide gerade einige schwere Entscheidungen zu treffen habt. Wir haben ihn gestern vom Flughafen abgeholt, waren mit ihm essen und haben ihn dann hergefahren, und da haben wir uns über alles unterhalten.«

Sie laufen langsam nebeneinander zum Parkplatz. Mira weiß nicht, was sie von alldem halten soll, doch sie versucht, höflich zu bleiben, auch wenn sie gerade einfach nur die Augen schließen und vor allem fliehen möchte. »Dann wissen Sie sicherlich mehr als ich.

Wie gesagt, wir haben nicht miteinander gesprochen. Ich weiß nicht einmal, was in den USA passiert ist.«

Reigns Vater sieht zu ihr hinab und das erste Mal setzt sich so etwas wie ein Lächeln auf seine Lippen. Seine Schläfen haben bereits einige graue Haare, doch wenn er lächelt, wirkt er noch einmal um einiges jünger. »Reign kämpft gerade mit sich selbst. Er ist das nicht gewohnt. Verstehe das nicht falsch. Weißt du, seit Reign ein kleiner Junge war, war er mit diesem Talent für das Footballspielen gesegnet. Er hat immer viel für seinen Erfolg getan und hat sich durch alles durchgekämpft, und mit seinem Erfolg wurden ihm auch viele Türen geöffnet. Jetzt zu akzeptieren, dass es etwas gibt, was nicht in seiner Hand liegt, was er nicht kontrollieren kann, fällt ihm sehr schwer. Und das mit dir ist ihm sehr wichtig, ich habe ihn noch niemals so erlebt.«

Sie laufen an dem Haus der B.C Eagles vorbei, Reigns Vater bleibt stehen und zeigt zum Wappen. »Das war immer, was er wollte, immer. Er weiß, wie ich darüber denke. Ich selbst habe Sport gemacht und weiß, dass mit einer Verletzung alles vorbei sein kann. Deswegen war es mir immer wichtig, dass er etwas hat, was beständig ist, wie unsere Firma. Doch die letzten zwei Jahre habe ich schon gemerkt, wie ernst es mit dem Football wird und dass Reign sich verändert, dass er Ava nicht heiraten wird und dass er spielen will. Alles was Reign will, ist es zu spielen.«

Mira sieht vom Haus zu ihm und nickt. »Ich weiß, das ist sein großer Traum.« Der Vater bleibt weiter stehen. »Eben, auch wenn mir das nicht ganz so leichtgefallen ist, habe ich es eingesehen und akzeptiert. Reign ist mein Sohn, ich liebe ihn über alles und wenn ich etwas tun kann, um ihm auf seinem Weg zu helfen, werde ich das tun. Als ich von euch erfahren habe, habe ich nichts gesagt und mich zurückgehalten, weil ich sehr schnell gemerkt habe, dass das etwas anderes für ihn ist. Mit Ava und allen anderen Frauen war es für ihn eher immer etwas nebenbei, doch man hat schnell gemerkt, dass das mit dir mehr Bedeutung hat.«

202

Mira senkt den Blick, sie fragt sich, wieso er dann nicht einmal auf sie zugekommen ist, doch das spielt nun auch keine Rolle mehr.

»Ich habe auch am Rande mitbekommen, dass er nach einer Lösung für euch gesucht hat und keine gefunden hat. Was er jetzt aber überlegt, hat mich wirklich aufhorchen lassen. Sein größter Traum ist es schon immer gewesen, in der NFL zu spielen, wie wahrscheinlich für jeden Footballspieler. Er hat drei gigantische Angebote in den USA bekommen. Besonders das von den L.A. Changers ist unschlagbar. Genau daraufhin hat er all die Jahre hingearbeitet und anstatt es sofort anzunehmen, sagt er mir heute, dass er es noch nicht genau weiß.«

Sie kann dazu nichts sagen. »Ich weiß davon nichts.« Nun sieht sie wirkliche Sorgen in den Augen von Reigns Vater. »Es geht um einen Vertrag, der ihm Millionen einbringt und ihn das tun lässt, was er immer wollte. Er zögert nur wegen dir. Weil er nicht weiß, was mit euch beiden ist, und das hat mir gezeigt und bewusst gemacht, wie viel du ihm bedeutest. Er würde all das für dich aufgeben.«

Das erste Mal unterbricht Mira ihn. »Das will ich gar nicht und das wollte ich nie. Reign versucht eine Lösung zu finden, wir beide haben das getan. Ich wäre hier geblieben, doch es geht nicht und ich kann nicht zwei Jahre einfach wegwerfen und er darf sich solche Angebote nicht entgehen lassen. Ich will ihn nicht verlieren, doch ...« Reigns Vater nickt. »Ihr seid zu jung, ihr müsst in dieser Sache egoistisch denken und erst einmal auf eure Karriere fokussiert bleiben, so hart das klingen mag. Reign hat unsere Firma aufgegeben, um Football spielen zu können und nun wirft er all das weg, wovon er immer geträumt hat. Wenn das wirklich passiert und ihr vielleicht irgendwo zusammen seid, was denkt ihr, wird passieren ... nach ein oder zwei Jahren? Er wird es immer bereuen, dieses Angebot nicht angenommen zu haben. So etwas kann man sich nicht entgehen lassen, nicht ohne das sein Leben lang zu bereuen und das möchte ich Reign und auch dir ersparen.«

Einen Moment sagt Mira gar nichts. Er hat sie aufgehalten, um sie zu bitten, Reign gehen zu lassen, für Reign, für seine Zukunft. Aber auch wenn er wahrscheinlich sogar recht hat, tut es weh, dass das der einzige Moment ist, in dem er überhaupt mit ihr spricht.

»Ich bin nach Kanada gekommen, um mein Englisch aufzubessern und das Land kennenzulernen. Weder Reign noch ich haben geplant, was zwischen uns passiert ist und ich glaube, dass das mit der Firma und auch das mit Ava sich schon vorher erledigt hatten, er nur nicht den Anstoß hatte, es auch zu beenden. Ich liebe Reign über alles und ich wäre auch bereit, einiges zu tun, um bei ihm zu bleiben, doch ich weiß, dass keiner von uns beiden auf die Chance einer guten Zukunft verzichten darf, weil mir auch bewusst ist, dass man sich das nie verzeihen wird. Ich würde es niemals zulassen, dass Reign wegen mir auf seinen Traum verzichtet, dafür liebe ich ihn viel zu sehr und ich denke auch nicht mehr, dass das noch zur Debatte steht.«

Reigns Vater hat sie die ganze Zeit angesehen, einen Moment schweigt er, doch dann lächelt er. »Das habe ich mir gedacht, doch ich wollte dir das noch einmal gesagt haben. Es ist mir wichtig, dass mein Sohn sich nicht seine Zukunft zerstört. Du solltest seine Gefühle für dich nicht unterschätzen, ich habe den Fehler auch gemacht, bis gestern, wo er bei etwas gezögert hat, bei dem er nie gezögert hatte.«

Mira will nur noch weg. Sie kann das alles nicht mehr hören. Deswegen sagt sie nichts mehr. Der Vater reicht ihr dieses Mal die Hand. »Ich wünsche dir viel Glück, Mira, und jetzt, wo ich mit dir gesprochen habe, verstehe ich meinen Sohn immer besser, doch ich bin älter und ich weiß, dass ihr zu jung seid, um solche schweren Entscheidungen so unbedacht zu treffen.« Als er sich umwendet und geht, blickt Mira ihm noch hinterher. Wenn er wirklich denkt, dass irgendetwas hier unbedacht ist, dann hat er nicht ver-

204

standen, was zwischen Reign und Mira ist. Es ist ihm höchstwahrscheinlich auch egal und sie hat keine Kraft, ihm das zu erklären und es ist auch nicht ihre Aufgabe.

Endlich kann sie den Campus verlassen. Sie steigt ins Auto und fährt in Richtung des Ladens, doch er ist sicher noch zwei Stunden auf. Tifi arbeitet und Mira hat jetzt keine Lust auf irgendeine Art von Gesprächen, deswegen fährt sie auch nicht zu ihrer Mutter und Jonathan, sondern hält zwei Straßen weiter vor einem anderen gemütlichen Café. Es ist fast leer, die Besitzerin sitzt hinter der Theke und strickt, sonst ist nur ein Pärchen da.

Mira setzt sich an einen Platz in einer Ecke, weit weg von allem, bestellt sich einen heißen Kakao, stellt ihr Handy ab und atmet tief aus. Sie streift die Schuhe von den Füßen, legt den Kopf nach hinten und lässt ihren Tränen freien Lauf. Auch hier läuft das Spiel auf einem Fernseher, auf den Mira genau sehen kann. Es ist gerade beendet; die B.C. Eagles haben gewonnen und sind Saisonsieger. Sie haben die Meisterschaft gewonnen und bekommen auch heute schon den Pokal.

Sie schüttelt nur leicht den Kopf und wischt sich die Tränen weg. Wie ist all das, was sie erlebt haben, was zwischen ihnen steht, die Gefühle, die sich aufgebaut haben, zu dem geworden, was sie nun haben?

Ihr Kopf ist zu voll, es ist momentan einfach zu viel für sie, deswegen hört sie auf, über all das nachzudenken. Sie trinkt ihren Kakao und sieht zu, wie die Mannschaft feiert. Sie bespritzen sich mit Champagner, sie jubeln und feiern, die Cheerleader sind dabei und dann auch immer mehr Dozenten, der Dekan, andere Studenten, alle beglückwünschen sie, es wird laute Musik gespielt. Mira kann es nicht verhindern, dass ihr Blick immer wieder Reign sucht. Auch er freut sich, er feiert, doch jeder, der ihn kennt, wirkt merken, dass es gedämpft ist. Irgendwann sieht man ihn auch kurz Lincon und Violet umarmen, die ihm sicherlich gratulieren und auch mit Ashley sieht man ihn einen Moment, doch meistens ist er bei seiner Mannschaft.

All das zieht sich, sie bekommen einen Pokal und feiern weiter. Erst dann nach und nach verlassen alle den Rasen, sie weiß, dass sie heute Nacht sicher nicht aufhören werden zu feiern. Reign hat ihr erzählt, als sie letztes Jahr die Meisterschaft geholt haben, haben die meisten aus dem Team zwei Nächte nicht geschlafen. Allein der Gedanke, dass Ashley versuchen wird, diese Chance zu nutzen, lässt in ihr das Gefühl hochkommen, zu wenig Luft zu bekommen.

Sie bestellt noch eine Limonade und ein Sandwich und sieht einfach nur aus dem Schaufenster. Die Leute zu beobachten, hilft einem dabei, seine Probleme zu verdrängen und nichts anderes braucht sie gerade. Als es dunkel wird, geht über der Stadt ein Feuerwerk los, in den Farben Kanadas und den Farben der B.C. Eagles.

Die Besitzerin des Cafés geht nach draußen, um es zu betrachten, Mira bleibt sitzen und sieht weiter aus dem Fenster. Ihr Café ist schon längst geschlossen und doch bleibt Mira noch eine weitere halbe Stunde sitzen, bis sie wieder ein wenig Kraft getankt hat und diese Ruhe um sich herum auf sich hat wirken lassen.

Die letzten Wochen hat auch sie immer wieder daran gezweifelt, ob sie ihr Studium nicht doch unterbrechen, jobben und einfach bei Reign bleiben sollte, doch es ist tief in ihr verankert, dass sie das nicht tun kann. Sie hat bei ihrer Mutter erlebt, wie es ist, alles für jemanden zur Seite zu legen und aufzugeben und wie schnell man das bereuen kann, weil man für die Liebe und Sicherheit nie eine Garantie hat. Ihr Vater hat ihre Mutter von einem auf den anderen Tag verlassen und sie stand mit nichts da, weil sie ihr Leben lang nur an andere gedacht hat. Mira könnte das nie, sie hat daraus gelernt und sie will die letzten zwei Jahre nicht umsonst so hart gearbeitet haben.

206

Es ist nur ein Jahr, dann kann sie sich wieder neu sortieren, doch dieses Jahr muss sie noch schaffen. Wieso kann Reign das nicht verstehen und sie die Beziehung trotzdem weiterführen? Alles ist besser, als sich zu trennen, doch hier reden sie anscheinend aneinander vorbei.

Sie weiß einfach nicht, was sie noch tun soll, doch offenbar hat Reign seine Entscheidung schon getroffen. Sie ist wirklich froh, als sie endlich bezahlt und zu ihrem Laden fährt und sieht, dass der Laden dunkel ist. Sie parkt und holt ihre Schlüssel heraus. Abends ist es kälter und sie hat noch immer nur dieses dumme Trikot an. Gerade als sie das Geschäft aufschließen will, hört sie das vertraute Piepen von Reigns silbernem Mercedes.

Sie schließt für einen Moment die Augen, bevor sie sich umdreht und auf Reign blickt, der langsam von seinem Auto auf sie zukommt.

Er trägt eine Jeans, ein weißes Shirt und eine dunkelblaue Sweatjacke, seine Augen fahren einmal ihr Gesicht ab und Mira wendet sich schnell ab und schließt den Laden auf. Statt das gesamte Licht einzuschalten, schaltet sie nur die Lichter hinter der Theke an, was ausreicht und man nicht so geblendet wird.

»Müsstest du nicht feiern? Herzlichen Glückwunsch zum Sieg.«

Sie räuspert sich und legt ihre Handtasche auf die Theke, während Reign den Laden betritt und die Tür hinter ihnen schließt. »Mir war nicht nach feiern. Danke, du hast dir ja nicht alles angesehen.« Auch er hört sich anders an, nicht so vertraut, unsicherer und auch immer noch mit einer Portion Wut.

»Ich habe Ashley getroffen, die mir von unserer Trennung erzählt hat, von der ich noch nichts wusste und dann ist mir die Lust auf euer Spiel vergangen. Danach habe ich deinen Vater getroffen, er hat mir erzählt, dass du gute Angebote in den USA bekommen hast, noch ein Grund, dir ...« Reign hebt die Hand und kommt ein paar weitere Schritte auf Mira zu. Als sie seinen Vater erwähnt hat, wirkte er kurz überrascht, doch er sagt nichts zu ihr.

»Das ist egal und auch das mit … sieh doch, und du denkst, man kann eine Fernbeziehung führen? Wo du noch nicht einmal den Gedanken an Ashley ertragen kannst? Wir würden uns irgendwann hassen und das weißt du, das funktioniert nicht, wirf mir nicht vor, dass ich daran nicht glaube, Mira.«

Und dann platzt bei Mira der Kragen, und der Stein, der die ganze Zeit in ihrem Magen liegt, erstickt sie. Sie kann nicht verhindern, dass alles herauskommt und sie anfängt zu weinen und das nicht nur ein bisschen. Sie sieht Reign in die Augen und das erste Mal seit langer Zeit, seit sie gemerkt hat, dass sie es nicht schaffen werden, was sie unbedingt wollen, öffnet sie sich und lässt alle Gefühle zu.

»Komm her, Engel.« Reign zögert nicht eine Sekunde und umschließt sie mit seinen Armen und Mira lässt es zu, dass sie endlich alle Gefühle herauslassen kann. Es dauert, bis sie wieder die Luft zum Sprechen hat und Reign hält sie die ganze Zeit einfach nur fest. Nachdem sie sich etwas beruhigt hat, nimmt er ihr Gesicht in seine großen Hände und küsst ihr die letzten Tränen von der Wange, bevor er ihre Lippen zu einem langen sehnsüchtigen Kuss vereint. Miras Hände zittern, während sie Reign endlich wieder bei sich spürt, und als er den Kuss löst, erkennt sie in seinem Gesicht, wie schwer auch ihm all das fällt.

Noch immer laufen Mira Tränen die Wange herunter. »Du fehlst mir so sehr, Reign. Es ist für mich unerträglich, den ganzen Tag nichts von dir zu hören, nicht neben dir aufzuwachen, du bist in so kurzer Zeit zu solch einem wichtigen Teil meines Lebens geworden, dass ich kaum atmen kann, wenn wir so wütend aufeinander sind. Ich habe alles versucht, verstehst du, ich will dich nicht verlieren und es tut mir weh, dass du mir das vorwirfst, als würde ich unsere Beziehung einfach so aufgeben, dabei läufst du herum und gibst bekannt, dass wir nicht mehr zusammen sind. Ich will all diese Entscheidungen nicht treffen müssen und doch müssen wir das tun, und ja, vielleicht müssen wir dann unseren Verstand über

208

unser Herz setzen, aber das hat nichts damit zu tun, dass die Gefühle nicht stark genug sind. Wieso tust du so, als wäre das für mich so leicht? Ich wünschte einfach, dass wir all das nicht müssten, dass wir zurück in Cancun wären und alles wieder so schön und einfach ist, doch das ist es nicht und wir haben uns versprochen, dass wir das zwischen uns niemals vergessen, Reign. Als wir wieder zusammengekommen sind, war uns beiden klar, dass wir hier bald stehen werden, wieso wirfst du mir das jetzt vor? Wir haben uns geschworen, das niemals zu vergessen, Promise, erinnerst du dich? Bitte denke nicht, dass mir all das leichtfällt.«

Reign lächelt nur matt. »Ich weiß, dass du das nicht … ich war nur so wütend. Es ist nicht so, dass ich nicht weiß, dass du recht hast und du Entscheidungen treffen willst, die für uns das Beste sind, doch wenn du sagst, dass wir uns trennen müssen, brennt bei mir eine Sicherung durch und … ich war einfach wütend, immer noch. Als ich hergekommen bin, wusste ich gar nicht wieso, ich wollte bei meinen Jungs sein, doch ich wusste, dass ich herkommen musste. Mein Herz hat mich hierher geführt. Vor dem Spiel war ich sehr angespannt und wütend. Ich hatte ein Gespräch mit meinen Eltern und du warst nicht da, und als ich Ashley getroffen habe und sie gefragt hat, was mit dir ist, habe ich das einfach aus Wut gesagt und bin weitergegangen.«

So langsam trocknen Miras Tränen, doch sie fühlt sich schon viel besser. »Du hast also Angebote aus den USA bekommen?« Er nickt. »Ja, einige Teams haben uns Angebote gemacht, doch das beste kam aus L.A. Sie bieten uns am meisten und sie wollen Nolan und mich als Team haben. Außerdem passt alles andere, der Coach ist toll, die Mannschaft ist gut, wir waren zwar noch die Jüngsten, doch das hat uns keiner spüren lassen.«

Egal was zwischen ihnen ist und wie schwer all das wird, auf Miras Lippen setzt sich ein echtes Lächeln und sie nimmt seine Hand in ihre und verschlingt ihre Finger miteinander. »Wieso hast du nicht gleich unterschrieben? Das ist es doch, was du immer wolltest, Reign. Die NFL, L.A. mit Nolan zusammen, du solltest gerade feiern und ...« Er unterbricht sie leise und streicht mit seiner freien Hand über ihre Wange. »Die Verträge werden gerade aufgesetzt. Wir sind zum Spiel gekommen und fliegen morgen Abend wieder runter, mit unseren Anwälten, die sich all das noch einmal ansehen und verhandeln, mein Vater wird mitkommen, der kennt sich da auch gut aus, doch ich wollte erst mit dir sprechen. Das ist es, was ich immer wollte, bis ich dich getroffen habe, Mira. Jetzt bist du das, was ich immer wollte und was ich nicht aufgeben möchte. Komm mit mir mit, Engel.«

Sie versteht nicht ganz. »Jetzt? Morgen? Wie soll das gehen, ich meine ...?« Sie weiß nicht einmal, was sie alles braucht, um nach Amerika einreisen zu können.

»Nein, nicht morgen. Die USA sind extrem streng mit Einreisen geworden. Die Anwälte und mein Vater dürfen nur für 24 Stunden im Land sein. Da du nicht meine Frau bist, kann ich dich auch nicht einfach mitnehmen, wenn ich runterziehe, doch du könntest, bis ich es geschafft habe, ein Visum für dich zu bekommen, hier bleiben und dann runterkommen. Ich habe gehört, man braucht ein Jahr, bis man dort studieren kann, vielleicht können wir das etwas beschleunigen und ...«

Nun versteht Mira langsam. »Reign, ich kann doch nicht alles stehen und liegen lassen und darauf warten, dass du mich irgendwann nachholst und dann dort nur als Spielerfrau leben. Du müsstest wissen, dass das für mich nicht infrage kommt. Ich würde meinen Studienplatz verlieren und die zwei Jahre, die ich hinter mir habe, wären weggeschmissen. Wie kannst du das tatsächlich für mich wollen?«

Man sieht sofort in Reigns Gesicht, dass die Wut wieder hochschlägt. »Ich will vor allem, dass du bei mir bist, Mira, wirfst du mir das etwa vor? Okay, dann lasse ich das mit den USA, dann gehen wir zusammen irgendwo hin, ist es das, was du willst?« Mira sieht ihm in die Augen. »Ich würde niemals zulassen, dass du dei-

210

nen Traum aufgibst, Reign, niemals. Das würdest du mir und dir niemals verzeihen.«

Reign schlägt wütend auf den Tresen und lässt Mira los, so schnell wie sie in seinen Armen lag, so schnell kippt die Stimmung wieder zwischen ihnen.

»Was dann, Mira?« Reign hält sich nicht mehr zurück und geht sie laut an. »Egal was ich will, was ich dir vorschlage, du schmetterst alles ab und es läuft alles auf eine Trennung hinaus, egal was ich probiere. Ich bin zu allem bereit, bleiben wir hier, leben wir in den USA, egal wo oder was, nur bleiben wir zusammen, doch du willst nichts von alldem, langsam glaube ich, dass du es gar nicht abwarten kannst, hier wegzukommen und dann stehst du da und wirfst mir vor, ich rede von Trennung? Bist beleidigt, weil ich das laut sage, woraufhin du die ganze Zeit hinarbeitest? Weißt du eigentlich noch, was du da sagst? Weißt du überhaupt, was du willst?«

Mira weicht nicht zurück, sondern sieht ihm weiter in die Augen. Es glitzert verdächtig in seinen Augen und das zeigt Mira, dass das hier nicht gut ausgehen wird. Als sie seine Tränen in den Augen erkennt, steigen auch ihr erneut welche hoch. Wieso müssen sie in dieser Situation sein?

»Ich will, dass wir beide unsere Ziele verfolgen und trotzdem zusammenbleiben. Ich glaube, dass wir das schaffen und ...« Reign unterbricht sie.

»Das ist Bullshit und das weißt du auch. Wir werden all das, was wir versprochen haben zu bewahren, kaputt machen und uns irgendwann hassen, willst du das? Du sagst, du willst nicht die letzten zwei Jahre aufgeben, aber dafür schmeißt du unsere letzten Monate weg?«

Mira geht auf ihn zu.

»Nein, du musst nur versuchen ...« Reign hebt die Hände. »Ich liebe dich, Mira, mehr als alles andere. Ich stehe hier, ich bin

211

bereit, auf mehrere Millionen Dollar zu verzichten, um mit dir zusammenbleiben zu können, ich biete dir alles an, doch du willst nicht. Ich kann nichts mehr tun, du hast recht. Wir sind an einem Punkt, wo es einfach nicht mehr weitergeht. Du willst, dass wir beide unsere Ziele verfolgen und glücklich werden, bitte, dann lass uns das tun ...«

Er wendet sich ab, um zu gehen. Mira geht ihm hinterher.

»Reign, nein, ich ...« Er dreht sich noch einmal um und sieht ihr in die Augen. »Aber egal was kommt in der Zukunft, egal was ist, sage niemals, ich hätte uns aufgegeben. Du bist diejenige, die uns aufgegeben hat. Ich hoffe, du wirst glücklich bei dem, was du dir vorgenommen hast. Beim Verwirklichen deiner Träume und allem, was du sonst noch vorhast.«

Mira laufen schon längst die Tränen über die Wangen und sie beißt sich auf die Lippen.

Als die Tür des Ladens wieder ins Schloss fällt, geht sie zur Tür und sieht durch die Scheibe zu, wie Reign ins Auto steigt und wütend davonfährt.

»Reign.« Ihre Stimme ist nicht mehr als ein Flüstern, als sie sich umwendet und an der Tür zu Boden geht. Ihr Atem stockt, die Tränen drohen sie zu ersticken.

Es ist ihr noch niemals etwas so schwergefallen, wie Reign jetzt gehen zu lassen. Sie weiß, dass sie ihn hätte zurückhalten können, dass es in ihrer Macht lag, ihrer beider Schicksal zu ändern und seinen Traum zu zerstören, doch vielleicht ist genau das Liebe. Vielleicht ist es Liebe, ihn gehen zu lassen, egal wie schwer es einem fällt, weil man weiß, dass es das Richtige für ihn ist. Wie sein Vater es ihr gesagt hat: Reign ist es gewohnt zu bekommen, was er will und dass es dieses Mal nicht so ist, lässt ihn blind dafür werden, was das Vernünftigste in ihrer Situation ist.

212

Er muss gehen und das machen, was er immer wollte, und auch sie muss ihren Weg gehen. Auch wenn es sie zerreißt zu wissen, dass sie nun diesen Weg ohne Reign in ihrem Leben gehen muss.

Zwei Monate später

»Liebe Passagiere, bitte schnallen sie sich an und lehnen sie sich zurück. Wir werden vorraussichtlich um acht Uhr abends in Berlin landen.«

Mira sieht zu, wie das Flugzeug abhebt und Kanada immer kleiner wird.

Als sie vor knapp einem Jahr hier gelandet ist, hätte sie niemals gedacht, dass dieses Jahr so viel ändern wird. Sie hat ihr Herz an Kanada verloren, in Kanada verloren.

Die letzten Wochen waren schwer und es war nicht mehr das Gleiche, so sehr alle sich bemüht haben, Mira abzulenken. Reign ist am nächsten Tag zusammen mit Nolan in die USA geflogen und beide sind nicht mehr zurückgekommen.

Sie haben ihre Profiverträge unterschrieben und beginnen nun bei den L.A. Changers. Auch wenn sie erst nach dem Sommer offiziell mit der neuen Saison beginnen, trainieren sie schon mit. Sie schreiben dort ihre Abschlussprüfungen, um auch den offiziellen Abschluss zu bekommen und haben sogar schon ihre neuen Villen bezogen.

Mira hat versucht, nicht zu viel davon an sich heranzulassen, doch es wurde so viel erzählt am College und auch in der Presse. Die Verträge sollen sich um elf Millionen Dollar für die Anfangszeit belaufen. Unglaubliche Summen und Mira hat eine Tour durch Reigns Villa gesehen. Er hat dort sechs Schlafzimmer und einen Pool, der so groß ist wie das Becken der Schwimmmannschaft.

Es tut ihr weh, das zu sehen, weil er all das ohne sie erlebt und gleichzeitig freut es sie und zeigt, dass sie doch richtig gehandelt haben und das tut gut.

Mira wird oft nachts wach und kann nicht schlafen wegen der Frage, ob sie ihn hätte aufhalten sollen. Sie wird die Antwort darauf nie wirklich bekommen, was wäre dann? Wie lange wäre es noch zwischen ihnen gutgegangen, wenn beide auf ihre Träume hätten verzichten müssen?

Es ist schwer, doch sie ist froh, Violet und Lincon zu haben, die sie gut abgelenkt haben.

Beide wollen im Sommer für eine Woche nach Berlin kommen und auch mit Noel spricht sie täglich. Ihr geht das mit der Sehnsucht nicht viel anders. Das Baby wächst in ihrem Bauch und auch für sie ist es nicht leicht, all das mitzubekommen.

Auch sie sieht, wie Nolan seine neue Villa bezieht, mit Mercedes. Da er sie sonst nicht hätte mitnehmen können, haben die beiden in einer Nacht- und Nebelaktion geheiratet. Die richtige Feier soll diesen Sommer sein. Nun lebt sie mit ihm in L.A. und hat somit auf ihren Abschluss und alles andere verzichtet.

Mira weiß, dass Reign sich die beiden ansehen und jedes Mal denken wird, dass Mira das nicht für ihn getan hat und dieser Gedanke macht sie verrückt, doch damit wird sie leben müssen. Sie weiß nicht, ob er sie eines Tages verstehen wird.

Sie muss an ihr Tattoo denken. *Promise.* Sie haben sich geschworen, all das, was zwischen ihnen war, niemals zu vergessen und sie hofft, dass auch Reign das nicht tut und er nicht anfängt, sie zu hassen.

Jeder, mit dem sie darüber spricht, was sie nur sehr ungern tut, weil es einfach zu sehr wehtut, sagt ihr, dass sie sich richtig entschieden hat, doch sie spüren diese Sehnsucht nicht. Sie spüren nicht den Schmerz, jemanden verloren zu haben, den man so sehr liebt und das hat sie.

Reign und sie haben kein Wort mehr miteinander gesprochen.

Sie sieht, was er postet, doch das hat es ihr nur schwerer gemacht, sodass sie aufgehört hat, Instagram zu nutzen. Sie versucht, all das von sich zu schieben und jetzt nach zwei Monaten gelingt ihr das immer besser.

216

Sie blickt auf Kanada, was sie alles gekostet hat und was sie doch so sehr liebt und weiß, dass sie das, was sie und Reign hatten, niemals vergessen wird.

Lesen Sie weiter in …

JALIAH J.

B.C.

ALLES AUF DIE LIEBE

220

B.C.

Teil 3

Alles auf die Liebe

»Mira, könntest du bitte die Unterlagen noch aus dem Büro holen und sie mir bringen? Wir erwarten die neuen Gemälde und müssen dazu noch die Präsentation vorbereiten. Ich hatte vergessen, dass das schon für morgen fertig sein muss.«

Mira sieht von ihrem Laptop hoch, das ist doch nicht sein Ernst? Doch sie lächelt und nickt. »Ich hole sie gleich.« Ohne eine Miene zu verziehen, geht sie in den ersten Stock, wo die Hauptbüros des Museums liegen, in dem sie seit zehn Monaten ihr Praktikum macht. Sie hat das Studium im Sommer sehr gut abgeschlossen und gleich diesen tollen Praktikumsplatz im großen Nationalmuseum bekommen. Sie arbeitet unter Professor Scholz, der ihr alles zeigt, was man wissen muss.

Sie führen neue Gemälde und Skulpturen in das Museum ein, planen Ausstellungen, und Mira war schon zweimal mit ihm auf Reisen, um neue Schätze zu begutachten, einmal in Italien und einmal in Ägypten. Es ist toll, es ist, wie Mira es sich immer vorgestellt hat, auch wenn sie wie heute nach acht Stunden Arbeit garantiert noch, wie so oft, bis Mitternacht hier verbringen und dem Professor helfen wird.

Das bedeutet, sie muss Laura für ihr Abendessen absagen, sie haben sich die Woche noch gar nicht gesehen, doch Mira muss in einigem zurückstecken, wenn sie mehr erreichen will.

Sie hat nun schon fast zehn Monate geschafft, das Praktikum ist bald beendet und dann wird sie fest eingestellt und übernimmt das Management dieses wichtigen Museums in Berlin. Wenn alles gut

221

läuft, kann sie das sogar für mehrere Museen machen, doch alles Schritt für Schritt. Erst einmal die Festeinstellung und dann beginnt sie mit einem weiterführenden Abendstudium, damit sie das auch später mal unterrichten kann.

Ihre Ziele sind groß, deswegen verzichtet sie auf ihre Freizeit, sie ist garantiert nicht die Einzige, die das tut.

Als sie ihr Handy aus ihre schwarzen Stoffhosentasche zieht, um Laura anzurufen, sieht sie mehrere Anrufe von Violet und Noel. Merkwürdig, sie hat heute Morgen mit Noel und Isaiah gesprochen. Der kleine Mann flitzt schon wie wild herum. Als sie ihn an seinem ersten Geburtstag im Dezember besucht hat, konnte er noch nicht laufen, und nun, fünf Monate später, sitzt er nicht mehr still und bringt sie alle zum Lachen, wenn sie es schaffen, eine Videokonferenz zu machen, wie heute morgen. Also bei ihr war es morgens vor der Arbeit, Violet musste allerdings früher die Videokonferenz unterbrechen, weil sie arbeiten musste. Was kann es geben, was so wichtig ist, dass sie jetzt so oft anrufen?

Mira muss sich beeilen, der Professor mag es nicht, wenn sie im Museum die Handys benutzen, das zerstöre den Hauch des Alten. Sie wird erst einmal Laura absagen, doch gerade, als sie ihren Namen aufrufen möchte und im Handy wieder die Lautstärke einstellt, klingelt es und eine Nummer aus Kanada ruft an. Wer soll das sein? Verwundert nimmt sie an und bleibt mitten auf den Treppen im Museum wie versteinert stehen, als sich eine weibliche Stimme meldet.

»Hallo, spreche ich mit Mira Hais? Hier ist das Büro von Dekan Boden der B.C. Vancouver. Mr. Boden muss Sie in einer dringenden Angelegenheit sprechen, ich stelle durch...«

222

Entdecken Sie die atemberaubende Welt von Jaliah J. ...

JALIAH J.

CATALINA

DAS BÜNDNIS
DER VERDAMMNIS

Jede starke Frau musste meist einen sehr harten Weg gehen, und auch Catalina ist in ein Leben geboren worden, in dem sie keine Wahl hat und das tun muss, was für die Familia am besten ist. Sie fügt sich ihrem Schicksal, doch genau in dieser schweren Zeit entdeckt sie ihre eigene Stärke und dass nicht jeder in diesem neuen Leben, in das sie hineingezwungen wird, ihr Feind ist, auch wenn er dazu geboren wurde.

225

JALIAH J.

DER TAG,
AN DEM ICH
begann,
DICH ZU
lieben

DIE BÜRDE
SINALOAS

Tamina ist wohlbehütet bei ihrer Mutter in L.A. aufgewachsen. Ihr Vater und ihre Brüder, die in Mexiko leben, haben trotz der Entfernung immer an ihrem Leben teilgenommen und es war schon sehr früh klar, dass sie ihr Studium an der berühmten UNAM-Universität in Mexiko-Stadt absolvieren wird. Tamina freut sich auch, diesen Teil ihrer Herkunft endlich besser kennenzulernen, und stürzt sich in ihr neues Leben in Mexiko. Allerdings holt sie sehr schnell der Teil ihres Lebens ein, den sie nur zu gern beiseiteschiebt und verdrängt: Die Familia, deren Anführer ihr Vater ist und die gefährlichen Seiten, die dieses Leben und der Reichtum, den sie genießen, mit sich bringen. Obwohl ihre Identität immer geheim gehalten wurde und sie sich in Sicherheit gewogen hat, wird ihr in Mexiko schnell klar, dass sie sich diesem Leben und der Bürde Sinaloas nicht entziehen kann.

228